TAUSEND FARBEN DES GLÜCKS

TAUSEND FARBEN DES GLÜCKS

ELLA WÜNSCHE

Bibliografische Information der Deutschen Nationalbibliothek: Die
Deutsche Nationalbibliothek verzeichnet diese Publikation in der
Deutschen Nationalbibliografie; detaillierte bibliografische Daten sind
im Internet über dnb.dnb.de abrufbar.

© Ella Wünsche 2017
Herstellung und Verlag: BoD – Books on Demand, Norderstedt
ISBN-13: 9783744869171

Lektorat: Christiane Kathmann, www.lektorat-kathmann.de
Dramaturgische Begleitung: Santiago Campillo-Lundbeck
Covergestaltung & Satz: Daniel Morawek
Bildquelle: shutterstock.com / Yulia Sribna

Auflage 1 | Juli 2017

www.ella-wuensche.de

Ein wolkenloser Himmel thronte über der saftig grünen Neckarwiese. Nur die Sonne fand Platz inmitten dieser herrlichen Unendlichkeit. Der Regen der letzten Wochen hatte die Vegetation um den Neckar in ihre schönste Form gebracht. Der Rasen glänzte und schimmerte, als ob kleine Kristalle darin versteckt wären. Endlich sah man, dass bereits Mitte Mai war, und die Stadt zeigte sich von ihrer hübschesten Seite. Überall blühten die Sträucher und Rosen und die Sonne hatte viele Menschen hierhergelockt. Paare, Familien, Freunde aus unterschiedlichen Kulturen und Ländern fanden sich auf diesem Fleckchen Erde ein, um gemeinsam zu essen, zu spielen oder verliebt zu flanieren.

Stella fühlte sich wie ein Fremdkörper inmitten dieser Menschenmenge. Während alle anderen entspannt den Sonntag genossen, fühlte sie sich wie im Delirium. Warum war sie überhaupt hergekommen? Sie hätte einfach durch die Heidelberger Altstadt spazieren sollen, sich in einem netten Café mit Freunden treffen. Doch etwas hatte sie magisch angezogen. Hierher an den Neckar, wo alle so unverschämt glücklich zu sein schienen – alle außer ihr.

Früher war sie auch so glücklich gewesen und ein Teil dieser fröhlichen Gemeinschaft. Doch genau vor einem Jahr auf dieser Wiese, auf einer dieser Bänke, vielleicht war es auch jene gewesen, hatte sich das plötzlich geändert. Das Leben hatte sie ins Abseits gedrängt.

Eine Träne lief ihr die Wange hinunter und sie war froh, dass sie wegen des Wetters einen Sonnenhut und eine Sonnenbrille trug. Hastig wischte sie diese weg.

Das Erdbeertörtchen in ihrer Hand war wenigstens ein vorübergehender Trost. Sie hatte es in ihrer Lieblingskonditorei gekauft, dem *Café Naturwunder*, das zum Glück vor Kurzem eine Filiale in der Altstadt eröffnet hatte, ganz in der Nähe, auf der anderen Seite des Neckars. Die Törtchen aus dem Naturwunder waren eine der wenigen Konstanten in ihrem Leben. Stella biss genießerisch hinein. Es schmeckte köstlich, wenigstens daran konnte sie sich noch erfreuen.

Auf der Wiese direkt vor ihr genoss eine Familie den herrlichen Sommertag.

»Mama, Mama, kann ich die Gänse füttern?«, fragte ein ungefähr fünfjähriges blondes Mädchen mit langen Zöpfen.

Ihre Mutter küsste gerade ihren Mann, einen gut aussehenden, bärtigen, dunkelhaarigen Kerl.

»Natürlich, mein Schatz. Aber pass auf.«

Die Mutter sah mindestens genauso gut aus mit ihren blonden langen Haaren und dem edlen Top. Mit der linken Hand schaukelte sie ein Baby im Designerkinderwagen, ein Bild wie aus einem Imagefilm für Lebensversicherungen. Stella kannte sie nicht, doch sie war ihr auf Anhieb unsympathisch. Sie schien etwas zu haben, was ihr nicht vergönnt war, und sie fühlte sich neben ihr unendlich unglücklich.

Mit einem letzten Blick auf die glückliche Familie stand Stella auf und beeilte sich, von hier wegzukommen. Nach etwa einhundert Metern versperrte ihr eine andere Familie den Weg. Auch zu ihr gehörte ein kleines Mädchen. Doch dieses war nicht so wohlerzogen, es wälzte sich gerade auf dem Boden und schrie: »Ich will aber ein Eis! Ein Eiiiiis!« Dem Vater war das augenscheinlich sehr unangenehm. Verzweifelt und ohne Erfolg versuchte er, es hochzuheben. Zunächst probierte er es noch mit Zureden und freundlichen Worten, doch dann wurde er immer hilfloser und seine Stimme immer lauter. Ein etwa zehnjähriger Junge und eine Frau, wahrscheinlich die Mutter, standen neben ihm. Beide waren offensichtlich peinlich berührt. Plötzlich holte der Junge ein Handy aus seiner Tasche und filmte das Ganze. Als der Vater, ein attraktiver Mann Ende dreißig, höchstens Anfang vierzig, dies bemerkte, wandte er sich von dem Mädchen ab und dem Jungen zu. Wütend blaffte er ihn an. Ältere Menschen liefen kopfschüttelnd vorbei und mokierten sich leise darüber, dass die junge Generation ihre Kinder nicht unter Kontrolle hatte. Andere Eltern schauten den Vater mitleidig an. Stella blieb unbewusst stehen und beobachtete die Szene, das letzte Stück Kuchen noch in der Hand.

Hätte sie den Mann in einem Café getroffen, wäre es ein Typ zum Umdrehen gewesen, doch in dieser Situation wirkte er einfach nur hilflos und bemitleidenswert. Und irgendwie sympathisch, weil er auch nicht alles auf die Reihe bekam. Die Szene lenkte sie von ihren eigenen Sorgen ab und stimmte sie irgendwie fröhlicher. Sie war beruhigt, dass das echte Familienleben doch kein Imagefilm war. Bei diesem Gedanken lächelte sie unbewusst. Genau in diesem Augenblick schaute der verzweifelte Vater sie an. Er schien ihren Gesichtsausdruck als Hohn zu interpretieren.

»Noch nie ein trotziges Kind gesehen?«, blaffte er.

Überrascht von der Frage, starrte Stella ihn wortlos an.

»Haben Sie nichts Besseres zu tun, als uns zu belächeln?«

Das war eindeutig zu viel. »Nur, weil Sie in der Erziehung versagen, müssen Sie mich nicht anschreien«, schoss Stella zurück und bedauerte ihre Worte sofort.

Der Mann lief rot an vor Wut. Oder war es einfach Verzweiflung?

»Kümmern Sie sich um Ihre eigenen Kinder, falls Sie welche haben!«, erwiderte er.

Dieser Satz war wie ein Schlag in die Magengrube. Augenblicklich bildete sich ein Kloß in ihrem Hals und Tränen schossen ihr in die Augen. Sie drehte sich um und lief hastig in Richtung Straßenbahn.

»Idiot«, murmelte sie. Warum bekamen solche Typen Kinder?

Eine Mischung aus Trauer und Wut machte sich in ihr breit und sie hätte am liebsten geschrien. Stattdessen nahm sie ihr Smartphone und sah sich niedliche Katzenvideos auf YouTube an, um sich abzulenken. Die Katzenbabys schafften es tatsächlich, ihre Gefühle wenigstens für ein paar Minuten in den Hintergrund zu drängen, während sie an der Straßenbahnhaltestelle auf die Linie 5 wartete.

Stella stieg in die Straßenbahn und schlängelte sich an Touristen und Ausflüglern vorbei, die mit ihren Koffern und Rucksäcken alle Plätze belegten. Die Enge gefiel ihr nicht. Mühsam unterdrückte sie ihre Gefühle, damit keiner ihr ansah, wie wütend und traurig sie war. Erst nachdem sich die Bahn am Heidelberger Hauptbahnhof geleert hatte, fand sie einen Sitzplatz und konnte sich wieder in Ruhe ihre Katzenvideos ansehen. Von hier dauerte die Fahrt noch etwa zehn Minuten bis zu der kleinen Gemeinde vor den Toren Heidelbergs, in der sie seit vier Jahren wohnte.

Als sie aus der Straßenbahn ausstieg und das Telefon wegpackte, kam sie wieder in der Realität an. Edingen war ein nettes Örtchen mit ein paar Tausend Einwohnern und einem Dutzend Bauernhöfen, in dem sie sich bis vor einiger Zeit noch sehr wohl gefühlt hatte. Statt der Berge und der alten Gebäude in Heidelberg war hier alles flach und sehr ländlich. Doch es lag strategisch gut an der Straßenbahnlinie zwischen Heidelberg und Mannheim und die Wohnungspreise betrugen nur einen Bruchteil dessen, was in den beiden Großstädten verlangt wurde. Stella genoss es, dass sie ihren kleinen Golf oft stehen lassen und fast alles zu Fuß oder mit der Bahn erledigen konnte. Nur zur Arbeit fuhr sie mit dem Auto. Der Hauptgrund für die Wahl der Wohnung war aber die familienfreundliche Lage gewesen. Bei dem Gedanken daran kam der Schmerz erneut hoch.

Mit langsamen Schritten ging sie auf ihren Wohnkomplex zu, vorbei an Vans, Kombis und anderen Familienkutschen. Ihre Nachbarn waren mit den Kindern vor dem Haus. Während die Mütter sich miteinander unterhielten, tobten die Kinder auf dem hauseigenen Spielplatz. Vor vier Jahren hatte sie bei der Planung der Spielanlage mitgewirkt und war sich sicher gewesen, dass ihre Kinder eines Tages auch dort spielen würden. Aber im Leben kommt es leider oft anders, als man denkt. Stella versuchte, sich rasch ins Haus zu schleichen, doch da hatte Beate, die mit ihrer Familie in der Nachbarwohnung lebte, sie schon entdeckt und begrüßte sie herzlich.

Beate war eine freundliche, stämmige Frau in den Enddreißigern. Sie hatte schulterlange blonde Haare und stand bei einer neuen Nachbarin, die sich, ihrem Bauchumfang nach zu urteilen, in den letzten Wochen vor ihrer Niederkunft befand.

»Hallo«, grüßte Stella zurück und rang sich ein Lächeln ab. Sie hoffte, nicht in ein Gespräch verwickelt zu werden.

»Und wie geht's?«, fragte Beate und somit war klar, dass Stella nicht gleich verschwinden konnte.

»Gut, danke und bei dir?«

»Ach, seit zwei Wochen habe ich nicht länger als drei Stunden geschlafen. Emma schläft immer noch nicht durch, Nico ist eifersüchtig auf sein Schwesterlein und Tobi hasst die Schule. Diese Racker machen mich fertig«, erwiderte sie, als ob sie versuchte, Gründe zu finden, damit Stella nicht dachte, es wäre zu schön mit Kindern. Das kam in letzter Zeit häufig vor und es nervte zunehmend. Doch Stella ließ sich ihre Gefühle nicht anmerken und sah sie mitleidig an.

»Tut mir leid, es wird bestimmt bald besser.«

»In zwanzig Jahren«, erwiderte Beate resigniert. Tatsächlich hatte sie dicke Augenringe und sah ziemlich blass aus. Stella taten ihre bösen Gedanken leid. Beate ging es offensichtlich wirklich nicht gut. Bevor sie etwas sagen konnte, kam die anderthalbjährige Emma und zerrte an Beates Hosenbein.

»Entschuldige«, sagte Beate und kniete sich zu ihrer Tochter.

»Ich geh dann mal«, meinte Stella leise und ging weiter.

»Ach ... Stella.« Beate drehte sich wieder zu ihr um. »Ich wollte dich zu meinem Geburtstag einladen.«

»Oh, echt?«

»Es sind zwar überwiegend junge Mütter da, aber ich würde mich wirklich freuen, wenn du auch kommen könntest.«

Das hatte mir gerade noch gefehlt, dachte Stella und stellte sich schon vor ihrem inneren Auge die glücklichen Mamas vor, die über nichts anderes als Kinder und Stillen sprachen. Das war genau die Art von Party, auf die sie gar keine Lust verspürte, doch Beate war eine nette Nachbarin und ihre Freundin. Sie überspielte ihre Emotionen und tat so, als ob sie sich freute.

»Wann denn?«

»Nächsten Samstag. Es gibt leckeres Essen, Musik und auch wirklich nette Leute, äh Frauen, vielleicht kommt auch der ein oder andere Mann.«

»Ach Samstag, hm, da war was«, schwindelte Stella und fühlte sich schuldig. »Ich schau mal zu Hause in meinen Kalender. Auf jeden Fall danke für die Einladung!«

11

In diesem Moment rannte Beate zu ihrem Vierjährigen, der gerade von der Schaukel gefallen war. Stella nutzte die Gelegenheit und lief rasch in ihre Wohnung. Das war definitiv zu viel Kinderkram für einen Tag.

Früher hatte sie oft und lange draußen bei den Frauen gestanden, sie hatte sich damals wie ein baldiges Mitglied im Olymp der Mütter gefühlt und wollte schon einmal Kontakte knüpfen. Doch jetzt war alles anders.

Ich muss mir dringend eine neue Wohnung suchen, dachte sie, setzte sich auf ihre Couch, klappte den Laptop auf und suchte im Internet nach Alternativen. Sie überlegte, was wohl die beste Wohngegend wäre, ein Ort, wo nur Singles wohnten, keine Studenten, Leute ab Mitte dreißig, niemand der vorhatte, sich demnächst zu vermehren. Übrig blieben nur Seniorenwohnungen.

Wie tief bin ich gefallen?, fragte sie sich. Sie mochte doch ihre Wohnung, sie war schön geschnitten, lag im Erdgeschoss und hatte einen kleinen Garten. Doch da traute sie sich kaum noch hin, um ja keine Gespräche mit den Nachbarn anfangen zu müssen. Sie wussten schon alle, dass Klaus weg war, und die mitleidigen Blicke konnte sie kaum mehr ertragen.

»Leg dir doch eine Katze zu. Die ist Kind, Kuscheltier und platonischer Liebhaber zugleich und hört dir immer zu«, hatte ihre Freundin Heidi ihr geraten, als sie ihr ihr Leid geklagt hatte. Seit der Trennung von Klaus war Heidi Stellas einzige Vertraute. Manche gemeinsame Freunde hatten sich von ihr abgewendet, bei anderen war die Beziehung eingeschlafen, weil sie sich nichts mehr zu sagen hatten.

Heidi war zehn Jahre älter und hatte genau das getan: Sie hatte zwei Katzen und war damit mehr als ausgefüllt. »Das sind meine Kinder«, sagte sie immer. Sie war eine attraktive Frau mit schwarzen kurzen Haaren, die deutlich jünger aussah, als sie war. Meist trug sie einen Hosenanzug und eine große Tasche, in der sich ihr halbes Büro befand. Sie war eine Karrierefrau durch und durch und liebte ihren Job als Abteilungsleiterin in einem großen Chemiekonzern. Da war nicht viel Zeit, um den richtigen Mann zu finden. Doch Heidi war niemand, der lange trauerte, sie machte immer das Beste aus ihrem Leben.

Leider war Stella anders. Traurig griff sie zum Telefon. Sie musste unbedingt mit jemandem reden. Stella erzählte Heidi von dem Tag am Neckar, dem Zusammentreffen mit Beate und ihren Kindern, davon, wie verzweifelt ihre Nachbarin war, und von ihrer Wohnungssuche.

»Du bist einfach zu dramatisch und sensibel noch dazu. Ganz schlechte Kombination«, erklärte Heidi. »Ich bin froh, dass du endlich aus dieser schrecklich spießigen Gegend wegziehst.«

»Aber mir gefällt meine Wohnung«, protestierte Stella.

»Ach, du findest etwas anderes. Hier bei mir in der Gegend gibt es wirklich schöne Wohnungen.«

»Klar, Heidi, wenn ich dein Gehalt hätte, würde ich mir sofort bei dir in der Weststadt eine Wohnung gönnen.«

»Es gibt auch preiswertere Wohnungen. Das Haus gegenüber gehört der Kirche. Gut, da müsste halt auch dringend renoviert werden.«

»Ich werd mal schauen.«

»Hast du in letzter Zeit eigentlich was von ihm gehört?«

Seit der Scheidung erwähnten Stellas Freunde Klaus' Namen nicht mehr und sprachen nur noch in Personalpronomen von ihm.

»Klar, ich kann bei den sozialen Netzwerken genau verfolgen, wie sich seine kleine Tochter entwickelt.«

»Wie bist du denn drauf?«, rief Heidi. »Warum tust du dir das an?«

»Neugier?«, erwiderte Stella.

»Ich dachte immer, den Männern wäre es ganz recht, wenn es mit dem Nachwuchs nicht klappt.«

»Das hat er auch gesagt, nachdem ich wusste, dass es nicht klappen würde. Doch dann kam Giselle.«

»Ich lach mich tot«, meinte Heidi ironisch, »ein Ausrutscher und gleich ist Giselle schwanger.«

»Jedenfalls ist Giselle fruchtbar und ich nicht.«

»Ach komm, Stella, man kann auch ohne Kinder glücklich werden.«

»Hm«, erwiderte Stella wenig überzeugt.

»Wie lange ist es jetzt her, dass er ausgezogen ist?«, fragte Heidi.

»Auf den heutigen Tag genau ein Jahr«, antwortete Stella.

»Echt, schon ein Jahr?«

»Schon? Du bist gut. Seit einem Jahr verläuft mein Leben wie in Zeitlupe.«

»Das tut mir leid. Hast du Lust mit mir ins Kino zu gehen?«, fragte Heidi in einem eindeutigen Versuch, Stella abzulenken.

»Nein, vielleicht ein andermal. Ich schau mir noch ein paar Katzenvideos an«, witzelte Stella, obwohl ihr überhaupt nicht danach war.

Sie hatte das Gefühl, unglaublich viele Lasten zu tragen. Am liebsten hätte sie nur auf der Couch gelegen, Filme geschaut und ihr Leben beweint. Doch sie musste sich zusammenreißen. Morgen war Montag und die Arbeit wartete. Sie biss die Zähne zusammen und dachte verzweifelt: *Irgendwann muss das doch vorbeigehen!*

Der Wecker klingelte unaufhörlich. Stella öffnete die Augen, doch sie war nicht in der Lage aufzustehen, geschweige denn, den Wecker auszustellen. Es war, als ob sie keine Kontrolle über ihren Körper hätte, ihre Arme taten nicht, was ihr Kopf wollte.

Panisch befahl sie sich, mehrmals tief ein- und auszuatmen. Mit viel Mühe schaffte sie es, sich im Bett aufzusetzen. Doch sogleich spürte sie, wie ihr Herz drohte, sich aus ihrem Oberkörper zu lösen. Herzrasen. Ihr wurde heiß, Schweiß stand auf ihrer Stirn. Bekam sie gerade einen Herzinfarkt? Vor Kurzem hatte sie in der *Apotheken-Umschau* gelesen, dass auch Frauen ab dreißig immer gefährdeter waren. Vor Angst war sie wie gelähmt. Als sich ihr Körper nach einer gefühlten Ewigkeit wieder beruhigt hatte, ließ sie sich erschöpft ins Bett zurückfallen. Was war nur mit ihr los? Sie fühlte sich furchtbar schlapp. Und irgendwie war ihr alles egal. Sie drückte auf den Wecker, der schrille Weckton verstummte und sie schloss die Augen. Bald darauf fiel sie in einen tiefen, traumlosen Schlaf.

Sie hätte wahrscheinlich den ganzen Tag weitergeschlafen, wenn das permanente Klingeln des Telefons sie nicht erneut geweckt hätte. Sie sah auf das Display. Es war Geli, die Sekretärin. Stella war eine stets zuverlässige Mitarbeiterin und wollte eigentlich abnehmen, aber was sollte sie sagen? Dass sie nicht aus dem Bett kam? Das war undenkbar! Stattdessen zog sie sich die Bettdecke übers Gesicht und wartete ab, bis das Klingeln aufhörte.

Ihr Herz raste wieder und sie bekam Angst. Was war,

wenn sie einen Herzinfarkt verschlafen hatte und schwere Behinderungen als Folge davontrug? Warum hatte sie vorhin nicht sofort den Notarzt angerufen? Immer noch fühlte sie sich furchtbar antriebslos. Mit wem sollte sie bloß darüber sprechen? Sie hatte die Wahl zwischen ihrer Mutter und Heidi. Ihre Mutter würde wahrscheinlich selbst einen Herzinfarkt davontragen, wenn sie ihr davon erzählte, und Heidi war bei der Arbeit. Verzweifelt schlug Stella sich die Hände vors Gesicht. Ihr Herz klopfte wild und ihr wurde abwechselnd heiß und kalt. War es eine Sommergrippe?

Plötzlich klingelte es an der Tür. Mit größter Anstrengung schaffte Stella es, sich aus dem Bett zu hieven. Vermutlich war es nur der Paketbote, aber sie konnte auf keinen Fall auch noch dieses Klingeln ignorieren. Doch es war nicht die Post, sondern Beate.

»Hallo, ich habe gesehen, dass dein Auto auf dem Parkplatz steht und wollte eigentlich fragen, ob du Mehl hast.« Beate schaute sie erschrocken an. »Was ist denn mit dir los? Du siehst furchtbar aus!«

Statt einer Antwort fing Stella an zu weinen. Beate schob sie in die Wohnung und schloss die Tür. Stella konnte gar nicht mehr aufhören. Sie heulte und schluchzte und putzte sich mit dem Ärmel ihres Pyjamas die Nase.

Beate gab ihr ein Taschentuch und sagte: »Du siehst überhaupt nicht gut aus. Emma ist gerade bei meiner Mutter. Ich habe genau zwei Stunden, um dich zu einem Arzt zu fahren.«

»Nein, nein, mir geht es gut«, antwortete Stella schluchzend.

»Keine Widerrede. Wie heißt dein Arzt?«

»Ich war noch nie krank, seit ich hier wohne, ich habe nur einen Frauenarzt.«

»Der hilft uns wenig in dieser Situation. Ich rufe mal meine Hausärztin an.«

»Das Herz ist es nicht«, sagte die Ärztin, Dr. Annabel Silber, die wie ein Model aussah. Sie trug ein körperbetontes kurzes Kleid mit einem tiefen Ausschnitt, war groß und sportlich, aber dennoch resolut. Kein Wunder, dass so viele Männer im Wartezimmer gewesen waren!

»Was ist es dann?«, fragte Beate besorgt.

Stella sagte nichts. Das alles passierte ihr zu schnell, doch ihre Gedanken waren irgendwie verlangsamt.

»Ich denke, Sie haben Panikattacken. Die Symptome sind ähnlich wie bei einem Herzinfarkt oder einem Nervenzusammenbruch, aber die Auswirkungen sind deutlich geringer. Haben Sie viel Stress?«

Stella wusste nicht, was sie darauf entgegnen sollte. Sie war noch immer wie gelähmt.

»Das letzte Jahr war nicht einfach«, antwortete Beate an ihrer Stelle. Normalerweise wäre Stella wütend gewesen, doch jetzt war sie froh, dass jemand das Reden übernahm.

»Stella hat eine Scheidung hinter sich«, fuhr Beate fort.

Die Ärztin schaute Stella aufmerksam an. »Und jetzt kommt alles hoch?«

Stella nickte und begann unwillkürlich zu weinen.

»Haben Sie Kinder?«

Sie schüttelte den Kopf und suchte ein Taschentuch in ihrer überdimensionalen braunen Ledertasche. Die Ärztin reichte ihr ein Tuch aus der Spenderbox auf ihrem Schreibtisch.

»Danke.« Sie wischte sich die Tränen ab und putzte sich die Nase.

»Wir haben es jahrelang versucht. Und als wir irgendwann den Mut aufgebracht hatten, eine Kinderwunschklinik aufzusuchen, musste ich herausfinden, dass ich vorzeitig in den Wechseljahren bin.«

»Haben Sie sich deshalb getrennt?«

»Mag sein ... mein Mann ist fremdgegangen und *diese*«, sie rang mit sich, das richtige Wort für die Frau zu finden, »nun, *sie* ist sofort schwanger geworden.« Wieder musste Stella eine Pause einlegen. Das Sprechen fiel ihr schwer. »Und das obwohl er selbst immer betonte, dass wir auch ohne Kinder glücklich werden könnten.«

Auch Beate hatte Tränen in den Augen. Sie legte ihre Hand auf Stellas Schulter.

»Und Sie sind wütend und enttäuscht zurückgeblieben«, fasste die Ärztin zusammen.

»So ähnlich. Warum ist es so, dass er jetzt ein Kind hat, obwohl es ihm noch nicht einmal so wichtig war? Und ich, ich bin leer ausgegangen!«

»Mit Wut und Schmerz lässt sich das Leben schwer meistern«, bemerkte die Ärztin leise.

»Aber was soll ich machen? Mein Ex und seine Freundin haben alles, was ich nicht habe ... alle scheinen das zu haben, was ich nicht habe.« Sie merkte, dass sie sich wiederholte.

Frau Dr. Silber nickte, sie schien auf die Uhr zu schauen. Doch dann blickte sie Stella erneut an und sagte: »Ich hatte hier schon einige Frauen in Ihrem Alter, die in den Wechseljahren waren. Das kommt leider häufiger vor, als man denkt. Wussten Sie, dass das Begraben des Kinderwunsches bei vielen Frauen dieselben Symptome hervorruft wie der Tod eines Kindes? Trauer kann ein Auslöser für Panikattacken sein.«

»Aber ich weiß doch schon länger, dass ich keine Kinder bekommen kann. Und mein Exmann ist schon vor einem Jahr ausgezogen.«

»Das Interessante an Panikattacken ist, dass sie nicht dann auftreten, wenn jemand den meisten Stress hat, sondern dann, wenn die eigentliche Belastung nachlässt und eine Stressentspannungsphase eintritt. Verarbeitet haben Sie Ihre Probleme sicher noch nicht, oder?«

Stella schüttelte den Kopf und wandte ein: »Aber Panikattacken? Sind Sie sicher?«

Das Wort klang unglaublich groß für sie.

»Nun, eine Diagnose in diesem Bereich zu stellen, ist schwer. Wir müssen daher erst einmal beobachten, wie sich Ihr Zustand entwickelt. Aber Panikattacken sind weitverbreitet, gerade in unseren stressigen Zeiten. Mehr Menschen, als Sie vielleicht denken, kennen das. Und dann können diese Attacken natürlich in ganz unterschiedlicher Intensität und Häufigkeit auftreten. Mein Ratschlag ist, dass Sie sich erst einmal nicht zu viele Sorgen machen. Vielleicht tauchen die Symptome überhaupt nicht mehr auf. Aber ich denke, Sie brauchen professionelle Hilfe«, erklärte die Ärztin.

»Deswegen sind wir ja hier«, erwiderte Beate.

»Ja, aber ich bin Allgemeinärztin. Ich schlage vor, Sie gehen erst mal zu einem Psychotherapeuten.«

Stellas Augen weiteten sich entsetzt. Beate hielt ihre Hand.

»Ist halb so schlimm, wirklich, ich war mehrere Jahre in Behandlung«, erklärte sie. »Doch wie soll sie so schnell jemanden finden?«, wandte sie sich dann an die Ärztin.

»Das ist in der Tat ein Problem«, antwortete Dr. Silber. »Ich schreibe Sie erst einmal zwei Wochen krank. Dann haben Sie Zeit, sich zu erholen und die Therapeuten abzutelefonieren.«

»Zwei Wochen? Mein Chef dreht durch.«

»Typisch für Panikattacken – pflichtbewusste, sensible Person«, meinte Dr. Silber fast beiläufig, während sie die Krankmeldung tippte. »Ich verschreibe Ihnen mal ein Beruhigungsmittel gegen das Herzrasen. Versuchen Sie, schöne Dinge zu unternehmen, gehen Sie unter Menschen.«

Ich kann nicht glauben, dass mir das passiert!, dachte Stella und hätte beinahe wieder geweint, doch sie riss sich zusammen.

»Danke, Frau Dr. Silber, dass Sie sich die Zeit genommen haben«, sagte Beate.

»Das ist mein Job, und solche Fälle werden leider immer häufiger, manchmal hilft auch viel Ruhe und viel Reden«, stellte die Ärztin lakonisch fest.

Als Beate und Stella das Behandlungszimmer verlassen wollten, meinte sie noch: »Ich kann Ihnen auch Selbsthilfegruppen sehr empfehlen. Manchmal besser als eine Psychotherapie.«

Vor der Praxis setzte Beate sich mit Stella in eine dieser Bäckereien mit Pseudocafé. Sie holte zwei Cappuccini und zwei Croissants und suchte das schönste Plätzchen mit zwei Sesseln und kleinem Tisch. Es fühlte sich fast an, als ob sie im eigenen Wohnzimmer säßen.

»Ich hab noch eine halbe Stunde«, meinte sie lächelnd. »Also geh nach Hause, schreib deinem Arbeitgeber eine

E-Mail, dass du krank bist, und dann ruh dich erst mal aus. Danach musst du das Internet oder die Gelben Seiten nach Psychotherapeuten durchforsten. Es wird nicht einfach, jemanden zu finden, der Zeit hat. Wenn er Zeit hat, fragt man sich natürlich, warum er Zeit hat. Ich meine, die guten haben meistens keine freien Termine.«

Beate war deutlich anzumerken, dass sie lösungsorientiert war und wenig Zeit hatte, sich mit Details aufzuhalten. *Eine Pragmatikerin, aber eine liebenswerte*, dachte Stella.

»Danke Beate. Du musst das alles wirklich nicht machen.«

»Doch, das muss ich.«

Stella sah sie fragend an.

»Du brauchst Hilfe und ich habe gerade Zeit und ich mag dich. Und das Leben ist gerade richtig bescheiden zu dir.«

Stella wurde klar, warum sie Beate von Anfang an gemocht hatte.

»Danke«, sagte sie.

»Lass uns einfach diese halbe Stunde genießen und die Welt um uns vergessen. Es gibt nur diesen Kaffee und diese wunderbaren Croissants.«

Das versuchte Stella. Sie schloss sogar die Augen, als sie in ihr luftiges Teigröllchen biss. Aber so ganz wollte es ihr nicht gelingen.

Zu Hause angekommen setzte sie sich erst einmal auf die Couch und fragte sich, wie es so weit hatte kommen können. Gestern war sie doch noch kerngesund gewesen und jetzt war sie plötzlich ein Wrack.

Was ist heute Nacht passiert, fragte sie sich. Drehte sie langsam durch? Als Erstes nahm sie ihren Laptop, um zum Thema Panikattacken zu recherchieren. Die Symptome passten auf sie, auch wenn es wohl schwer war, eine eindeutige Diagnose zu stellen, da eben keine körperlichen Einschränkungen festzustellen waren. Einerseits war sie erleichtert, dass es keine ernste körperliche Sache war wie ein Herzinfarkt. Andererseits verursachte der Gedanke, dass sie psychisch labil war, bei ihr ein mulmiges Gefühl.

Stella stellte den Laptop zur Seite und schaltete den Fernseher an. Doch sie konnte sich nicht einmal auf die simpelsten Shows konzentrieren und machte ihn wieder aus. Sie holte ihr Handy heraus und empfand dabei ein großes Unbehagen, denn sie befürchtete, dass Geli es noch mehrmals probiert hatte. So war es auch. Am liebsten hätte sie die Anrufe ignoriert. Doch schließlich rief sie nach mehrmaligem Ein- und Ausatmen zurück.

Geli hob rasch ab. Als sie ihre Stimme hörte, rief sie: »Stella! Ich wollte schon die Polizei anrufen.«

»Warum?«

»Weil du nicht gekommen bist und auch nicht ans Telefon gegangen bist. Was ist los?«

»Ich bin krank.«

»Gott sei Dank! Äh, ich meine, was hast du? Bist du erkältet, da geht gerade was rum.«

»Hm«, machte Stella verlegen. Sie wollte Geli nicht sagen, dass sie psychische Probleme hatte, sie aber auch nicht anlügen.

Geli nahm ihr Hm als ein Ja und fuhr gleich fort: »Dann schon dich und nimm viel Ingwer, ist gut gegen Halsweh.«

»Das mache ich ... du ich lege auf, die Krankmeldung schicke ich dann per Post.«

»Ich weiß gar nicht, ob du bisher schon jemals krank warst. Kurier dich aus, ich geb dem Chef Bescheid.«

Stella war erleichtert. Die nächsten zwei Tage ging sie nicht aus dem Haus. Sie rief ein paar Therapeuten an, aber diese hatten keine freien Kapazitäten und boten ihr erst Termine in einem Vierteljahr an. Die meiste Zeit saß sie vor dem Fernseher, doch häufig wusste sie nicht, was gerade auf dem Bildschirm passierte. Ihre Gedanken sprangen wie aufgeschreckte Affen in ihrem Kopf hin und her. Beate rief zwar regelmäßig an, aber sie hatte keine Gelegenheit, mal länger vorbeizukommen, und brachte ihr nur einmal schnell eine warme Suppe vorbei. Irgendwann fasste sie sich ein Herz und schickte Heidi eine Sprachnachricht, in der sie ihrer Freundin von der Panikattacke berichtete.

Stellas Essensvorräte gingen zur Neige, doch sie hatte immer weniger Lust, aus dem Haus zu gehen. Stattdessen bestellte sie Pizza oder Salat. Abends nahm sie sich viel vor, was sie am nächsten Tag alles erledigen wollte. Doch irgendwie klappte es nicht, sie kam morgens nicht aus dem Bett, hatte keine Lust zu duschen oder sich umzuziehen, aß trockene Haferflocken und war nicht nur von ihrem Leben enttäuscht, sondern haderte vor allem mit ihrer jetzigen Lage. Hier saß sie, in der Blüte ihres Lebens – im Pyjama auf der Couch und aß trockenes Müsli. Aber um zumindest an letzterem etwas zu ändern, hätte sie einkaufen gehen müssen. Dazu konnte sie sich nicht überwinden und schaltete kurzerhand den Fernseher ein. Gerade liefen die Regionalnachrichten. Eine alleinstehende alte Dame war nach Wochen tot in ihrem Haus aufgefunden worden. Stella stellte sich vor, wie ihre Angehörigen und Freunde später in der Bildzeitung lesen würden, dass eine junge Frau aus unerklärlichen Gründen gestorben sei und erst Monate später gefunden wurde. Keiner hatte es bemerkt. Sie wurde wieder traurig. Als auch das Müsli leer war, war sie gezwungen, einkaufen zu gehen. Sie erwog, einfach nur noch von Pizza zu leben, aber ihr Bargeld war auch aufgebraucht.

Es fiel Stella sehr schwer, sich anzuziehen und das Haus zu verlassen. Im Supermarkt legte sie wahllos ein paar Sachen in den Einkaufswagen, ohne groß darüber nachzudenken, was sie damit kochen wollte. Nachdem sie bezahlt hatte, packte sie ihre Einkäufe an der Wand neben dem Ausgang in ihre Tasche. Dabei fiel ihr Blick auf das schwarze Brett, das direkt über ihr angebracht war. Darauf standen alle möglichen Angebote, Exkursionen, Dorfkonzerte und so weiter. Was ihr jedoch direkt ins Auge stach, war ein DIN-A4-Blatt mit folgender Aufschrift:

SELBSTHILFEGRUPPE
für Trauernde und Traurige
Hier wird dir zugehört und geholfen
von Betroffenen, die wissen, wie es dir geht.
Wir treffen uns jeden Donnerstag um
19:30 Uhr.

Es war einfach zusammengestellt ohne Bilder oder Cartoons, ein einfacher PC-Ausdruck. Darunter befanden sich eingeschnittene Zettel mit der Adresse und einer Telefonnummer. Stella kamen die Worte der Ärztin in den Sinn. *Trauernde und Traurige.* Doch sie traute sich nicht recht, einen Zettel abzureißen. Vielleicht sah sie ja jemand.

Sie ging nach Hause. Doch sie musste immer wieder daran denken. Morgen, morgen würde sie den Zettel mitnehmen und dort mal vorbeigehen.

Der Gedanke an diese Gruppe ließ ihr keine Ruhe. Die Treffen waren donnerstags. Früher war sie donnerstags immer mit Klaus im Fitnessstudio gewesen. Seit der Trennung war sie nicht mehr dort gewesen. Sie musste unbedingt den Vertrag kündigen.

Plötzlich fiel ihr ein, dass heute Donnerstag war. Heute würde sich die Selbsthilfegruppe treffen. Ob sie hingehen sollte? Doch das wäre zu schnell, nein, dafür war sie noch nicht bereit! Mit diesem Gedanken versuchte sie, ihr schlechtes Gewissen zu beruhigen. Dann setzte sie sich wieder vor den Fernseher.

Gegen neunzehn Uhr klingelte es an der Tür. Es war Heidi. Sie trug einen grauen Hosenanzug, wahrscheinlich kam sie direkt aus dem Büro. Dass Heidi Überstunden machte, war nichts Ungewöhnliches.

»Ich wollte mal nachsehen, in was für einem miserablen Zustand du bist«, meinte sie zur Begrüßung.

»Es geht.«

Heidi musterte sie einen Moment.

»Du musst mir schon erzählen, was passiert ist. Deine Nachricht klang ganz schön verzweifelt.«

Stella zuckte mit den Schultern. Heidi nahm sie in den Arm.

»Alles wird gut.«

Es tat gut zu wissen, dass jemand für sie da war. Auf Heidi konnte sie sich wirklich verlassen. Sie war den Tränen nahe, wieder einmal. Doch sie riss sich zusammen.

»Was musst du jetzt machen? Musst du dich behandeln lassen? Suchst du einen Therapeuten?«, fragte Heidi, nachdem sie sich zu ihr auf die Couch gesetzt hatte.

Stella schüttelte den Kopf. Als Heidi sie streng anblickte, fügte sie hinzu: »Ich habe den Aushang für eine Selbsthilfegruppe gesehen.«

»Das ist ja super. Wann findet sie statt?«

»Donnerstags um halb acht.«

»Abends? Das ist ja gleich«, rief Heidi.

»Das ist mir zu kurzfristig. Ich werde nächste Woche hingehen.«

»So ein Quatsch, du hast doch keine Termine, außer vor der Glotze zu sitzen.«

Stella zögerte. »Ach, ich weiß nicht.«

»Aber ich. Du ziehst dir jetzt etwas Hübsches an und dann fahre ich dich gleich hin.«

»Was? Nein, ich hab seit zwei Tagen nicht geduscht.«

»Na, dann renn. Ich suche dir etwas zum Anziehen raus!«

Stella versuchte es mit einem traurigen Hundeblick.

»Ha, der Blick funktioniert bei mir nicht. Als Jugendliche hatte ich einen Hund, der immer um Essen gebettelt hat. Hopp, hoch mit dir! Hast du die Adresse?«

»Na ja, ich kenne das Gebäude, wo das stattfindet ...«

»Dann steht uns ja nichts mehr im Weg.«

Stella raffte sich auf, duschte kurz und zog die Kleidung an, die Heidi ihr aus dem Schrank geholt hatte – ein buntes Sommerkleid, das eigentlich gar nicht zu ihrer Stimmung passte.

Um 19:33 Uhr standen sie vor dem alten Fabrikgebäude, in dem das Treffen stattfinden sollte. Es befand sich in einem Industrieareal ganz in der Nähe der Heidelberger Altstadt. In den umliegenden Backsteingebäuden waren mittlerweile zahlreiche Gastronomie- und Kulturbetriebe untergebracht. Es gab ein kleines Theater und die *Nachtschicht*, einen alten Musikclub, der schon so lange hier war, dass Stella ihn noch von früher kannte. Aber sie war seit Jahren nicht mehr dort gewesen.

Die Sonne stand schon tief am Himmel. Das ganze Areal wurde in ein weiches, goldgelbes Licht getaucht, während die Heidelberger auf den Terrassen der Cafés saßen. Doch Stella konnte auch dieser traumhafte Anblick nicht den Schmerz um ihr Herz erleichtern.

Heidi hakte sich bei ihr unter und führte sie in das Gebäude. Laut der Tafeln am Eingang hatten sich mehrere

Start-ups und Kulturvereine hier angesiedelt. Anscheinend wurden auch Räumlichkeiten an soziale Projekte wie die Selbsthilfegruppe vermietet. Dort hing auch ein Blatt, auf dem stand, in welchem Raum sich die Gruppe traf.

»Sieht so aus, als wären wir richtig«, sagte Heidi und öffnete die Tür.

Hier drinnen herrschte eine andere Atmosphäre, die eher zu Stellas Stimmung passte. Keine Fenster, nur wenig Beleuchtung und große, kahle Gänge, in denen der Putz von den ehemals weißen Wänden blätterte. Sie mussten in den vierten Stock und nahmen den Aufzug. Es war ein altmodischer Lastenaufzug, der bei der Fahrt so sehr vibrierte, dass Stella Angst hatte abzustürzen. Der Flur im vierten Stock war dunkel, nur unter einem Türspalt trat Licht hervor.

»Kommst du mit?«, fragte Stella. Irgendwie war ihr mulmig.

»Ich muss ja sichergehen, dass du auch hingehst«, frotzelte Heidi.

An der Tür hing ein mit Tesafilm befestigtes DIN-A4-Blatt mit der Aufschrift: *Selbsthilfegruppe für Trauernde und Traurige*.

»Ich finde diesen Satz schrecklich«, sagte Stella.

Heidi sah sie ernst an.

»Aber ich gebe dem Ganzen mal eine Chance«, fügte Stella eilig hinzu.

Sie öffneten die Tür, die so stark und schrill quietschte, dass Heidi und Stella unbewusst versuchten, auf Zehenspitzen zu laufen, um nicht ertappt zu werden. Sie traten ein und versuchten ein Lächeln, das gleichzeitig unschuldig und naiv wirken sollte, was ihnen ziemlich missglückte. Die fünf Personen, die in dem kleinen Raum in einem Kreis zusammensaßen, drehten sich überrascht um. Stella brachte kei-

nen Ton heraus. Doch Heidi war Konflikte als Abteilungsleiterin gewohnt und besuchte auch regelmäßig Kurse zur
Konfliktbewältigung. Sie wusste, dass Angriff manchmal die
beste Verteidigung ist, und sagte deshalb laut: »Hallo!«

Ein Mann, dessen Alter schwer zu schätzen war, vermutlich war er Mitte dreißig oder Anfang vierzig, strahlte sie
an. Er hatte einen Dreitagebart, trug ein orangefarbenes
Poloshirt, Jeans und Turnschuhe.

»Hallo, setzt euch.«

Er holte rasch zwei Stühle und Heidi und Stella ließen
sich nieder.

»Willkommen«, sagte der Mann. »Wir haben schon angefangen, aber das macht nichts.«

»Sorry, dass wir hier so hereinplatzen, normalerweise
kommen wir nicht zu spät«, murmelte Stella.

»Ist okay«, erwiderte er.

Die anderen lächelten teils schüchtern, teils neugierig.
Sie schienen so überrascht zu sein, dass gleich zwei Perso-
nen in ihre Runde kamen, dass sie abwechselnd Stella und
Heidi anstarrten.

»Ich bin Alex«, erklärte der Mann, der das Zusammentreffen zu leiten schien.

Neben ihm saß eine Frau Mitte zwanzig. Daneben ein
Mann Ende fünfzig, eine Frau, die noch etwas älter war,
und ein Mann um die vierzig, der Stella unglaublich bekannt vorkam. Doch sie wusste nicht, wo sie ihn schon
mal gesehen haben konnte. Er sah sehr gut aus, hatte aber
etwas Trauriges in seinen Augen. Auch er schaute sie an
und wirkte, als würde er überlegen, wo sie sich schon einmal begegnet waren.

»Wie auch immer, wir sind jetzt etwas aus unserem
Konzept geraten, deshalb könnt ihr zwei euch erst ein-

mal vorstellen. Also ich selbst bin Alex, ich leite diese Selbsthilfegruppe, wir sind eingetragen im Verzeichnis der Selbsthilfegruppen und eigentlich geht es um Trauer um Verstorbene. Aber auch Menschen mit anderen traurigen Anliegen sind herzlich willkommen.«

Stella nickte. Sie musste zugeben, dass Alex ihr auf Anhieb sympathisch war. Er hatte eine offene Art und wirkte, als ob er sich wirklich für seine Mitmenschen interessierte. Außerdem war er ziemlich attraktiv.

»Ich bin Tamara, Tamy«, sagte die junge Frau.

»Peter«, stellte der ältere Mann sich vor.

»Gerda. Hallo«, sagte die alte Dame lächelnd.

»Simon. Hi«, grüßte der Mann, der ihr so bekannt vorkam.

»Ich bin Stella«, erklärte sie schüchtern. Ihr Herz schlug so stark, dass sie das Gefühl hatte, alle anderen müssten es hören.

»Ich bin die Heidi und die Begleitung von Stella, aber wenn es nett ist, bleibe ich vielleicht auch.«

Heidi lachte laut. Das war eine Eigenart von ihr, ihr lautes und markantes Lachen. Normalerweise mochte Stella es, aber jetzt war es ihr peinlich.

»Willkommen«, sagte Alex. »Stella und Heidi, schön, dass ihr zu uns gefunden habt. Aber eigentlich dürfen hier wirklich nur Trauernde mitmachen.«

»Oh«, machte Heidi und sah leicht betreten aus.

Stella sah sie erschrocken an. Heidi wollte sie doch wohl nicht allein lassen? Die anderen schienen zu bemerken, wie unwohl ihr bei dem Gedanken war.

»Von mir aus kann sie bleiben«, sagte Gerda.

»Klar«, meinte Simon. »Wenn sie sich an die Gruppenregeln hält.«

Peter und Tamy nickten zustimmend.

»Okay, dann machen wir da heute mal eine Ausnahme und gucken, wie es läuft«, erklärte Alex.

Stella atmete erleichtert aus.

Alex fuhr fort: »Ein paar Infos zum Verlauf des Treffens. Ich moderiere den Abend. Ich sage bewusst *moderiere* und nicht *leite*. Ich hatte vor zwei Jahren einen Trauerfall in der engsten Familie. Deshalb habe ich die Gruppe damals gegründet, um mich mit Menschen auszutauschen, die dasselbe durchmachen. Wir treffen uns in dieser Konstellation seit ein paar Monaten und sind gespannt, wer noch dazukommt. Wichtig ist: Was hier ausgesprochen wird, bleibt in diesem Raum. Wir erzählen es niemandem von außen weiter. Dies ist ein intimer Kreis.«

Tamy kicherte. Sie war sicher die Jüngste in der Runde und wirkte auch so. Vom Alter her konnte sie eine der zahlreichen Heidelberger Studentinnen sein. Während ihrer Studienzeit hatte sich Stella selbst noch etwas kindisch benommen, deshalb nahm sie Tamy ihr Gekicher nicht übel.

Alex sah Tamy kurz freundlich an, dann fuhr er fort: »Damit will ich sagen, wir können über alles sprechen, aber nicht nach außen. Wir beginnen mit einem *Blitzlicht*. So nennen wir die Runde zu Beginn jedes Treffens, in der jeder, der möchte, kurz erzählen kann, wie seine Woche war. Wir hatten damit schon angefangen. Tamy, möchtest du noch mal wiederholen, was du gesagt hast?«

Tamy nickte und begann: »Meine Woche war wie gesagt gut. Das erste Mal seit Langem hatte ich eine schöne und lustige Zeit. Danke, das hab ich euch zu verdanken.«

Die anderen klatschten Beifall. Dann war Peter an der Reihe: »Hallo, ja meine Woche war heftig, aber ich habe es geschafft, sie nur einmal anzurufen.«

»Super«, rief Gerda.

Wieder gab es Beifall.

Mit einem Blick auf Stella und Heidi fügte Peter hinzu: »Meine Exfrau – nach zwanzig Jahren ist sie gegangen, einfach so, hat nur gemeint, wir passen nicht zueinander.«

Stella sah ihn voller Mitgefühl an und nickte.

Nach einem kurzen Moment der Stille erzählte Gerda: »Bei mir ist alles gleich. Ich gehe regelmäßig zum Friedhof, wo ich Emil besuche.«

Stella und Heidi schauten verständnisvoll und nickten. Gerda putzte sich die Nase und wischte sich Tränen aus den Augen.

»Ihr Mann?«, fragte Heidi mitleidsvoll.

Gerda schüttelte den Kopf. »Mein kleiner Schatz«, schluchzte sie.

Tamy flüsterte leise: »Ihr Hund.«

Heidi atmete erleichtert auf. Stella boxte ihre Freundin in die Seite, auch wenn sie selbst irgendwie beruhigt war, dass Gerda nicht von ihrem Mann gesprochen hatte.

Simon druckste einen Moment herum, dann erzählte er: »Bei mir war nix Besonderes, die Kinder waren wie kleine Monster. Clara ist am Neckar am Wochenende bei einem Ausflug mit Helen ausgeflippt, ich dann fast auch. Danach hat Helen natürlich die Flucht ergriffen. Sie meinte, sie ist nicht bereit für Kinder.«

»Dann hat sie dich auch nicht verdient«, rief Tamy empört.

»Das ist nett von dir. Ich fühle mich echt wie ein Versager. Die Leute standen natürlich da und haben gegafft, als ob sie noch nie ein bockiges Kind gesehen hätten.«

Stella wurde schlagartig klar, woher sie ihn kannte. Das war der Typ mit der schreienden Tochter vom Sonntag! Sie merkte, wie ihr die Röte ins Gesicht stieg.

»Danke«, sagte Alex. »Tamy, denk dran, dass das Blitzlicht nicht für Tipps da ist. Wenn Simon es möchte, können wir anschließend noch einmal darüber sprechen. Möchte noch jemand etwas sagen?«

Heidi meldete sich rasch zu Wort: »Wie gesagt, ich bin nur die Begleitung. Danke, dass ich hier sein darf, und ich verspreche natürlich, nichts nach draußen zu tragen.«

Alex nickte ihr zu. Nun hatten alle außer Stella und Alex etwas gesagt. Sie fühlte sich seltsam. Sicher erwarteten die anderen, dass sie nun auch etwas erzählte. Sie musterte diese Menschen, die äußerst private Anliegen mit ihr, einer Fremden teilten, mit einem unangenehmen Gefühl in der Magengegend. Alex schien ein netter Typ zu sein, die anderen bestimmt auch, aber irgendwie hatten alle ziemliche Probleme. Was sollte sie sagen? Konnte sie es überhaupt aussprechen?

»Stella, möchtest du uns von deiner Woche erzählen? Es ist wie gesagt freiwillig. Jeder darf sich hier die Zeit nehmen, die er benötigt und niemand muss etwas sagen.«

Stella räusperte sich und spielte mit einer hellbraunen Locke.

»Na ja, meine Woche war ... hm, nicht so besonders, ich bin krankgeschrieben und ... ja, ich finde keinen Therapeuten und hab die Anzeige von der Gruppe gesehen, im Supermarkt, und jetzt bin ich hier«, sagte sie. Es war mehr eine Zusammenfassung dessen, wie sie die Gruppe gefunden hatte, und weniger ein Blick in ihre Seele. Aber zumindest hatte sie etwas gesagt.

»Die hab ich letzten Monat aufgehängt«, rief Gerda begeistert.

Stella merkte, wie schwierig es für sie war, ihnen mehr von sich zu erzählen. Diese Menschen hatten jemanden verloren, der ihnen wichtig war, und sie? Was hatte sie schon zu erzählen?

Alex nickte. Die anderen schienen auf eine Erläuterung zu warten, doch als sie schwieg, begann Alex einfach mit dem Einstieg ins Thema.

»Wisst ihr«, sagte er. »In unserer Gesellschaft ist Trauer ein Tabu, man oder mittlerweile auch frau muss stark sein. So nach dem Motto *yes we can!*«

Die anderen nickten.

»Ja, genau so ist es«, fiel Tamy ihm ins Wort. »Wir müssen immer irgendwelchen Erwartungen entsprechen.«

»Richtig. Aber es gibt viele Kulturen, wo Trauer genauso berechtigt ist wie Freude. Ein Begräbnis ist ein großes Ereignis, genauso wie eine Hochzeit. Vieles wird in Gemeinschaft mit anderen beweint. Ich war mal vor langer Zeit bei einem Freund auf der Beerdigung seines Vaters. Sie kamen aus, äh, irgendwo aus dem ehemaligen Jugoslawien. Da wurde getrauert und geweint, sage ich euch. Von anderen Kulturkreisen könnten wir etwas über das Trauern lernen.«

Alle hörten aufmerksam zu.

»Ich habe versucht, stark zu sein, wegen der Kinder. Ich hab viel mit ihnen gesprochen, sie getröstet. Während Karin krank war, hab ich ja auch versucht, sie davon so gut es geht fern zu halten.«, sagte Simon.

»Nur du bist auf der Strecke geblieben«, sagte Peter.

»Sozusagen.«

Simon schaute zu Boden. Dann fuhr er fort: »Wahrscheinlich war es auch ein Fehler von mir, mich mit Helen zu treffen. Ich dachte, ich bin wieder bereit für eine Beziehung, aber dann habe ich auch immer wieder Schuldgefühle ...« Weiter sprach er nicht.

»Das ist ganz normal«, sagte Alex. »Gerade, wenn der Wunsch nach einer neuen Partnerschaft und Nähe mit einer anderen Person aufkommt. Aber auf der anderen Seite ist es ja nun schon einige Zeit her. Überleg mal, was sich deine Frau gewünscht hätte. Meinst du, sie wollte, dass du und die Kinder immer alleine bleiben?«

Simon schüttelte den Kopf.

Gerda meinte: »Ich kann Alex nur zustimmen. Als Emil gestorben war, hab ich tagelang geweint, aber nur zu Hause. Nach außen konnte ich ja nicht zeigen, dass der Tod eines Hundes mich so mitnimmt, sonst hätten mich ja alle ausgelacht. Oder noch schlimmer, sie hätten gesagt, sie seien froh, dass ich nur einen Hund verloren habe und keinen Menschen. Aber er hat mich so viele Jahre treu begleitet.«

Stella schämte sich für ihre anfänglichen Gedanken. Wieder tupfte sich Gerda die Augen und steckte das Taschentuch in ihren Ärmel. Alex las nun ein Gedicht vor – oder war es ein irisches Sprichwort? – Stella hörte nicht richtig hin, zu sehr war sie mit dem Beobachten der Anwesenden beschäftigt. Anschließend durften die Gruppenmitglieder ihre Gedanken zu seinen Worten sagen, Alex moderierte das Gespräch lediglich. Zum Glück wiederholte er das Zitat noch einmal, es stammte vom Philosophen Hegel: »*Aus Lügen, die wir ständig wiederholen, werden Wahrheiten, die unser tägliches Leben bestimmen.*« Ein paar der Teilnehmer bezogen die Aussage auf ihr eigenes Leben und brachten Beispiele, wann sie in letzter Zeit negative Dinge über ihre Lebenssituation ausgesprochen hatten. Stella ging das Ganze zu schnell, sie konnte ihre Gedanken nicht fokussieren.

Als keiner mehr etwas sagte, ergänzte Alex: »Seht ihr? Und diese negativen Gedanken prägen unser gesamtes Handeln, bis es uns wirklich elend geht. Wenn ihr möchtet, könnt ihr zu Hause noch einmal in Ruhe darüber nachdenken. Damit ist der offizielle Teil zu Ende. Stella, ich würde mich freuen, wenn du nächste Woche wiederkommst.«

Stella sah sich wieder hilfesuchend nach Heidi um. Sie verstand sich selbst nicht, seit wann brauchte sie einen Babysitter? Alex bemerkte ihren Blick und schien hin und her gerissen.

Bevor er etwas sagen konnte, erklärte Gerda: »Wenn Stella möchte, dass Heidi sie wieder begleitet, dann finde ich das in Ordnung.«

Die anderen musterten Stella erstaunt und sie wurde rot.

»Ja, also dann …«, machte Alex unschlüssig.

»So ... und jetzt gibt es leckeren Tee und ein paar Kekse!«, rief Gerda. »Selbstgemacht!«

Die anderen lächelten.

»Ihr seid herzlich eingeladen, noch zu bleiben«, sagte Alex.

»Ich glaube, Heidi muss los«, antwortete Stella, weil sie nach Hause wollte. Irgendwie ging ihr das ganze Trauern auf die Nerven oder zu nah. Sie wusste es nicht. Sie hatte einerseits nicht das Gefühl, dass sie sich ihre Probleme nur einredete, wie dieser Hegel gesagt hatte. Andererseits war sie wahrscheinlich nicht so ein schwerer Fall wie die anderen. Sie würde das schon mit noch ein bisschen Ruhe hinkriegen.

»Nein, nein, wenn ich ein Stündchen später heimkomme, ist das nicht so schlimm, meine zwei Katzen halten es noch gut aus ohne mich«, widersprach Heidi.

Stella war überrascht. Was war denn mit ihrer Freundin los? Dann bemerkte sie, wie Heidi auf Alex zuging und ihre Körpersprache, das Zurückwerfen ihrer Haare und das markante Lachen verrieten ihr, dass Heidi die Gesellschaft gefiel. Vor allem die von Alex.

Stella wunderte sich darüber. Alex passte ihrer Meinung nach gar nicht zu Heidi, die zwar witzig war, aber auch sehr geordnet und penibel. Das war schon an ihrer korrekten Erscheinung zu erkennen. Alles passte und nichts wurde dem Zufall überlassen. Alex schien das genaue Gegenteil zu sein. Er wirkte sehr entspannt, ein bisschen wie ein Surf-Lehrer mit seinem Dreitagebart und dem breiten Lächeln. Natürlich hatte er eine gewisse Anziehungskraft auf Frauen. Aber ob Heidi sein Typ war?

Er lächelte Heidi immerhin an, als er sich mit ihr unterhielt und ihr ein Zitat von Abraham Lincoln präsentierte: »*Man hilft den Menschen nicht, wenn man für sie tut, was sie selbst tun können.* Deshalb versuche ich, mich in der Gruppe zurückzuhalten und jeden zu Wort kommen zu lassen.«

Der Mann schien eine laufende Zitate-Sammlung zu sein, aber Stella musste zugeben, dass die Sprüche gut gewählt waren.

»Geht es dir gut?«, fragte Gerda.

»Bitte?« Stella war von der Frage überrascht.

»Geht es dir gut?«, wiederholte Gerda.

Stella schaute sie an. Wie alt war sie wohl? Sechzig? Oder schon älter? Das konnte Stella schwer schätzen. Gerda trug ihre gewellten Haare kurz, sie waren aufmerksam frisiert. Bestimmt ging sie mit Lockenwicklern ins Bett. Sie hatte einen Rock und eine hübsche, perfekt gebügelte weiße Bluse mit dem zum Rock passenden Jäckchen an. Sie sah adrett aus, fand Stella. Als junge Frau musste sie sehr attraktiv gewesen sein. Doch dann merkte sie, dass Gerda immer noch auf eine Antwort wartete.

»Ja, mir geht es gut«, meinte sie, aber ihr Tonfall passte nicht zu ihren Worten.

»So ging es uns allen beim ersten Mal und jetzt sind wir wie eine Familie.«

Genau das hatte Stella befürchtet. Sie wollte keine Ersatzfamilie aus bunt gemischten Menschen, die alle einen Trauerknacks hatten. Sie lächelte freundlich und wusste nicht, was sie erwidern sollte.

In diesem Moment kam Simon herüber.

»Ich habe das Gefühl, dich schon mal gesehen zu haben. Kennen wir uns irgendwoher?«

Stella wurde rot, versuchte es jedoch zu überspielen und sagte: »Ich glaube nicht.«

»Früher konnte ich mir Gesichter ausgezeichnet merken, doch das hat leider sehr nachgelassen.«

Sie hoffte, dass dieses Talent nicht ausgerechnet heute Abend wieder zum Vorschein kam.

»Ich hole mir mal einen dieser leckeren Kekse«, sagte sie rasch und lief zu dem kleinen runden Tisch, um einen Vorwand zu haben, sich aus seinem Blickfeld zu entfernen.

Heidi kam zu ihr und nahm sich ebenfalls einen Keks.

»Das ist doch ein Volltreffer hier. Ich wünschte, ich hätte etwas zu betrauern, dieser Alex ist ja so süß.«

»Ich dachte, du hast es mit den Männern aufgegeben?«, entgegnete Stella, während sie in einen von Gerdas Butterkeksen in Herzform biss.

»Man sollte niemals nie sagen. Und wie findest du diesen Witwer? Der ist ja so was von gut aussehend mit seinem Schmollmund.«

Stella verdrehte die Augen: »Wir sind hier nicht auf einer Singlebörse. Was ist bloß los mit dir?«

»Was denkst du denn, warum die alle hier sind? Klar, um ein paar Tränen zu vergießen, aber mit Sicherheit auch, um sich ein Herzblatt zu suchen.«

Stella schüttelte den Kopf. Ihre Freundin war schon immer sehr freimütig gewesen, aber diesmal irrte sie sich sicherlich.

»Wir müssen dann los«, sagte Stella in die Runde, bevor Heidi sie daran hindern konnte.

Die anderen verabschiedeten sich.

»Bis nächsten Donnerstag«, rief Peter ihnen zu.

»Du bist solch eine Spielverderberin. Hast du gesehen, wie traurig Simon aussah? Den solltest du dir angeln«, riet Heidi Stella auf dem Gang.»Einen überforderten, trauernden Witwer mit zwei wilden Kindern? Na, danke.«

»Wieso? Du wolltest doch immer Kinder. In diesem Fall müsstest du nicht einmal etwas dafür tun.«

»Heidi, ich hab Kopfschmerzen. Und sag mal, hast du was getrunken? So kenne ich dich gar nicht!«

»Ich weiß auch nicht, vielleicht ist das meine wahre Natur«, erwiderte Heidi grinsend.

Als Stella später in einem alten Longshirt auf der Couch saß, fühlte sie sich besser. Sie nahm ein Buch in die Hand, einen flott geschriebenen Regionalkrimi. Doch ihre Gedanken schweiften ab. Sie dachte an die Menschen, die sie heute kennengelernt hatte und die, obwohl sie eine Fremde war, so offen über ihre Probleme gesprochen hatten. Warum konnte sie das nicht? Vielleicht würde es ihr wirklich helfen. Doch was war der Grund für ihre Trauer? Die Scheidung? Der unerfüllte Kinderwunsch? Sie wollte nicht daran denken. Sollte sie noch einmal dort hingehen oder sich einfach zusammenreißen, zur Arbeit gehen und versuchen, alles zu vergessen?

Ihr Telefon machte einen Pieps-Ton und sie sah die Erinnerung für einen Termin bei Beates Model-Ärztin am nächsten Morgen. Stella seufzte.

Stella holte sich noch einmal Gerda, Alex, Peter, Tamy und Simon vor ihr geistiges Auge. Gerda, eine einsame nette Dame, die wahrscheinlich schon gar nicht mehr wirklich tief trauerte, sondern einfach die Gemeinschaft genoss. Alex? Er schien die Gruppe zu mögen und hatte wirklich Talent dabei, sie zu moderieren. Tamara? Stella hatte nicht begriffen, warum sie überhaupt da war, die junge Frau hatte dafür zu wenig erzählt. Und Peter? Bei ihm schien alles klar zu sein, er trauerte seiner Ex-Frau nach und die Gruppe schien ihm wirklich zu helfen. Schließlich kam sie zu Simon. Sie hätte ihn beinahe nicht erkannt. Er sah gut aus, war aber einer dieser Typen, denen es nicht klar war. Er hatte sogar Stil, ob bewusst oder unbewusst. Doch mit Jeans, Turnschuhen und einem grauen T-Shirt konnte man nichts falsch machen. Aber trotzdem fand sie ihn nicht anziehend, denn in erster Linie war er ein Witwer, der den Tränen nahe war, und so etwas mochte sie nicht. Männer, die weinen, nein danke. Da konnte Heidi seine Lippen noch so loben.

Trotzdem fragte sie sich, was er wohl von ihr hielt. Sie war nicht hässlich, vielleicht ganz süß, aber kein Supermodel oder Ähnliches. Sie hatte zwar an den entscheidenden Stellen Kurven, aber auch an anderen ein paar Rundungen. Klaus hatte zwar am Anfang behauptet, dass sie für ihn die hübscheste Frau der Welt sei, aber schließlich hatte er doch Giselle bevorzugt. Vielleicht war sie auch einfach zu sehr mit dem Kinderwunschthema beschäftigt gewesen und hatte Klaus damit vertrieben. Als sie merkte, dass diese Gedanken sie traurig machten, widmete sie sich wieder dem Krimi, doch er konnte sie nicht wirklich fesseln.

Am nächsten Vormittag saß Stella in dem weißen Wartezimmer mit den weißen Stühlen und den weißen Wänden. Nur der Teppich war grau und die Beistelltischchen blitzten in demselben Ton. Die Einrichtung erinnerte an ein Krankenhaus. Sie fragte sich, ob dieses Wartezimmer abschrecken oder gar die Patienten in die Flucht schlagen sollte. Eigentlich müssten Wartezimmer schön eingerichtet werden, dachte sie, da Patienten dort mehr Zeit verbrachten als im Behandlungsraum. Nur in einer Hinsicht gefiel es Stella hier: An den Wänden hingen keine dieser diffus bunten Bilder, die speziell für Arztpraxen angefertigt wurden, sondern Plakate von Kunst-Ausstellungen.

Schließlich wurde sie ins Sprechzimmer gerufen. »Wie geht es Ihnen? Ist das Herzrasen noch einmal aufgetaucht?«, erkundigte sich die Ärztin geschäftig.

»Bisher nicht. Ich habe zwar gelesen, dass Panikattacken jederzeit wieder auftreten können, aber vielleicht war es bei mir auch etwas anderes. Vielleicht war alles ein bisschen zu viel, doch ich habe ja jetzt viel Ruhe.«

»Ja. Deswegen ist es auch wichtig, dass Sie an den Ursachen arbeiten. Und haben Sie schon einen Therapeuten gefunden?«, wollte Dr. Silber wissen, während sie etwas in ihren Computer tippte.

Stella wiegte den Kopf hin und her und antwortete: »Eine Therapeutin, aber der Termin, den ich bekommen habe, ist erst im September.«

»Da haben Sie Glück, ich habe Patienten, die warten noch länger. Und wie fühlen Sie sich?«

Stella zuckte mit den Schultern. »Ich weiß nicht, besser vielleicht. Wahrscheinlich kann ich nächste Woche wieder arbeiten.«

Miss Doctor nickte nur.

»Ach so, ich war in einer Selbsthilfegruppe für Trauernde.«

Die Ärztin hob ihren Kopf. »Das ist gut, sehr gut sogar. Dass Sie so schnell Eigeninitiative zeigen, ist ein sehr gutes Zeichen. Sie sind ja eine richtige Vorzeigepatientin!«

Sie lächelte. Stella wusste nicht, ob sie das als Kompliment nehmen oder sich über ihre Überheblichkeit ärgern sollte. Aber irgendwie schüchterten sie Menschen in weißen Kitteln immer ein, obwohl diese Ärztin nicht einmal einen weißen Kittel trug.

»Ich weiß aber nicht, ob das etwas für mich ist«, fügte sie störrisch hinzu.

»Warum? Wirkt die Gruppe nicht seriös? Fragen Sie, ob es eine eingetragene Gruppe ist.«

»Das ist sie, das hat der Leiter betont.«

»Gehen Sie noch ein paar Mal hin, und dann können Sie immer noch entscheiden, ob es etwas für Sie ist. Ich schreibe Sie noch einmal krank, damit sie emotional etwas stabiler werden können. Und besuchen Sie weiter diese Gruppe, das ist eine sehr gute Idee.«

Stella seufzte.

Nach ihrem Termin ging sie zu Fuß nach Hause. Sie liebte lange Spaziergänge und hatte ja auch sonst nichts zu tun. Sie lief am Neckar entlang und die Ruhe des Flusses übertrug sich auf sie. Dennoch fragte sie sich, wie sie aus dieser Situation herauskommen sollte. Sie musste wohl die Vergangenheit aufarbeiten, gleichzeitig hatte sie das Gefühl, es alleine nicht zu schaffen. War die Selbsthilfegruppe doch ein Weg? Es waren viele Gedanken und sie merkte, wie sie sich innerlich anspannte. Zu Hause legte sie sich auf die Couch und döste vor sich hin.

Am Abend stand Heidi vor ihrer Tür und hielt ihr eine große Schale unter die Nase.

»Ich habe Sushi dabei. Von unserem Lieblingsladen«, erklärte sie. »Ich hatte einen harten Tag und muss mir etwas Gutes gönnen.«

»Was ist denn passiert?«, fragte Stella und bat Heidi herein.

»Ach, immer derselbe Schwachsinn. Diese Alphatierchen versuchen ständig, mir ans Bein zu pinkeln. Sie denken, nur weil ich eine Frau bin, wäre ich nur gut für die Personalabteilung. Aber zum Glück weiß ich durch meine Katzen, wie ich mit diesen Schwachmaten umgehen muss.«

Stella lachte. »Klasse. Du bist doch immer noch die Abteilungsleiterin für IT, oder?«

Heidi verdrehte die Augen. »Ach Stella, wie lange sind wir befreundet? Und du weißt immer noch nicht, was ich mache?«

»Irgendwas mit IT?«

»Ja, *irgendwas mit IT*. Lass uns die Maki wegfuttern. Ich will nicht mehr über die Arbeit sprechen.«

Sie setzten sich auf die Couch und aßen im Nu die leckeren Reisröllchen auf. Ein wenig später lehnten sie sich zurück und strichen über ihre Bäuche.

»Puuh, das war definitiv zu viel«, sagte Stella.

»Es sieht immer nach so wenig aus, ist ja nur Reis und Fisch«, meinte Heidi.

Eine Weile schwiegen sie.

Schließlich sagte Heidi: »Ich kann kaum abwarten, bis Donnerstag ist.«

»Warum? Willst du jetzt auch trauern?«

»Klar, ich hatte mal als Kind einen Goldfisch. Als er gestorben ist, haben meine Eltern es mir nicht gesagt, sondern einen ähnlichen gekauft und so getan, als ob es immer noch Lilly sei.«

»Und?«

»Wer weiß, was das für einen Schaden in meiner kindlichen Psyche verursacht hat! Ich habe mich zwar gewundert, dass Lilly plötzlich größer war, aber meine Mutter versicherte mir, dass das nur ein Wachstumsschub sei.«

»Wann haben sie es dir gesagt?«

»Ach, ich glaube beim sechzigsten Geburtstag meiner Mutter.«

»Und wie war das für dich?«

»Wie du siehst, habe ich ohne ein großes Trauma überlebt. Obwohl, wenn ich so recht überlege, vielleicht ist das der Grund, warum ich keine festen Bindungen eingehe.«

Stella sah sie irritiert an.

»Spaß«. Heidi lächelte. »So, jetzt mach mal den Fernseher an.«

Stella drückte auf die Fernbedienung und Heidi holte lächelnd eine Packung Nachos und ein Glas mit Salsa-Sauce aus ihrer schwarzen Ledertasche.

»Da wir keine Männer haben, ist es auch nicht wild, wenn der Hintern breiter wird. Darauf sitz's sich viel bequemer«, meinte sie.

44

»Eigentlich bin noch total satt vom Sushi …«

»Ach, das ist schnell verdaut. Aber ein Film ohne Chips und Wein, dass macht doch keinen Spaß.«

Heidi zog ihre Schuhe aus, Stella holte eine Flasche Wein und zwei Gläser und bald darauf sahen die beiden zum zehnten Mal *Tatsächlich Liebe*.

Nachdem der Film vorbei war, seufzte Heidi zufrieden: »Ich glaube, jetzt muss ich gehen, sonst werden meine Kinder wütend.«

Stella lächelte. Heidi war eine gute Freundin. Sie hatte sie tatsächlich auf andere Gedanken gebracht.

»Bis Donnerstag«, sagte Heidi beim Rausgehen.

»Bis Donnerstag«, murmelte Stella.

»Willkommen«, sagte Alex, als sie, diesmal pünktlich, den Raum betraten.

Er trug eine Jeans und einen recht engen Pullover, der seine starken Oberarme betonte. Stella verstand, dass Heidis Herz höher schlug, er war einfühlsam und dennoch ganz Mann. Sein Dreitagebart und die blonden Haare mit den paar grauen Strähnen standen ihm hervorragend. Er hätte auch der Werbeträger von Marlboro sein können. Der Marlboro-Mann vom Neckar! *Aber er gehört Heidi, jedenfalls in Gedanken*, ermahnte sich Stella.

»Wer möchte erzählen, wie seine Woche war?«, fragte Alex.

Tamy hob kurz ihre Hand und begann: »Die Woche war okay. Ich hatte nicht so viel Angst, dass etwas Schlimmes passieren könnte. Ich will endlich mein Studium weiter-machen, bevor sie mich rausschmeißen.«

»Was studierst du denn?«, fragte Heidi.

»BWL, aber es ist nicht ganz mein Ding.«

Tamara erzählte noch etwas, aber Stella hörte nicht mehr zu, sondern musterte die junge Frau genauer. So wie die Studentin immer wieder zu Alex blickte, während sie erzählte, vermutete Stella, dass sie entweder in ihn verliebt war oder bereits eine Affäre mit ihm hatte. Tamara sah gut aus, hatte blonde lange Haare, war schlank, dezent geschminkt und jung. Blonde Frauen schienen auf Männer sowieso eine Faszination auszu-üben. Wenn sie dazu noch nicht einmal dreißig Jahre alt waren, waren keine weiteren Qualitäten vonnöten. Das war Stella schon als Teenager aufgefallen, mit ih-ren braunen Haaren war sie immer die graue Maus ge-wesen. Auch als sie sich später Strähnen färben ließ, war es nie dasselbe.

»Nicht träumen«, flüsterte Heidi und verpasste ihr einen leichten Hieb in die Seite.

Heidi schien sich dieser Gruppe zugehöriger zu fühlen als Stella. Das wunderte sie, da Heidi sonst der Typ war, der von solchen Dingen nicht viel hielt. Obwohl sie nur die Begleitung von Stella war, schienen die anderen sie zu mögen und zu akzeptieren.

Mittlerweile hatte Gerda das Wort ergriffen: »Ich habe mir am Montag Hunde angeschaut. Ich überlege, mir ei-nen neuen Schatz zu holen.«

Alle klatschten.

»Das ist eine gute Entscheidung. Das heißt, es geht für dich weiter«, sagte Alex.

Gerda lächelte etwas verschämt.

»Es wird aber noch etwas dauern, bis ich mich dazu durchringen kann«, sagte sie.

»Nimm dir Zeit«, sagte Alex. »Wer möchte weitermachen?«

»Die Woche war nicht einfach, in vier Wochen hat meine kleine Clara Geburtstag«, sagte Simon. »Diese Feier bringt mich an den Rand der Verzweiflung. Die Kleine wünscht sich eine *Frozen*-Party.«

»Was heißt das? Gibt es nur Tiefgefrorenes?«, wollte Peter wissen.

Tamy und Simon lachten. Sie waren neben Stella anscheinend die Einzigen, die verstanden, worum es ging. Durch ihre Nachbarskinder wusste sie genau, was gemeint war.

»Nee, das wäre mir lieber«, erklärte Simon. »*Frozen* ist ein Disneyfilm über eine Eiskönigin.«

»Die Eiskönigin? Ist das Märchen nicht sehr traurig?«, fragte Gerda.

»Normalerweise schon, aber nicht bei Disney. Da ist alles in diesem Glitzertürkis. Ach, ich weiß gar nicht, wie ich das alles schaffen soll. Neben der Arbeit, dem Haushalt ... und dann auch noch eine Party für kleine Mädchen. Ich weiß gar nicht, wo ich anfangen soll.«

Die anderen nickten verständnisvoll.

»Holst du dir Hilfe?«, wollte Alex wissen.

»Von wem denn?«, fragte Simon frustriert.

»Hier, Stella kann super backen und mit Kindern umgehen«, rief Heidi.

»Was? Ich kann dir nur eine Motivtorte im Internet bestellen«, widersprach Stella.

An Alex' Gesichtsausdruck war zu sehen, dass er Heidis Einwurf nicht gut fand.

»Das ist zwar eine schöne Idee – und ich freue mich, dass du etwas frischen Wind in die Gruppe bringst, Heidi

– aber eigentlich geht es bei dieser Gruppe um einen geschützten Raum, in dem wir uns über unsere Probleme austauschen.«

»Ja, aber, wenn sie helfen wollen, dann ist das doch eine super Idee«, sagte Gerda. »Eigentlich könnten wir Simon alle unter die Arme greifen bei dieser Feier.«

»Aber wo sind dann die Grenzen, wenn wir anfangen Gruppe und Privatleben zu vermischen?«, fragte Alex.

Keiner sagte was.

»Ist schon in Ordnung«, sagte Simon.

»Also ich finde, wir sollten Simon helfen«, beharrte Gerda. »Jetzt kennen wir uns schon so lange. Und es geht doch nur darum, dass wir auch mal praktisch anpacken.«

»Was meinen denn die anderen?«, fragte Alex.

»Von mir aus können wir Simon gerne helfen«, sagte Tamy.

Auch Peter nickte, sagte aber: »Ich weiß nicht, was ich zu so einem Kindergeburtstag beitragen könnte.«

»Es reicht ja auch, wenn zwei oder drei helfen. Aber vielleicht könnten wir uns am nächsten Donnerstag mal den Film anschauen?«, schlug Gerda vor.

Alle sahen sie überrascht an.

»Na, damit wir wissen, worum es da geht und wie wir eine unvergessliche Mottoparty für die Kleine organisieren können.«

Sie sah zu Alex: »Ist das okay für dich?«

»Wenn es hilft«, gab er sich geschlagen.

»Ich habe den Film zwar schon ungefähr zehn Mal sehen müssen, aber von mir aus«, sagte Simon.

Plötzlich redeten alle durcheinander, wer was zum Filmabend mitbringen sollte. Es war die erste gemeinsame Unternehmung.

Schließlich räusperte sich Alex: »Okay, Leute, jetzt wollen wir mal weitermachen, den Filmabend nächste Woche können wir auch noch nachher bei Tee und Keksen besprechen.«

Es wurde ruhiger und alle machten wieder ernstere Gesichter.

»Wer möchte als Nächstes erzählen?«

Peter meldete sich zu Wort: »Außer, dass ich einmal auf der Arbeit ausgeflippt bin, war alles in Ordnung.«

Alex sah ihn mit erhobenen Brauen an: »Ausgeflippt?«

»Na ja, wie man so ausflippt eben, mit Schreien und Drohen und so.«

Alex nickte. »Und, wie war das für dich?«

»Hinterher hab ich mich ziemlich geschämt und mich entschuldigt. Danach lief es ganz gut.«

»Danke. – Stella, möchtest du kurz erzählen, wie deine Woche war?«

Nachdem alle anderen etwas erzählt hatten, hatte Stella das Gefühl, dass sie auch etwas sagen musste, egal wie *freiwillig* diese Blitzlichtrunde war.

»Ich bin immer noch krankgeschrieben und vertreibe mir die Zeit damit, die neusten Posts von meinem Ex-Mann und seinem Baby anzusehen«, schoss es aus ihr heraus. Hatte sie zu viel gesagt?

Gerda sah sie mitleidsvoll an und Tamy biss sich auf die Lippen.

»Danke für deine Ehrlichkeit«, meinte Alex. Er nickte wie ein alter Buddha-Meister und plötzlich hätte sie gern mehr erzählt, vielleicht weil ihr niemand von den Anwesenden nahestand oder einfach, weil alle eins gemeinsam hatten, sie trauerten um etwas oder jemanden.

Doch Alex begann bereits mit seiner Einführung ins heutige Thema. Stella war in Gedanken ganz woanders.

Anschließend stupste Heidi Stella an und flüsterte ihr zu: »Hey, das hat doch super zu dir gepasst. Möchtest du noch mehr von deiner Trauer erzählen?«

Eigentlich wollte sie es erzählen, aber sie wusste nicht wie.

»Es fällt mir schwer, über meine Trauer zu sprechen«, sagte sie, als eine Pause entstand.

»Weil es zu schmerzvoll ist?«, fragte Gerda leise und verständnisvoll.

»Oder bist du einfach wütend?«, fragte Peter.

Stella dachte nach.

»Alles. Ich bin wütend, traurig, bemitleide mich selbst, finde alles unfair und ungerecht und will diesen Mist nicht für mich behalten.«

Alex und Simon nickten.

»Mir ging es damals auch so«, sagte Simon. »Als Karin mit der Diagnose vom Arzt kam, dachten wir noch, wir werden den Scheiß-Krebs besiegen. Uns wird das bestimmt nicht treffen. Sie ist doch noch so jung. Später, als sich schon überall Metastasen gebildet hatten und wir mit dem Schlimmsten rechnen mussten, war ich so schrecklich wütend auf alles, das Leben, Gott, andere glückliche Menschen.« Für einen Moment wirkte er nachdenklich. Dann meinte er: »Es geht mir immer noch so.«

»Eine Wut, dass man alles kurz und klein schlagen könnte«, fügte Peter hinzu.

»Das stimmt, ich entdeckte auch so eine böse Seite in mir. Ich gönne niemandem das Glück, das er hat«, warf Gerda ein.

»Ja, ich hasse meinen Exmann – aber noch mehr diese Trulla, mit der er gleich ein Kind gezeugt hat. Und ich? Ich werde niemals welche haben! Ich kann keine Kinder mehr bekommen.«

»Also hast du zwei Verluste, den Mann und die Trauer um den Kinderwunsch?«, fragte Alex.

Stella nickte. Keiner hatte es bis jetzt so einfach und neutral ausgesprochen.

»Wenn es dir ein Trost ist, ich habe einen Sohn, aber er meldet sich fast nie. Es ist, als ob ich keine Kinder hätte. Früher dachte ich, wenigstens mein Kind wird mich mal im Altersheim besuchen«, erzählte Gerda bedauernd.

»Aber du weißt, dass du ein Kind hast. Das ist schon ein Unterschied«, widersprach Simon. »Ich kann dich sehr gut verstehen. Karin und ich hatten auch nicht gleich Kinder, es dauerte drei Jahre und sie war nach einem Jahr schon völlig verzweifelt. Es ist für eine Frau kaum zu ertragen, wenn sie Kinder möchte und keine bekommen kann. Als unser Glück perfekt schien, kam die Diagnose, Leberkrebs.«

Er schaute kurz zu Boden. Stella merkte, wie ihr plötzlich die Tränen liefen. Heidi, die weiterhin nur stille Zuhörerin war, gab ihr ein Taschentuch.

»Das ist völlig in Ordnung, Schätzchen«, sagte Gerda. »Das sind schwere Dinge, die dir passiert sind, du darfst weinen.« Auch sie hatte Tränen in den Augen.

Heidi reichte ihr ebenfalls ein Taschentuch und legte dann einen Arm um Stella.

Es trat eine Stille ein, weil niemand so recht wusste, was er jetzt am besten sagen sollte. Schließlich schlug Alex ein dünnes Buch mit Zitaten auf und las: »*Alles im Leben hat seine Zeit. Weinen hat seine Zeit, lachen hat seine Zeit; klagen hat seine Zeit, tanzen hat seine Zeit …*«

»Das ist doch ein Lied von den Byrds«, meinte Peter überrascht.

Alex nickte und meinte: »Aber der Originaltext ist etwas älter.« Dann las er weiter. Anschließend war Zeit, um sich darüber auszutauschen, was die Teilnehmer mit dem kurzen Abschnitt verbanden, was er in ihnen auslöste oder woran sie dabei dachten. Während Gerda und Simon viel dazu sagten, schwiegen Tamy, Peter und Stella die meiste Zeit.

Zum Abschluss gab es wieder Tee und Kekse von Gerda. Diesmal waren es Marmeladenplätzchen.

»Ihre Kekse sind wirklich lecker«, meinte Heidi.

»Danke, das freut mich, und es macht mir Spaß.« Gerda strahlte. Was ein wenig Lob bei den Menschen doch bewirkte! »Wir sagen hier übrigens alle *du*.«

Heidi schluckte ihren Keks hinunter. »Oh, ja, deine Kekse sind wirklich lecker.«

»Danke. Du bist eine wirklich feine Freundin, dass du dich so um Stella kümmerst.«

Heidi verschluckte sich fast an den letzten Krümeln und machte nur: »Hm.«

»Sie ist eine wirklich gute Freundin. Danke, dass du nur meinetwegen mit hierher kommst«, meinte Stella und zwinkerte ihr zu.

Heidi lächelte und boxte sie in die Seite. Nachdem sie noch eine Weile mit Gerda geplaudert hatten, verabschiedeten sie sich. Heidi sah zu Alex rüber und seufzte leise.

Als sie schon am Hinausgehen waren, kam Simon auf sie zu und meinte: »Du Stella, ich wollte dir noch sagen, es gibt auch andere Wege Eltern zu werden. Adoption, Pflege, Patenschaft.«

Stella nickte. »Hm.«

»Ich will dir nichts aufdrängen, aber damals haben Karin und ich uns auch damit beschäftigt und es wäre ein Weg für uns gewesen, wenn es nicht auf natürlichem Wege geklappt hätte.«

»Danke«, sagte sie.

Er lächelte etwas verloren. »Dafür sind wir hier, um uns gegenseitig zu helfen.«

Er war wirklich nett. Schade, dass er noch um seine Frau trauerte. Er trug sogar noch den Ehering. Eine von Stellas ersten Handlungen war es gewesen, den Ring von ihrem Finger zu ziehen, ihn zum Juwelier zu bringen, zu verkaufen und das Geld einem Tierheim zu spenden.

In diesem Moment rief Alex: »Wir müssen noch planen, wer nächste Woche was mitbringt, wenn wir den Film schauen.«

»Wisst ihr was?«, meinte Simon dann. »Wollt ihr nicht einfach alle zu mir kommen? Ist doch viel gemütlicher als hier auf den unbequemen Schulstühlen zu sitzen, wenn wir den Film schauen.«

»Also eigentlich dachte ich, wir schauen den Film hier im Rahmen unseres Treffens«, wandte Alex ein.

»Aber was mache ich mit den Kindern? Der Film dauert fast zwei Stunden. So lange kann ich sie nicht allein lassen, am nächsten Tag ist ja Schule«, meinte Simon.

»Na gut, dann bei Simon«, beschloss Alex. »Dann sehen wir auch gleich, wo die Party stattfinden wird. Einen privaten Ausflug wird unsere Gruppe überstehen.«

»Dieses Grüppchen gefällt mir«, sagte Heidi, als sie später im Auto saßen.

»Die Leute sind okay«, meinte Stella. »Aber ist es nicht komisch, dass wir gleich zu Simon nach Hause gehen, obwohl wir uns kaum kennen? Was, wenn sie Kannibalen sind und uns damit nur anlocken wollen?«, witzelte sie.

Heidi schaute ihre Freundin spöttisch an. »Ach, Stella, du und deine Fantasie. Ich nehme zu deiner Beruhigung zwei Dosen Pfefferspray mit, dann können wir uns Zeit verschaffen.

Obwohl, ich hätte nichts dagegen, wenn Alex mich verspeist.«

Stella gab ihr einen gutmütigen Klaps. Dann meinte sie: »Ich glaube, dass Tamy auch auf ihn steht.«

»Na und? Wenn er ein richtiger Mann ist, wird er merken, was er an einer gestandenen Frau hat.«

Stella musste lachen. So kannte sie ihre Freundin gar nicht. Seit Jahren hatte Heidi keinen Mann mehr gehabt und schien sich für diese Spezies nicht einmal zu interessieren. Nur ihr Job und ihre Tiere waren ihr wichtig.

»Und wie findest du den Witwer?«, fragte Heidi.

»Sag nicht immer Witwer, er heißt Simon!«

»Mein ich doch.«

»Er ist ganz süß, doch ich glaube, er hängt immer noch an seiner Frau.«

»Das könntest du bestimmt ändern.«

»Ach, hör auf, ich bin dafür nicht bereit.«

»Stella, du bist noch jung, vergrab dich doch nicht in dieser Trauer und Depression. Zeig es dem Leben! Ich bin zehn Jahre älter und lasse mich nicht unterkriegen.«

»Das fällt mir so schwer. Ich komme über diese Traurigkeit und Wut nicht hinweg.«

»Das musst du aber. Du wirst es schaffen, ich glaube, dieses Grüppchen ist das Richtige für uns zwei.« Heidi zwinkerte ihr verschmitzt zu.

Stella hatte sich schon bettfertig gemacht, doch bevor sie schlafen ging, wollte sie einen letzten Blick auf ihr iPad werfen und schauen, was in der Facebook-Welt vor sich ging. Das erste Bild, das in ihrer Timeline erschien, zeigte ihren Exmann mit seiner Tochter. Das Kind war nur von hinten zu sehen und lag auf seiner Schulter. Stella spürte einen Schmerz in der Bauchgegend. Sie hätte gern geweint, doch sie konnte nicht, stattdessen merkte sie, wie eine Mischung aus Wut und Neid sie überkam. Es folgte ein weiteres Bild, auf dem Klaus das Töchterchen auf dem Arm hielt. Er lächelte und die Kleine sah ihn mit großen Augen an. Der Anblick machte ihr Gefühlschaos perfekt. Nie hatte Klaus den Eindruck erweckt, dass er besonders großes Interesse daran hatte, Vater zu werden, zumindest nicht, als er mit ihr zusammen gewesen war. Und nun mutierte er zum Über-Papa.

Stella konnte es sich nicht länger ansehen, weil sie fürchtete, ihr Herz würde zerreißen. Sie legte das iPad weg und fühlte sich erbärmlich. So konnte sie nicht ins Bett gehen. Die gute Laune von vorhin war verflogen, und das durch einen einzigen Facebook-Post. Sie nahm noch einmal das Tablet und gab ihre Hilfeseite ein: Katzenvideos. Vielleicht sollte sie sich wie Heidi ein paar Haustiere besorgen? Diese süßen Kätzchen in den Videos waren so unglaublich niedlich. Trotzdem konnte sie lange nicht einschlafen und wälzte sich hin und her.

Als Stella am nächsten Abend den Müll hinausbrachte, traf sie ihre Nachbarin Beate. Sie sah wieder einmal sehr gestresst aus.

»Ach, Stella, wir sind alle krank und die Kinder haben dazu auch noch Läuse mit nach Hause gebracht.«

Stella hielt Abstand.

»Oh, ihr Armen.«

»Die Läuse sind eliminiert, dafür habe ich alles im Haus einmal bei sechzig Grad gewaschen und die Kuscheltiere in die Gefriertruhe gepackt. Ich bin fix und fertig«, seufzte sie und wirkte sehr blass. »Wie geht es dir, Stella?«

»Eigentlich ganz gut, ich gehe in eine Selbsthilfegruppe.«

»Das ist doch super! Du schaffst das. Damit ist der erste Schritt ja schon getan. Du siehst aber auch aus, als ob du die ganze Nacht gewaschen hättest.«

»Ich habe den Fehler gemacht und bei Facebook reingeschaut.«

»Und?«

»Da war ein Fotoshooting von Klaus mit seiner Tochter.«

»Dann nichts wie den Facebook-Account löschen. Steht eh nur Schwachsinn drin«, meinte Beate. »Ich hab meinen Account gelöscht, nachdem ich täglich mit dämlichen Videos und Selfies traktiert wurde. Ich fühle mich richtig befreit.« Sie atmete tief durch. »Und mehr Zeit habe ich auch.«

Stella dachte nach.

»Wenn du möchtest, kannst du es gleich jetzt löschen. Soll ich dir helfen?«, fragte Beate nach.

»Wie – jetzt?«

»Klar, oder möchtest du weiter deinen Ex stalken?«

Ihre Nachbarin war ganz schön direkt. Das schätzte sie zwar immer auf den Eigentümerversammlungen, aber in dieser Situation fühlte sie sich angegriffen.

»Ich stalke ihn nicht!«, erwiderte Stella aufgebracht.

Beate nickte verständnisvoll und erklärte: »Entschuldige, aber ich denke, es wird dir nicht helfen, wenn du immer schaust, was Klaus macht. Ganz im Gegenteil, es wird dich daran hindern, dein Leben zu leben. Er war gemein zu dir und du solltest ihn aus deiner Freundesliste entfernen.«

Stella seufzte.

Beate kratzte sich am Kopf.

»Mist, ich glaube, ich muss noch einmal dieses Shampoo anwenden. Es juckt mich überall.«

In diesem Moment kam Heidi in ihrem Business-Outfit den Weg entlang.

»Hi Stella, ich dachte, ich schaue mal vorbei, wie es dir heute geht. Hallo Beate! – Was macht ihr denn?«, fragte Heidi. »Ihr kratzt euch ja die ganze Zeit am Kopf.«

Jetzt erst fiel Stella auf, dass sie auch angefangen hatte, sich zu kratzen.

»Ach, das passiert automatisch, sobald man über Kopfläuse spricht«, antwortete Beate mit einem Achselzucken.

Heidi sah sie irritiert an.

»Ihre Kinder haben Läuse. Wir nicht. Aber anscheinend kratzen wir uns trotzdem«, meinte Stella.

»Hört bloß auf, das hat mir gerade noch gefehlt«, sagte Heidi. »Ich spüre es auch schon jucken.«

In diesem Moment kam eine andere Nachbarin mit einem Kinderwagen vorbei, in dem ihre drei Monate alte Tochter lag. Beate war die Erste, die ihren Kopf in den Wagen steckte.

»Oh, die wird ja jeden Tag süßer!«

Als die Nachbarin weiterging, sagte sie: »Wenn ich das sehe, kriege ich selbst Lust aufs nächste Kind. Ich glaub, ich muss heute Abend mal wieder die heiße Unterwäsche auspacken.«

Nachdem sie sich von Beate verabschiedet und Stellas Wohnung betreten hatten, fragte Heidi: »War das nicht die, die dir immer erzählt, wie geschafft sie ist mit ihren drei Kindern? Ich dachte, die will keine Kinder mehr?«

»Ja«, sagte Stella. »Aber Kinderkriegen liegt uns Frauen in den Genen. Zumindest den meisten von uns.«

»Na, mir kann da nichts passieren. Ich habe ja meine Katzen.«

»Also, ich beneide Beate, auch wenn sie viel um die Ohren hat.«

Heidi legte einen Arm um Stella.

»Ja, ich weiß, du wünschst dir auch das perfekte Glück. Aber keine Angst, irgendwie kriegen wir dich schon wieder glücklich.«

Es fühlte sich gut an, dass Heidi sie einfach nur an sich drückte und ihre Probleme ernst nahm.

Am Dienstag hatte Stella wieder einen Termin bei ihrer Ärztin.

»Ich glaube, Sie bleiben noch mindestens eine Woche zu Hause«, sagte Doktor Silber. »Am besten schreibe ich Sie gleich bis Ende nächster Woche krank.«

Es war bereits die dritte Woche, in der sie krankgeschrieben war, und Stella hatte sich mittlerweile daran gewöhnt, nicht zu arbeiten. Sie hatte eine E-Mail geschrieben, dass ihre *Grippe* hartnäckig sei, und die Krankmeldung per Post geschickt. Nach diesen Tagen, in denen sie nicht im Büro gewesen war, schien alles, was mit der Arbeit zu tun hatte, weit weg zu sein. Doch Stella war klar, dass sie nicht ewig zu Hause bleiben konnte, sie musste wieder arbeiten. Spaß gemacht hatte ihr die Arbeit zwar nie, doch was hatte sie von ihren Eltern gelernt? Nicht alles kann Spaß machen, Augen zu und durch.

»Wie fühlen Sie sich in der Selbsthilfegruppe?«, fragte die Ärztin, während sie ihre langen blonden Haare zurückstrich.

»Gut.«

»Großartig. Gehen Sie weiter hin. Selbsthilfegruppen haben einen großen Vorteil gegenüber dem Besuch beim Therapeuten: Dort sehen Sie, dass es auch anderen so geht wie Ihnen. Vielleicht reicht das ja schon als Therapie.«

Stella fühlte sich seltsam. Warum war eine Ärztin stolz auf sie, wenn sie zu einer Gruppe kaputter schräger Leute ging? Es fühlte sich ein bisschen so an wie damals, als sie in der ersten Klasse ein Bild mit nach Hause gebracht hatte. Da waren Papa und Mama auch stolz auf sie gewesen. Obwohl das Pferd auf dem Bild eher aussah wie ein Hund.

Stella nahm die Krankmeldung und ging dann spazieren. Das war ihre Leidenschaft. Sie machte sonst keinen Sport, aber sie war für ihr Leben gern zu Fuß unterwegs, egal ob bei Sonne, Regen oder Schnee. Sie war sogar schon mehrmals die vier, fünf Kilometer von Edingen nach Heidelberg spaziert und mit der Bahn zurückgefahren. Nur die letzten Wochen hatte sie wenig Bewegung gehabt.

Plötzlich hörte sie jemanden ihren Namen rufen und drehte sich um. Es war Simon. Er war heute frisch rasiert und die Haare waren etwas verwuschelt, aber das stand ihm sehr gut.

»Oh, hallo«, sagte sie überrascht.

»Na, was machst du hier?«, fragte er.

»Ich war beim Arzt und gehe jetzt spazieren. Und du, musst du nicht arbeiten?«, fragte sie.

»Ich bin selbstständig, kann mir sozusagen die Arbeit einteilen.«

»Was machst du?«, fragte sie.

»Ich bin ein langweiliger Informatiker«, erwiderte er lächelnd.

»Nun, mein Job ist auch nicht sehr spannend, ich arbeite im Büro.«

»Na ja, früher war es etwas aufregender. Da bin ich ständig durch die Gegend gereist. Ich werde als Problemlöser gebucht, wenn die IT im Unternehmen im Chaos versinkt.«

»Das klingt doch ziemlich cool.«

Er winkte ab: »Jetzt, wegen der Kinder trete ich etwas kürzer. Zum Glück helfen die Großeltern ab und zu spontan aus. Und das Lösen von Problemen – tja, bei der Arbeit klappt es noch. Aber privat, na ja ...« Er unterbrach den Gedanken und sah zu Boden. Schließlich fing er sich, blickte Stella an und fragte: »Warum bist du krankgeschrieben?«

Stella schaute ihn an und suchte nach Worten.

Simon verstand, dass er einen wunden Punkt getroffen hatte und meinte: »Entschuldige, das geht mich wirklich nichts an.«

»Ist schon gut. Ich muss wohl einfach zur Ruhe kommen.« Bei diesen Worten versuchte sie ein Lächeln.

»Kann ich verstehen. Vielleicht brauchst du neue Hobbys.«

Stella überlegte kurz. »Kann sein«, gab sie zu.

»Darf ich dich auf einen Kaffee einladen?«, fragte Simon.

Sie zuckte mit den Schultern wie ein Schulmädchen. »Ach, warum nicht«, sagte sie dann.

»Hier in der Nähe gibt es ein gutes Café.«

»Wie lange bist du schon in der Gruppe?«, fragte Stella, während sie Kaffee tranken und dazu jeder ein Stück Apfelkuchen aßen.

»Seit ungefähr drei Monaten. Ich wusste schon länger, dass es solche Angebote gibt, doch es hat mich viel Überwindung gekostet, mich wirklich dafür zu entscheiden.«

»Und, hilft es dir?«, wollte Stella wissen.

Simon sah sie einen Moment an.

»Ja. Ich hätte es schon viel früher machen sollen, aber du weißt bestimmt selbst, wie das ist ... man denkt: Ich kann das alleine. Was soll ich in einer Gruppe mit Freaks?«

Stella lachte. »Ging mir genauso.«

»Aber eigentlich sind es alles nur Menschen, die etwas Hilfe brauchen, weil das Leben gerade ziemlich mies zu ihnen ist.«

Stella dachte nach. »Ist Alex eigentlich Therapeut?«, erkundigte sie sich.

»Keine Ahnung. Wahrscheinlich nicht. Er hat ähnliche Erfahrungen wie wir. Seine Schwester ist gestorben und deshalb macht er es, aber ich muss zugeben, er ist gut. Er ist ein bisschen zu sehr der Sonnyboy, deswegen traut man es ihm auf den ersten Blick vielleicht nicht zu, aber er hat ein Talent für Menschen.«

Sie nickte.

»Und wie findest du die Gruppe?«, fragte er, nachdem sie eine Weile geschwiegen und nur ihren Kaffee und den Kuchen genossen hatten.

»Heidi findet es super.«

»Das habe ich gemerkt. Und du?«

»Ich? Ich weiß nicht.«

Simon lächelte ihr aufmunternd zu.

»Die Leute sind okay, ein bisschen traurig, aber okay«, meinte Stella schließlich.

Simon blickte auf die Uhr. »Ich muss leider wieder zurück, ich muss noch schnell etwas kochen, bevor meine Kleine aus der Schule kommt. Dienstags ist sie nur bis 12:15 Uhr in der Schule, da koche ich immer, sonst isst sie meistens in der Nachmittagsbetreuung. Wenn du Lust hast, kannst du gerne mit uns essen.«

»Das ist sehr freundlich, aber ich wollte noch ein bisschen an der frischen Luft sein.«

Simon lächelte und Stella fand ihn dabei sehr attraktiv.

»Es gibt Spaghetti bolognese.«

»Das ist sehr nett, aber ich glaube, ich gehe mal weiter.«

Simon bezahlte den Kaffee.

»Danke, das nächste Mal geht es auf mich«, sagte sie und wurde rot. Hatte sie ihn tatsächlich zu einem weiteren Treffen eingeladen?

»Einverstanden«, erwiderte er und sah ihr so lange in die Augen, dass ihr ganz flau im Magen wurde.

Sie verabschiedeten sich und er fuhr in seinem VW Touran davon. Das Treffen hatte Stella gutgetan, aber sie merkte, dass sie seit den Jahren mit Klaus ein schlechtes Gewissen hatte, wenn sie sich mit einem anderen Mann zu lange unterhielt. Das musste sich unbedingt ändern.

Als sie die Straße entlang lief, musste sie sich eingestehen, dass sie gern mit Simon gekocht und seine Kinder kennengelernt hätte. Aber sie konnte doch nicht gleich nach dem ersten Kaffeetrinken zu ihm nach Hause. Was sollte er von ihr denken?

Nach fast zehn Kilometern zügigem Spaziergang kam sie zu Hause an. Es war schon nach vierzehn Uhr und sie war hungrig wie ein Bär. Der Kühlschrank war leer. Kurz entschlossen kochte sie Spaghetti und öffnete ein Glas Tomatensauce. Dabei dachte sie an Simon und seine beiden Kinder.

Heidi trug ihre paar überflüssigen Pfunde mit solch einem Stolz, dass sie wirklich gut damit aussah. »Das habe ich alles der Stilberatung zu verdanken«, sagte sie. »Jeder Cent hat sich gelohnt.« Die Seminare mussten schrecklich teuer gewesen sein. Doch Stella wusste, dass Heidi dafür gern das Geld investiert hatte. Außerdem strahlte ihre Freundin seither mehr Selbstbewusstsein aus und das half ihr ganz sicher bei der Karriere.

»Siehst wirklich gut aus heute«, meinte Stella anerkennend. »Und dann noch mit deinem italienischen Nudelsalat für zwanzig Personen, wow!« Sie selbst hatte nur Chips dabei.

Simon wohnte in Neuenheim, nicht weit entfernt von der Neckarwiese, auf der Stella ihn zum ersten Mal gesehen hatte. Doch die kleinen Gassen abseits der Bundesstraße 3, die den Stadtteil durchtrennte, kannte Stella bisher nicht. Hier gab es fast keine Neubauten, nur Wohnhäuser, die alle um die Jahrhundertwende gebaut worden sein mussten. Sie hatten in einer etwas größeren Straße mit einem kleinen Park und Stadtvillen geparkt, doch Simons Häuschen befand sich in einer einspurigen Seitengasse.

Die beiden Frauen durchschritten einen kleinen Vorgarten, der sicher schon bessere Zeiten gesehen hatte. Die wenigen Quadratmeter Rasen waren lange nicht gemäht worden, die paar Topfpflanzen, die als Verzierung herumstanden, konnten auch etwas Wasser gebrauchen. Aber alles in allem sah es sehr romantisch und verträumt aus.

»Klingelst du bitte«, bat Heidi, wie immer perfekt geschminkt und bewusst lässig angezogen.

Gerade als Stella auf den Klingelknopf gedrückt hatte, sah sie den handgeschriebenen Zettel, der an der Tür hing: *Bitte nicht klingeln.*

»Ups.«

»Wahrscheinlich schlafen die Kinder.«

Doch schon im nächsten Moment öffnete ein Mädchen in einem türkisblauen Prinzessinnenkleid mit einem Diadem die Tür. Es war das Mädchen aus dem Park.

»Wer seid ihr?«, fragte sie.

»Wir sind Heidi und Stella«, entgegnete Heidi und schüchterte das Mädchen damit ziemlich ein. Deshalb war es nicht verwunderlich, dass die Eisprinzessin erst mal die Tür wieder schloss. Ein lautes »Paaapa!« war zu hören.

Die Tür ging wieder auf und Simon stand vor ihnen.

»Entschuldigt bitte, meine Tochter kennt euch noch nicht. Eigentlich sollten die Kinder schon im Bett sein. Aber ... na ja.«

»Macht nichts«, erwiderte Heidi und trat ein. »Wo kann ich den Salat abstellen?«, fragte sie.

»Der sieht wirklich gut aus. – Äh, die erste Tür rechts.« Simon zeigte auf eine weiße Tür.

Heidi nickte. Stella fühlte sich mit ihrer Tüte Chips etwas fehl am Platz.

»Tolles Haus«, sagte Heidi beeindruckt.

»Ja, aber man muss viel machen. Altbau macht Arbeit. Früher hatte ich mehr Zeit, aber jetzt ...«, Simon stockte. »Na ja. Aber kommt doch erst mal rein und legt ab.«

Die Küche war mit hellen Möbeln eingerichtet und hätte, wenn sie aufgeräumt gewesen wäre, bestimmt hübsch ausgesehen. Doch jetzt war sie vollgestellt mit Geschirr, Spielsachen und Töpfen. Auf dem weißen Küchentisch befanden sich Blöcke, Farben, Stifte und ein paar leere Tassen.

»Ja, hier sieht es etwas chaotisch aus. Das Wohnzimmer habe ich aber geputzt«, meinte Simon verlegen.

Stella lachte. »Das ist doch in Ordnung.«

Heidi ging an ihnen vorbei ins Wohnzimmer. Sie suchte wohl nach Alex. In diesem Moment kam Simons Tochter in die Küche. Sie hatte wenig Ähnlichkeit mit ihrem Vater. Mit den dunklen Haaren und den dunklen Augen sah sie eher südländisch aus, doch sie hatte sehr helle Haut.

»Das ist meine Tochter Clara. – Und das ist Stella.«

»Bist du Papas Freundin?«, fragte das Mädchen auf einmal gar nicht mehr schüchtern und Stella merkte, wie ihr sofort die Röte bis in die Ohrspitzen stieg.

»Eine Freundin«, erwiderte sie und lächelte verlegen.

Simon antwortete gleichzeitig: »Nein, das sind meine Freunde.«

»Stella ist hübsch«, meinte das Mädchen.

Stella wurde schon wieder rot. Rasch sagte sie: »Ich bringe mal die Chips ins Wohnzimmer«, und lief an dem Mädchen vorbei zur Tür.

Clara hatte heute wenig Ähnlichkeit mit dem Mädchen, das sich bei ihrer ersten Begegnung an der Neckarwiese auf dem Boden gewälzt hatte. Sie wirkte sehr nett.

»Papa«, rief da eine Jungenstimme.

»Das ist Tim«, meinte Simon. »Mein Sohn.«

Tim sah seinem Vater sehr ähnlich. Braunes Haar, braune Augen und die Gesichtszüge von Simon. So musste Simon als Kind ausgesehen haben.

»Was macht ihr heute Abend?«, fragte der Junge.

»Wir gucken einen Film.«

»Darf ich mitgucken?«

»Ich glaube nicht, dass er dir gefällt«, sagte Simon.

»Bestimmt«, widersprach Tim.

»Ihr müsst beide morgen in die Schule, das ist mein Abend.«

Der Junge war sichtlich enttäuscht und setzte zu einer Antwort an, doch in diesem Moment klopfte es an der Tür. Alex und Tamy standen davor. Sie hatten zwei Flaschen Wein dabei.

»Hey, nett hast du es hier«, rief Alex.

Simon lächelte. Stella musterte Alex und Tamy, die grinsend nebeneinander standen. Die Studentin tauschte immer wieder kurze Blicke mit ihm aus. Stella war sich sicher, dass die beiden ein Paar waren oder zumindest ab und zu Sex miteinander hatten.

Heidi wird sich anstrengen müssen, dachte sie. Doch Heidi war schwere Projekte gewohnt, diese zogen sie sogar magisch an.

Stella nutzte die Gelegenheit und ging ins Wohnzimmer. Dort saßen schon Gerda und Peter auf der Couch. Heidi schaute sich gerade die Fotografien auf der Kommode an. Nachdem Stella die anderen begrüßt hatte, gesellte sie sich zu Heidi, um die Bilder zu betrachten. Es waren überwiegend Schnappschüsse von den Kindern und ein paar Familienfotos mit Simon, seiner verstorbenen Frau und den Kindern als Babys. Stella wurde es schwer ums Herz. Zum Glück kamen Alex und Tamy in diesem Moment herein und plötzlich schien alles seine Richtigkeit zu haben. Sie waren vollzählig und Stella konnte die traurigen Gedanken beiseiteschieben. Als letzter betrat Simon den Raum, gefolgt von seinen Kindern.

»Hallo, das sind meine Kinder, Clara und Tim.«

Die zwei schauten schüchtern zu Boden.

»Und das sind Heidi, Stella, Gerda, Peter, Tamy und Alex.«

Alex ging sofort auf die zwei zu und begrüßte sie.

»Ich hab was für euch dabei«, sagte er und holte zwei Tüten Gummibärchen heraus.

Mist, warum hab ich nicht daran gedacht, ärgerte sich Stella. *Als ich klein war, waren mir Menschen, die ein Geschenk mitbrachten, immer auf Anhieb sympathisch und die ohne mochte ich schon mal nicht.* Aber warum ärgerte sie sich darüber, warum sollte sie die Kinder für sich gewinnen wollen? Sie schüttelte ihren Kopf in der Hoffnung, dass diese Gedanken verschwinden würden, und setzte sich auf einen leeren Sessel. Das Wohnzimmer war groß und gemütlich. Es gab eine große graue Eckcouch, auf dem Boden war Eichenparkett verlegt und vor der Couch lag ein beigefarbener Teppich. Außerdem gab es zwei Kommoden und ein Fernsehboard mit einem großen Fernseher darauf.

Als sich alle gesetzt hatten, ging Simon wieder in die Küche. Stella folgte ihm.

»Soll ich dir helfen?«, fragte sie.

»Gerne, du kannst die Salate und das Brot ins Wohnzimmer bringen und auf den Esstisch stellen.«

Heidi kam ebenfalls dazu und Simon bat sie, Getränke hinauszubringen. Er zeigte ihr, wo sich die Bier- und Saftflaschen befanden.

Tamy hatte auf dem Smartphone das Titellied von *Frozen* herausgesucht und sang es nun zusammen mit Clara.

»Ich mag dieses Lied«, sagte sie fröhlich und Clara freute sich sichtlich über eine Gleichgesinnte.

Tim und Alex spielten ein Spiel auf dem Smartphone. Gerda unterhielt sich mit Peter, wobei der die meiste Zeit sprach und Gerda nur zuhörte.

Als das Essen und die Getränke auf dem Tisch standen, meinte Simon: »Danke, dass ihr alle gekommen seid, das wird bestimmt ein cooler Abend!«

Gerda hatte Muffins gebacken und sie mit einem blauen Topping verziert. Es hatte genau die Farbe von Elsas Kleid, der Eiskönigin aus dem Film. Clara war begeistert.

»Papa, darf ich mitschauen? Bitte!«

Bei diesen Worten machte sie solch ein Engelsgesicht, dass Stella gleich gesagt hätte: »Natürlich! Nimm noch mein halbes Königreich.«

Simon dagegen antwortete: »Schatz, du hast ihn schon mindestens zehn Mal gesehen.«

»Aber es ist eben mein Lieblingsfilm.«

»Du darfst den Anfang sehen, wenn du versprichst, danach ins Bett zu gehen.«

»Okay«, sagte Clara.

»Und ich?«, fragte Tim.

»Du darfst auch den Anfang sehen.«

»Der Film ist so langweilig«, protestierte er.

»Aber das ist eben der Film, den wir schauen«, erwiderte Simon bestimmt.

»Du kannst dafür mit mir noch eine Runde *Angry Birds* spielen«, sagte Alex.

»Na, das ist doch ein guter Kompromiss, oder?«, fragte Simon und Tim nickte.

Nachdem sie gegessen, Simon die Kinder bettfertig gemacht und Tim sich doch entschieden hatte, den Anfang mitzuschauen, schalteten sie den Fernseher ein. Nach etwa fünfzehn Minuten war die Kindheit von Elsa und Anna vorbei und die Kinder mussten ins Bett. Clara protestierte zwar laut, als sie mit ihrem Vater nach oben gehen mussten, aber nach weiteren zehn Minuten war Simon zurück im Wohnzimmer, nahm sich ein Bier und sagte: »Es kann weitergehen.«

»Mann, Familienleben ist echt Knochenarbeit«, meinte Alex, während er an seinem Bier nippte.

Die anderen nickten zustimmend und sahen dann bei Elsas Krönungsfeier zu.

»Früher habe ich das regelmäßig gemacht«, sagte Simon. »Also Filmabende mit Freunden veranstaltet. Ich kannte mich mal richtig gut mit Filmen aus. Aber in letzter Zeit bin ich schon froh, wenn ich neben der Kindererziehung irgendwie meine Arbeit schaffe. Für Hobbys ist da eher wenig Zeit.«

»Es ist mir ein Rätsel, wie man das alles alleine packt«, sagte Peter und kratzte sich am Kopf.

»Wenn man erst einmal im Hamsterrad drin steckt, geht alles irgendwie«, sagte Simon.

Als der Film zu Ende war, schaltete Simon das Licht ein und fragte: »Und, was haltet ihr von dem Film?«

»Ach, ich fand ihn ganz nett«, erklärte Gerda.

»Hm«, machte Peter und schreckte hoch. »Ist was?«

»Eingeschlafen, was?«, fragte Heidi lachend.

»Er war schön«, sagte Stella verträumt. »Dass Hans so ein Fiesling ist, hätte ich am Anfang gar nicht gedacht.«

»Für deine Altersgruppe war er genau passend«, meinte Heidi verschmitzt. »Ich würde mir jetzt gerne einen Thriller anschauen.«

»Oh ja, gute Idee«, rief Alex.

Heidi antwortete mit einem Lächeln: »Dann wissen wir ja, was das Thema des nächsten Filmabends ist.«

Als Nächstes tauschten sie sich darüber aus, welche Szene ihnen am besten gefallen hatte. Anschließend überlegten sie, wie sie die Geburtstagsfeier von Clara gestalten konnten.

»Ich mache dir gerne Elsa-Muffins«, sagte Gerda. »Beim nächsten Mal bekomme ich das Topping bestimmt noch besser hin.«

Simon freute sich.

»Vielleicht kann ich mir ein paar Spiele überlegen«, sagte Heidi.

Stella dachte nach, wie sie helfen könnte. »Vielleicht kann ich bei der Organisation helfen. Es wäre doch bestimmt toll, wenn wir alles passend dekorieren würden.«

»Das sind sehr gute Ideen«, sagte Simon. »Danke.«

»Sorry Leute, bei Kindergeburtstagen kann ich echt nicht helfen«, meinte Alex.

Tamy lachte. »Musst du auch nicht, Sch...« Sie brach ab.

Alex sah sie warnend an und Stella war sofort klar, was hier lief. Tamy hatte wahrscheinlich *Schatz* oder so etwas sagen wollen, aber Alex wollte anscheinend nicht, dass die anderen erfuhren, dass er mit Tamy näher befreundet war. Warum eigentlich?

Die anderen schienen es nicht zu bemerken, nicht einmal Heidi, die gerade anbot: »Ich kann wieder einen Nudelsalat machen.«

»Das ist nett, Heidi. Aber ich glaube, die Mädels wollen eher Pommes oder Pizza.«

»Dann eben Pizza«, sagte sie.

»Danke Leute, aber ihr müsst das wirklich nicht machen.«

»Mir geht es ähnlich wie Alex, ich hasse Kindergeburtstage«, sagte Tamy.

»Bestimmt, weil es noch nicht so lange her ist, dass du selbst ein Kind warst«, erwiderte Heidi mit einem zuckersüßen Lächeln. Sie hatte also doch gemerkt, was zwischen der Studentin und Alex lief.

Tamy lächelte nicht zurück. Als Stella aus dem Wohnzimmer in den Flur trat, um auf die Toilette zu gehen, sah sie Clara auf der Treppe sitzen.

»Was machst du denn hier?«, fragte Stella.

»Ich kann nicht schlafen, außerdem ist es unfair, dass ihr meinen Lieblingsfilm schauen dürft und ich nicht.«

»Aber wir hatten ihn alle noch nie gesehen«, versuchte Stella das Mädchen zu beschwichtigen.

»Warum dürft ihr Erwachsenen immer Spaß haben und wir Kinder dürfen nichts machen?«

»Oh, ist das wirklich so?«, fragte Stella und setzte sich kurz zu ihr auf die Treppe.

»Ich muss früh ins Bett, obwohl ich nicht müde bin, darf nur wenig Süßigkeiten essen und ihr schaut einen Film und esst Chips, ihr dürft das alles machen, nur weil ihr groß seid.«

»Ja, vielleicht, aber weißt du, es ist trotzdem schöner, ein Kind zu sein. Wir gehen zwar spät ins Bett, aber dafür sind wir morgens müde und schlecht gelaunt, und was die Süßigkeiten betrifft ... ich traue mich gar nicht, viele zu essen, die machen doch die Zähne kaputt und außerdem machen sie dick.«

»Aber dafür esst ihr Chips und trinkt Alkohol.«

Stella dachte nach. »Alkohol ist für Kinder nicht gut. Und seien wir ehrlich, er schmeckt scheußlich.«

»Und er riecht auch eklig«, gab Clara zu. »Hast du auch Kinder?«

»Nein«, sagte Stella und Traurigkeit stieg in ihr auf. Sie versuchte, diese zu überspielen.

Clara meinte nachdenklich: »Das ist aber schade, du bist so nett.«

Stella streichelte ihr über den Kopf.

»Mein Papa braucht eine Frau, wenn du ihn heiratest, dann hättest du Kinder«, meinte Clara plötzlich.

»Hm, das ist eine interessante Idee, und du wärst bestimmt eine tolle Tochter. Aber wir sind nur ganz normale Freunde.«

Clara sah sie fragend an. Dann meinte sie: »Bei der *Eiskönigin* waren Kristoff und Anna auch nur Freunde. Und dann haben sie sich geküsst. Das könnt ihr doch genauso machen. Also, ich fände es gut und Papa hat bestimmt auch nichts dagegen, du bist so nett und hübsch.«

»Vielen Dank.«

Clara war wirklich ein besonderes Mädchen. Stella schämte sich jetzt ein bisschen, dass sie die Kleine an der Neckarwiese für ungezogen gehalten hatte. Natürlich hatten Kinder in dem Alter auch Momente, in denen sie ihre Emotionen nicht mehr kontrollieren konnten. Es waren ja Kinder, und wenn sie jetzt darüber nachdachte, war sie in dem Alter nicht anders gewesen. Aber das war so lange her und Stella war den regelmäßigen Umgang mit Kindern nicht gewohnt, obwohl sie sich so sehr eigene Kinder wünschte.

In diesem Moment kam Simon heraus. »Dachte ich mir doch, dass ich etwas gehört habe. Solltest du nicht schon längst im Bett sein, Fräulein?«

»Ich kann nicht schlafen, Papa.«

»Das macht nichts, du gehst trotzdem ins Bett. Und ich mache das WLAN aus, dein Bruder schläft bestimmt auch noch nicht.«

Er nahm die Kleine hoch, zwinkerte Stella kurz zu und stieg die Treppe hinauf. Stella winkte ihr zum Abschied zu.

»Die Kinder sind echt süß«, sagte Heidi, während sie zurückfuhren. »Und Alex! Der gefällt mir, ich hatte mir schon ein Leben mit meinen Katzen ausgemalt, doch jetzt merke ich, dass Männer durchaus mithalten können.«

Stella sah sie irritiert an. »Seit wann findest du Kinder süß? Das klang neulich aber ganz anders.«

»Ich habe nie gesagt, dass Kinder nicht süß sind. Nur, dass ich auch ohne gut klarkomme. Aber heute, na ja, das sind ja schon zwei sehr vernünftige Kinder. Man kann sich wirklich mit denen unterhalten.«

»Natürlich kann man sich mit Kindern unterhalten.«

»Ja, aber mit den beiden macht es tatsächlich Spaß. Und so ein Typ wie Alex, der hat doch auch ein paar gute Gene zum Weitergeben an die nächste Generation. Meinst du nicht? Schade, dass ich nie den richtigen Partner hatte.«

»Du meinst, um kleine Nachwuchs-Surfertypen mit langen Haaren und Namen wie Marlon und Leonidas in die Welt zu setzen?«

»Zum Beispiel.«

Stella musste lachen und Heidi stimmte mit ein.

»Außerdem kann ein Mann doch noch einiges, was meine kleinen Süßen nicht können, die sind eher meine Kinder.« Heidi zwinkerte Stella zu. »Ich hatte schon so lange keinen Sex, dass ich dir nicht mal mehr sagen kann, wie sich das anfühlt!«

Stella schluckte. Wollte sie es wirklich so genau wissen? Dann hakte sie nach: »Wie lange denn?«

»Darf ich nicht erzählen, sonst denkst du, ich bin verrückt.«

»Ach komm, sag schon.«

»Ich sage nur: Es sind mehrere Jahre.«

»Wow!«, meinte Stella.

»Na ja, Sex fand ich immer überbewertet, jedenfalls mit den Männern, die ich hatte.«

»Also, ich möchte nicht darauf verzichten, auch wenn es mit Klaus eher durchschnittlich war.«

»Mit einem Durchschnittsbürger kannst du nur durchschnittlichen Sex haben.«

»Meinst du, Klaus war nur durchschnittlich?«

Heidi nickte. »Genau das.«

»Vielleicht bin ich auch nur durchschnittlich.«

»Nein, bist du nicht, das wirst du noch merken.«

Als sie vor ihrer Wohnung aus Heidis Wagen stieg, dachte Stella noch über die Worte ihrer Freundin nach. War der Mann, den sie als ihren Lebenspartner gesehen hatte, nur Durchschnitt? Sie hatte sich bisher keine Gedanken darüber gemacht. Als sie sich damals kennengelernt hatten, hatte sie sich gar nicht so richtig verliebt, sondern eher seinen Avancen nachgegeben. Er sah gut aus, war charmant und sehr verliebt in sie. Das beflügelte sie so sehr, dass sie sich irgendwie auch für ihn interessierte. Er war der Mann zum Heiraten und Kinderkriegen. Klaus hatte einen guten Job als Abteilungsleiter und Stellas Mutter war begeistert, dass ihre Tochter ausgesorgt hatte mit solch einer Partie. All das trug dazu bei, dass sie sich schließlich doch noch in ihn verliebte.

Als Stella an diesem Abend im Bett lag, waren ihre Gedanken aber nicht bei Klaus, sondern bei Simon und der Gruppe. Es war ein schöner Abend gewesen und sie merkte, dass es ihr gefiel, Zeit mit diesen Menschen zu verbringen, die sie erst so kurz kannte. Sie genoss ihre Gesellschaft, vor allem die von Simon.

Das erste Mal seit Langem schlief Stella sehr schnell ein und schaute vorher nicht auf ihrem iPad nach, ob Klaus etwas gepostet hatte.

6.

»Sie sehen schon viel besser aus«, begrüßte ihre Ärztin sie mit einem Lächeln.

Ihre Haare hatte Frau Doktor Silber heute zu einem losen Dutt zusammengebunden und trug dazu eine moderne Retro-Hornbrille. Sie sah fantastisch aus, wie Stella ein bisschen neidisch feststellte. »Diese Gruppe tut Ihnen gut. Ich habe eine gute Nachricht!«

Stella lächelte unsicher. »Eine gute Nachricht?«

»Sie können wieder arbeiten, gleich ab Montag.«

Diese Idee fand Stella gar nicht gut. Sie hatte sich daran gewöhnt, ihren Tag entspannt zu beginnen. Aber für Frau Doktor *Model* war damit die Angelegenheit erledigt. Sie streckte ihr die Hand aus als Zeichen, dass die Beratung beendet war.

»Meinen Sie wirklich?«, fragte Stella

»Denken Sie, dass es zu früh ist?«

»Äh, nein, ich meine ...«

»Manchmal gewöhnt man sich sogar zu sehr daran, nicht mehr zu arbeiten. Das wäre doch auch nicht gut. Also, sollen wir es mit einer *Wiedereingliederung* versuchen?« Die Ärztin lächelte und warf ihr einen ermutigenden Blick zu.

Stella nickte. »Na gut.«

Auf dem Nachhauseweg hoffte sie, wieder Simon zu treffen. Doch es war kein VW Touran in Sicht. Stattdessen begegnete sie ihrer Arbeitskollegin Irene.

»Mensch Stella, wie geht es dir?«

Stella zuckte verlegen mit den Schultern. »Ich komme gerade von meiner Ärztin und sie sagt, ich kann nächste Woche wieder arbeiten.«

»War das eine richtige Grippe? Die Kollegen meinten schon, du wärst schwanger.«

Stella lachte auf.

»Schwanger, wie das denn? Ich bin frisch geschieden«, gab sie zurück. Sie verschwieg lieber, dass sie zuvor schon erfolglos versucht hatte, ein Kind zu bekommen.

Ihre Kollegin lächelte verlegen und antwortete: »Ich weiß es nicht, du kennst doch die Tratschtanten.«

Stella nickte und dachte: *Und du gehörst dazu.*

Irene arbeitete in derselben Abteilung wie Stella und war schon sehr lange in der Firma. Eigentlich wusste keiner genau, was sie tat. Sie hatte ihr eigenes Büro und kam und ging, wann es ihr passte. Geli, die Sekretärin meinte, ihr Vater hätte dem Senior ein sehr begehrtes Stück Land zu einem guten Preis unter der Bedingung verkauft, dass er seiner Tochter einen Arbeitsplatz gab. Stella fragte sich, ob dies stimmte und ob Irene davon wusste.

»Also, wenn es keine Schwangerschaftsübelkeit ist, was hast du dann?«, fragte ihre Kollegin nach.

»Die Grippe«, erwiderte Stella knapp und fügte hinzu: »Ich bin am Montag wieder da und muss jetzt wirklich los.«

»Aber wo musst du denn hin, wollen wir nicht einen Kaffee zusammen trinken?«

»Das ist sehr nett von dir, aber ich kann wirklich nicht. Ein anderes Mal vielleicht.«

Stella wartete keine Antwort ab, sondern beeilte sich davonzukommen. Sie lief schnell und ziellos umher und fragte sich, warum sie floh. Warum hatte sie nicht den Mut, Irene die Meinung zu sagen? Sie ärgerte sich, dass sie solch ein Weichei war.

Für den Nachhauseweg brauchte sie wieder etwa zwei Stunden und sie war müde und hungrig, als sie ihre Wohnungstür aufschloss. Zum Glück war heute Donnerstag und in ein paar Stunden fand das nächste Gruppentreffen statt.

Wie immer holte Heidi Stella ab. Sie kam etwas früher und sah sehr gut aus, sie strahlte förmlich. Stella war irgendwie eifersüchtig auf ihre jugendlich wirkende Freude. Warum konnte sie nicht so fröhlich sein? Zu allem Übel merkte man ihr das wohl an, denn Heidi fragte gleich: »Was ist denn mit dir los?«

»Ach, ich weiß auch nicht. Ich bin heute einer Kollegin begegnet und muss nächste Woche wieder arbeiten.«

»Das ist doch kein Grund, schlecht gelaunt zu sein.«

»Du hast gut reden«, sagte Stella. »Du bist frisch verliebt, bist mit dir selbst im Reinen und ich?«

»Oh Stella, jetzt hör auf, dich selbst zu bemitleiden. Du bist jünger als ich, siehst besser aus und dir steht alles offen. Ich hab außer meinen Katzen niemanden, aber ich lasse mich nicht so hängen wie du!«

Stella sah sie an und begann plötzlich zu weinen.

»Es tut mir leid, es ist mir irgendwie alles zu viel, ich weiß nicht, wie ich wieder arbeiten soll, und jede Kleinigkeit wirft mich aus der Bahn«, schluchzte sie.

Heidi umarmte sie und tröstete sie: »Du schaffst das. Schau mal, unser Grüppchen ist doch toll, wir kriegen dich schon aufgepäppelt.«

Dann sah sie ihr in die Augen: »Jetzt ziehst du dir was Schönes an und wischst die Tränen weg und dann gehen wir unsere Trauer bearbeiten.« Heidi lächelte sie auffordernd an.

Stella nickte. Sie fragte sich, wie Heidi so stark sein konnte.

Eine halbe Stunde später saßen sie wieder im Kreis zusammen.

»So, dann starten wir mit unserem Blitzlicht«, meinte Alex.

Simon und Gerda berichteten kurz über ihre Woche, dann meldete sich Stella zu Wort: »Mein Tag war bescheiden. Die Ärztin sagt, ich muss nächste Woche wieder arbeiten. Und auf dem Heimweg hab ich eine Kollegin getroffen.« Sie erzählte von der Begebenheit. »Und ich ärgere mich, dass ich geflohen bin.«

Da Tamy heute nichts sagen wollte, hakte Alex nach: »Möchtest du näher auf deinen Tag eingehen?«

»Ich bin die ganze Zeit nur wütend und traurig, das ist doch kein Zustand«, jammerte Stella.

»Denkst du, es würde dir besser gehen, wenn du das nächste Mal, zum Beispiel bei der Arbeit, deine Meinung sagst?«

»Das habe ich mir schon oft vorgenommen, aber es klappt nicht.«

Stella wusste selbst nicht, warum sie immer wieder einen Rückzieher machte.

»Ist nicht einfach, das weiß ich aus Erfahrung. Aber zeig einfach mal die Zähne«, riet Heidi.

Sie hatte gut reden mit ihrer Abteilungsleiterposition!

»Ich werde es versuchen«, antwortete Stella mutlos.

Alex nahm sein Glas und begann mit dem Einstieg ins Thema: »Den Vergleich, den ich jetzt mache, kennt ihr sicher alle. Die Frage lautet: Ist das Glas halb voll oder halb leer? Wenn ich es als halb leer ansehe, bin ich traurig und kann es kaum genießen, das Wasser oder den Wein zu trinken. Doch wenn ich es als halb voll ansehe, dann bin ich zufrieden und habe keine Angst vor Durst. Jeder kann entscheiden, ob er sein Glas als halb voll oder halb leer betrachtet. Es ist so ähnlich, wie es Hegel über die Lügen gesagt hat: »*Das, was wir über unser Glas sagen oder denken, wird zu einer Wahrheit, die unser tägliches Leben bestimmt.*«

Er goss jedem ein Glas halb voll mit Wasser.

»Schaut euer Glas an. Und nun entscheidet euch, es als halb voll zu betrachten.«

Die meisten schauten ihn skeptisch an.

»Hopp, kommt schon, sagt: Mein Glas ist halb voll. Sagt es laut.«

Heidi begann als Erste.

»Was soll's, hab nix zu verlieren«, stimmte Simon ein: »Mein Glas ist halb voll.«

Danach hob Gerda ihr Glas, dann Tamy und als letzte Stella.

»Mein Glas ist halb voll«, sagte sie und in Gedanken fügte sie hinzu: *Mein Leben ist halb voll.*

Es war ein simpler Satz, den sie schon hunderte Male gehört hatte. Aber er änderte in dieser Situation alles. *Mein Leben ist schön, es wird schön.* Sie merkte, dass die anderen sie ansahen. Heidi lächelte ihr zu und Simon auch.

»Mein Leben ist auch schön!«, rief Gerda.

Hoppla, hatte sie das eben laut gesagt?

Nach dem offiziellen Teil unterhielten sie sich noch, wie meistens. Diesmal hatte Tamy Kekse mitgebracht. Vollkorn ohne Zucker. Stella mochte Vollkornexperimente, Heidi dagegen verzog das Gesicht, als sie in einen Keks biss.

»Ich esse Vollkornbrot, das sollte reichen.«

Alex lächelte. »Geht mir genauso, reicht doch, wenn wir Salat und Obst essen, warum muss alles Vollkorn sein?«

»Endlich ein Mensch, der meine Ansichten teilt.«

»Das ist alles nur eine Modeerscheinung«, stimmte Alex zu und lächelte.

Heidi meinte: »So sehe ich das auch, der Mensch muss Freude haben beim Essen.«

Dann stiegen die zwei in eine Diskussion ein, bei der alles sich um Essen drehte und sie sich gegenseitig ihre Ansichten bestätigten.

»Hey, wie geht es dir jetzt?«, fragte Simon.

Stella drehte sich um. Er lächelte ihr aufmunternd zu.

»Ganz gut. Es ist verrückt, aber das Wasserglas hilft wirklich.«

Er lachte. »Ja, Großmutters Psychologie funktioniert, wir können uns den Therapeuten sparen.«

»Was machen die Geburtstagsvorbereitungen?«

»Ich bin nicht so der Organisator. Das ist auch der erste Mädchengeburtstag für mich. Im Kindergarten haben viele noch keine Party zu Hause gemacht, da reichte die Feier in der Gruppe. Aber jetzt in der Schule ist das ganz anders. In diesem Jahr war Clara schon auf fünf Geburtstagsfeiern. Aber mit eurer Hilfe schaffe ich es. Heidi und Gerda machen die Muffins, Tamy hilft auch mit.«

»Das müssen wir doch noch alles koordinieren!«

Simon kratzte sich unschlüssig am Kopf.

»Soll ich dir helfen?«

»Kannst du organisieren?«

»Organisation ist mein zweiter Vorname«, witzelte Stella.

»Wann hättest du denn Zeit?«

»Wann genau war noch mal der Geburtstag?«

»Samstag in zwei Wochen.«

»Dann komme ich am besten morgen bei dir vorbei, bin ja noch krankgeschrieben.«

»Super. Passt es dir gegen zehn Uhr? Da sind die Kinder in der Schule.«

»Gerne.«

Bei ihrem zweiten Besuch fand sich Stella bereits sehr viel besser in Neuenheim zurecht. Sie stieg an der Straßenbahnhaltestelle Kußmaulstraße aus und lief diesmal durch den kleinen Park am Werderplatz, der von den Stadtvillen umrandet wurde. Es gab hier auch einen kleinen Spielplatz, der ihr beim ersten Mal nicht aufgefallen war.

Vor Simons Haus zupfte Stella noch kurz an ihren Haaren, bevor sie auf die Klingel drückte. Simon öffnete. Er trug ein weißes T-Shirt und sah etwas müde aus. Seine Haare waren nass.

»Hallo!«

Stella fragte sich, ob er schlecht gelaunt war.

»Schön, dass du da bist.«

»Habe ich dich gerade gestört?«

»Nein, nein, ich hab einfach schnell geduscht, bevor Damenbesuch kommt.« Er lachte. »War ein Witz.«

Die Haare wirkten jetzt dunkler, das stand ihm gut, und seine blaugrauen Augen gefielen ihr. Helle Augen, das hatte sie sich auch immer gewünscht. Ihre waren braun, so wie ihre Haare, einfach alles braun.

»Was kann ich dir anbieten, einen Kaffee? Cappuccino? Tee?«

»Ach, ein Cappuccino wäre nicht schlecht.«

Stella folgte ihm in die Küche. Heute sah diese noch viel schlimmer aus als beim Filmabend. Überall türmte sich Geschirr, offene Saftflaschen, Gläser, dazwischen Spielsachen, Blöcke und Stifte. Auf dem Küchentisch standen noch die benutzten Teller vom Frühstück.

»Nur das Wohnzimmer ist bei uns vorzeigbar für Besuch«, entschuldigte Simon sich.

Stella hatte das Bedürfnis, die Ärmel hochzukrempeln und aufzuräumen, doch sie riss sich zusammen. Simon stellte die Kaffeemaschine an, eine Siebdruck-Espressomaschine aus Edelstahl, so ähnlich wie in italienischen Restaurants, allerdings ein wenig kleiner. Nur um die Kaffeemaschine herum sah es sauber und aufgeräumt aus.

»Der Kaffee aus dieser Maschine ist das Highlight meines Tages«, meinte Simon. Vielleicht erklärte das, warum dieser Ort so sauber war.

Innerhalb kürzester Zeit servierte er Stella einen wunderbaren Kaffee mit Milchschaum und sogar einen Keks dazu.

»Zucker ist hier.«

Er zeigte auf eine Dose mit einer dunkelbraunen Masse, die aussah wie Sand.

»Das ist Muscovado, unraffinierter Rohrzucker.«

»Das klingt aber gut, ich probiere es mal.«

Der Muscovado schmeckte wie Karamell und passte wunderbar zum Kaffee.

»Das ist bei dir ja wie in einem Café«, meinte Stella anerkennend.

»Nur etwas unordentlicher. Lass uns ins Wohnzimmer gehen«, schlug Simon vor.

Das Wohnzimmer sah zwar auch nicht mehr aus wie vor einer Woche, aber wenigstens lag hier kein ungewaschenes Geschirr, sondern nur Spielsachen.

»Ich habe zwar eine Putzfrau, doch das ist nur ein Tropfen auf den heißen Stein«, entschuldigte sich Simon.

»Das kann ich mir vorstellen. Wie schaffst du es überhaupt mit der Arbeit, den Kindern und dem Haushalt?«

»Du siehst, wie es hier aussieht. Meine Frau ist vor drei Jahren gestorben. Am Anfang kamen noch Leute zum Helfen vorbei, aber das hörte bald auf. Jetzt kommt nur noch die Putzfrau einmal in der Woche für zwei Stunden. Doch das reicht nicht, eigentlich müsste ich jeden zweiten Tag einen Großputz veranstalten. Zum Glück bekommen die Kinder in der Schule ein gesundes Mittagessen und ich hab hier in der Nähe *Pizza Presto*, den *Peking-Dragon-Imbiss*, *Wok-Palace* und *City Döner*.«

Er deutete auf ein paar Flyer, die auf dem Tisch lagen.

»Gesund ist das aber nicht.«

»Na ja, wir essen dazu frisches Gemüse und Salat, soll ja eh gesünder sein als gekochtes. Aber du hast schon recht, ich bin mit all dem total überfordert. Zum Glück sind die Kinder unter der Woche versorgt. Ich habe überlegt, eine richtige Haushälterin anzustellen, vielleicht aus Osteuropa, aber das wäre vermutlich zu teuer.«

»Du brauchst eine Frau«, rutschte es Stella heraus.

Er sah sie an. »Interesse?«

Sie wurde rot. »Ich hab grad eine Scheidung hinter mir. Entschuldige die blöde Bemerkung.«

»Ist schon in Ordnung.«

Stella lenkte das Thema rasch in unverfänglichere Bahnen: »Wie viele Kinder sollen denn zum Geburtstag eingeladen werden?«

»Keine Ahnung, acht oder neun.«

»Ich schreibe dir eine Liste mit Fragen für deine Tochter. Das Motto ist also *Frozen*, da haben wir ja schon mal etwas, an dem wir uns orientieren können. Einladungen müssen wir schreiben, natürlich im passenden Eisköniginnen-Design. Wie sieht der Zeitplan aus, wann soll es losgehen?«

Gemeinsam gingen sie alle Fragen durch und Stella merkte, dass es ihr Spaß bereitete, diesen Kindergeburtstag auszurichten. An dem guten Gefühl war Simon nicht ganz unschuldig. Er war ein aufmerksamer Gesprächspartner, der von ihrem organisatorischen Geschick sichtlich beeindruckt war. Sein Lächeln und die Art, wie er sie ansah, taten ihr gut. Als sie gerade weitere Punkte auf die To-do-Liste schrieb, legte er plötzlich seine Hand auf ihren Arm.

»Danke, dass du das machst. Ich wäre ohne dich verloren.«

»Nein, dann würde es jemand anderes machen.« Sie merkte, dass seine Berührung sie mehr aus dem Konzept brachte, als sie für möglich gehalten hatte. »Äh, wie sieht es denn mit dem Essen aus bei der Party? Sollen wir einfach Pizza bestellen oder kleine Häppchen machen?«

»Weißt du, dein Mann war ein Idiot, dass er dich verlassen hat.«

»Weil ich einen Kindergeburtstag organisieren kann?«

»Weil du …«, er schien nach den richtigen Worten zu suchen, »... einfach klasse bist.«

Stella fiel der Stift aus der Hand. War das jetzt eine Anmache? Sie war in diesen Dingen nicht mehr so geübt, daher fiel ihr keine Entgegnung ein und sie lächelte nur schüchtern.

»Also du bist eine klasse Frau, meine ich.«

Jetzt wurde auch er etwas rot und räusperte sich mehrmals. Er war verlegen. Das war ja süß! Stella hätte nicht gedacht, dass Simon sich für sie interessieren könnte. Stella fühlte sich durch dieses Kompliment plötzlich so beflügelt, dass sie das Bedürfnis verspürte, ihm einen Kuss zu geben. Ohne darüber nachzudenken, beugte sie sich vor und gab ihm einen flüchtigen Kuss auf den Mund. Er sah sie überrascht an, doch dann küsste er sie zurück.

Es war Stellas erster richtiger Kuss seit über einem Jahr. Seine Lippen waren voll und sein Kuss zart, sogar etwas schüchtern. Sie hatte das Bedürfnis, ihm durch die Haare zu streichen und seinen Rücken zu berühren, ihn zu streicheln. Doch sie hielt sich zurück, das wäre definitiv zu viel gewesen für einen ersten Kuss, der nur aus dem Überschwang ihrer Gefühle entstanden war. Simon hatte da anscheinend weniger Hemmungen und seine Lippen wanderten auf ihren Hals. Stella war hin und her gerissen. Durfte sie das zulassen? Aber es fühlte sich so gut an. Hatte es sich jemals mit Klaus so angefühlt? Es war alles so lange her.

»Dein Hals ist wunderschön und du riechst gut.«

Stella genoss seine Worte, dabei hatte sie nicht einmal Parfüm aufgetragen, es war die Bodylotion, die noch eine schwache Duftnote abgab. Sein Dreitagebart kitzelte an ihrem Hals und ihren Schultern. Sie fragte sich, ob womöglich mehr passieren könnte, und ihr fiel ein, dass sie nicht einmal zusammenpassende Unterwäsche trug. Am Anfang ihrer Beziehung mit Klaus war es für sie ein Muss gewesen, auf schöne Wäsche zu achten. Doch mit den Jahren hatte sich eine gewisse Nachlässigkeit eingeschlichen. Klaus hatte das zwar gestört, aber sie hatte trotzdem häufig nicht darauf geachtet. Doch bei Simon wollte sie nicht gleich als stillos auffallen.

In diesem Moment glitt Simons Hand unter ihr T-Shirt und ihr wurde ganz warm. Es erschien ihr wie eine Ewigkeit, dass ein Mann sie auf diese Weise berührt hatte. Mit ihrem Ex war auch vor der Trennung schon eine ganze Weile nicht mehr viel gelaufen. Sie biss sich auf die Lippen. Sie wollte mehr, sie wünschte sich noch mehr Berührungen von ihm. In diesem Moment klingelte das Telefon. Simon ließ es zweimal klingeln, bis er sich widerwillig von ihr löste.

»Ich muss ran, entschuldige ... Hallo? Was? Wie ist das denn passiert? Eine Schlägerei?«

Stella richtete sich auf, es war klar, dass der schöne leidenschaftliche Moment vorbei war.

Kurz darauf legte Simon auf und erklärte: »Tut mir leid, ich muss in die Schule. Mein Sohn scheint irgendeinen Mist angestellt zu haben.«

»Ist okay, wir waren mit der Planung ja schon fast fertig.«

Er sah sie an und sagte bedauernd: »Ich erfülle das Klischee wohl voll und ganz. Witwer schafft es nicht, seine Kinder zu erziehen.«

»Hey, nimm's nicht so schwer. Tim ist ein kleiner Junge, der versucht, in dieser Welt zurechtzukommen.«

»Ich bin total überfordert«, erwiderte Simon und fiel in sich zusammen.

Stella wollte ihn so gerne trösten, doch sie hatte keine Ahnung wie. Sie hätte ihn gern in den Arm genommen und leidenschaftlich geküsst, bis seine Sorgen weg waren, doch in dieser Situation half das wahrscheinlich wenig. Unsicher legte sie ihre Hand auf seine Schulter.

Er legte seine Hand auf ihre und sagte: »Danke.«

Sie lächelte und verabschiedete sich: »Ich gehe dann mal. Viel Erfolg!«

»Tut mir leid. Wenn ich einen Babysitter finde, können wir vielleicht mal etwas essen gehen. Ich meine, so richtig. Länger als zwei Stunden kann ich sie abends nicht alleine lassen.«

»Gern.« Warum nur musste sie ab Montag wieder arbeiten?

Stella trat auf die Straße. Die Sonne schien und in jedem Vorgarten blühten Rosen, Lavendel und Hortensien. Die Wiesen waren übersät mit Gänseblümchen und Stella fand mit einem Mal, dass das Leben gar nicht so schlecht war. Das Glas war wirklich halb voll. Sie tänzelte die Straße entlang zur Haltestelle.

»Was, ihr habt euch geküsst?«, schrie Heidi fast. »Ich komme gleich vorbei.«

Bevor Stella noch etwas sagen konnte, hatte ihre Freundin aufgelegt.

Sie sah auf ihr Telefon und fragte sich, ob es eine gute Idee gewesen war, Heidi davon zu erzählen. Doch schließlich war sie ihre engste Freundin. Rasch räumte Stella noch ein paar Sachen weg. Wenn sie schon den ganzen Tag zu Hause war, sollte ihre Wohnung nicht ganz so unordentlich aussehen. Keine zwanzig Minuten später stand Heidi vor ihrer Tür und wollte die Geschichte in allen Einzelheiten hören.

»Da gibt es nicht viel zu erzählen. Wir sind zwei einsame Menschen, die ein bisschen Nähe brauchten.«

Heidi sah sie spöttisch an und fragte: »Ach ja, warum küsst du dann nicht mich?«

»Äh …« Stella war völlig überrumpelt.

»Weil ich nicht so schnuckelig wie Herr Witwer bin«, beantwortete Heidi ihre eigene Frage.

»Gut, du hast gewonnen.«

»Ich muss auch aggressiver werden mit Alex. Bin einfach zu lange aus der Übung.«

»Ich doch auch.«

»Quatsch, du bist gerade mal ein Jahr alleine, ich mindestens sechs!«

»Bist du hierhergekommen, um mir Vorwürfe zu machen?«

»Nein, ich freue mich für dich, aber sei doch ehrlich: Es hat geknistert und ihr seid übereinander hergefallen.«

»Na ja, ganz so war es nicht, wir waren etwas unsicher. Schließlich hatte er wohl auch schon länger keine Frau.«

»Hattet ihr Sex?«

»Nein!«, rief Stella.

»Ihr habt euch nur geküsst? Bin ich jetzt extra hierhergefahren, damit du mir sagst, ihr habt euch nur geküsst?«

»Genau.«

»Dann erzähle mir wenigstens jedes Detail.«

Stella berichtete ihr von dem Treffen. »Aber dann rief die Schule an«, schloss sie.

»Gut, dass ich meine Katzen habe. Die machen keinen Ärger in der Schule. Bist du verliebt?«

»Was? Nein! Natürlich nicht!«, rief Stella empört und fragte sich, warum sie so emotional reagierte.

Heidi nickte und wiederholte mit ironischem Unterton: »Natürlich nicht.«

Stella verdrehte die Augen.

»Was ist denn mit Alex?«, fragte sie.

»Ach, ich weiß nicht. Mir ist natürlich klar, dass er etwas mit Tamy hat, aber eigentlich wäre ich genau die Richtige für ihn. Ich weiß nur noch nicht, wie ich ihm das klarmachen soll.«

Beide schwiegen und Stella überlegte, ob Heidi recht hatte und ob sie ihr dabei irgendwie helfen konnte.

»Ich glaube, ich bin verliebt«, sagte Heidi schließlich.

»Was?«

Das klang so fremd aus Heidis Mund. Sie liebte doch nur ihren Job und ihre Katzen! Doch das sprach Stella nicht aus. Sie befürchtete, dass Heidi keine allzu großen Chancen hatte gegenüber der hübschen Tamy, die deutlich jünger war.

»Ich muss nur gut überlegen, wie ich ihn überzeugen kann, dass meine Qualitäten Tamys vorzuziehen sind«, sinnierte Heidi.

Das war sicher nicht leicht. Andererseits bekam Heidi ganz häufig das, was sie wollte, jedenfalls auf der Arbeit. Ob das in der Liebe auch klappen würde?

Als Heidi nach Hause gegangen war, griff Stella nach ihrem iPad. Sie musste noch einmal schauen, was Klaus zu berichten hatte. Sie konnte nicht sagen, warum sie das tat. Sie fühlte sich nicht gut danach, im Gegenteil, und dennoch war ihre Neugier so groß, dass sie es nicht lassen konnte. Oder wollte sie sich einfach nur dadurch noch mehr Kummer bereiten?

Klaus hatte wieder ein Foto gepostet, diesmal nur von sich. Es war ein Selfie. Je länger sie sich das Foto anschaute, desto mehr fielen ihr kleine Details auf, die sie vorher nicht bemerkt hatte: die Ringe unter seinen Augen und die immer lichteren Schläfen. Er sah müde aus. Zufrieden darüber, dass er nicht attraktiver wurde und sein neues Glück nicht spurlos an ihm vorüberging, legte Stella das iPad weg und dachte an Simon. Ein Lächeln trat auf ihre Lippen.

An ihrem ersten Arbeitstag seit der Panikattacke klopfte Stellas Herz vor Aufregung. Es kam ihr vor, als ob es ihr erster Arbeitstag überhaupt wäre. Woher kam das? Stella musste sich eingestehen, dass sie Angst hatte. Würden die Kollegen ihr ansehen, dass sie nicht einfach Schnupfen gehabt hatte? Würden sie denken, dass etwas bei ihr im Kopf nicht stimmte?

Doch als sie das Gebäude betrat, begrüßten sie die Mitarbeiter freundlich.

»Stella, geht es dir wieder besser?«, fragte Nina, die junge und aufstrebende Managerin. Stella nickte ihr zu. Ein Glück, sie hatte nicht weiter nachgefragt! Rasch ging sie in ihr Büro.

Stella war früher Assistentin des Chefs gewesen, aber aufgrund ihrer Fertigkeit im Umgang mit PowerPoint hatte sie eine Art Exklusivjob angeboten bekommen. Sie sollte sich ausschließlich um die Erstellung von PowerPoint-Präsentationen kümmern. Darüber war sie zu Beginn sehr glücklich gewesen, denn bei dieser Aufgabe konnte sie viel Kreativität einbringen. Doch mit der Zeit wurde die Arbeit langweilig, da sich die gewünschten Inhalte schnell wiederholten. Dann vergingen die Stunden kaum und zu Hause war sie müder als früher, als sie noch mehr zu tun gehabt hatte.

Stella teilte sich das Büro mit der Sekretärin des Marketing-Abteilungschefs. Geli war diejenige, die ihre Dienste am meisten in Anspruch nahm, denn sie war Ende fünfzig und nur mit den einfachsten Grundlagen von PowerPoint und Excel vertraut. Deshalb war der Chef glücklich, dass Stella diesen Part übernahm. Geli war die gute Seele des Betriebs und deshalb war nicht daran zu denken, sie jemals auszutauschen. Sie war schon immer da und würde auch mindestens noch ewig bleiben. So die Vorstellung der Belegschaft, aber irgendwann würde sie doch in Rente gehen.

Als Geli sie sah, strahlte sie und rief aus: »Mensch Stella, endlich bist du da. Der Chef ist schon ganz hibbelig, er muss bald auf eine Konferenz und braucht dringend seine Präsentation. Ich wusste ja, dass du heute kommst, deshalb hat keiner der anderen das übernommen.«

»Hallo Geli«, grüßte Stella unsicher.

»Ach Mensch, lass dich erst mal drücken. Bin schon so vertieft in die Arbeit, dass ich ganz vergessen hab, dich richtig zu begrüßen.«

Geli stand auf und umarmte Stella. »Du siehst gut aus.«

»Danke«, antwortete Stella.

»Des Kranksein hat dir gutgetan«, meinte Geli in ihrem Kurpfälzer Singsang, in den sie oft abglitt. »Bist du wieder vollkommen gesund?«

»Hoffentlich«, lautete Stellas knappe Antwort.

»Hier haben sie schon gemunkelt, du wärst schwanger oder hättest Burnout, weil der Chef dich ständig mit Arbeit zubombt.«

Der erste Satzteil kam nach dem Gespräch mit Irene nicht unerwartet, aber der zweite Teil ließ Stella zusammenfahren. Hatte man ihr doch angemerkt, dass sie psychische Probleme hatte?

»Was ist denn los, Stella, du bist plötzlich ganz blass«, meinte Geli.

»Ach nichts, alles gut.«

Stella musste sich sehr anstrengen, um den Tag zu bewältigen. Sich zu konzentrieren, fiel ihr schwer. Immer wieder dachte sie an Simon oder sogar Klaus oder Gesprächsfetzen aus den Gruppenabenden. Sie war froh, als die Uhr halb fünf schlug und sie nach Hause gehen konnte.

Abends war Stella so müde, dass sie auf der Couch einschlief und erst am nächsten Morgen aufwachte. Doch der

Gedanke, zur Arbeit zu gehen, erschien ihr unerträglich, sodass sie stattdessen zu der blonden Ärztin fuhr und ihr ihren Gemütszustand beschrieb.

»Oh, das klingt wirklich nicht gut. Ich schreibe Sie diese Woche wieder krank.«

Stella war erleichtert. Dann rief sie Geli an.

»Es ist ein hartnäckiger Virus«, versuchte sie zu erklären.

Sie merkte, dass Geli ihr nicht glaubte.

»Bist du vielleicht doch schwanger?«

»Nein, Geli, bin ich nicht, ich bin einfach nur krank.«

Als Nächstes rief sie bei Simon an, doch er ging nicht ans Telefon. Stella hatte das Bedürfnis, sich zu bewegen. Schnell zog sie ihre Joggingschuhe an und verließ das Haus. Sie brauchte frische Luft zum Nachdenken. Sie überquerte die Hauptstraße, ging hinab zum Neckar und dann den schmalen Weg am Ufer entlang. Sie lief und lief, bis sie realisierte, dass sie bereits auf der Höhe von Bergheim war. Sie musste bereits einige Kilometer gelaufen sein, ohne weiter über den Weg nachzudenken. Bis zur Altstadt war es nicht mehr weit, höchstens zwei Kilometer. Und von dort über die Brücke nach Neuenheim war es ein Katzensprung. Sie entschloss sich weiterzulaufen. Zwanzig Minuten später stand sie vor der mittlerweile wohlbekannten Tür. Sie klingelte und nach einer Weile öffnete ein überraschter Simon.

»Bist du alleine?«, fragte sie.

Er nickte.

»Darf ich reinkommen?«

»Ich muss nur kurz ins Arbeitszimmer«, sagte er, und sie folgte ihm einfach.

Er lief zum Rechner, doch als er bemerkte, dass sie ihm gefolgt war, drehte er sich um. Stella zog ihn zu sich und küsste ihn. Simon war überrascht. Er wollte etwas sagen, doch sie hielt ihm den Zeigefinger auf die Lippen und küsste ihn wieder.

»Du schmeckst nach Kaffee«, sagte sie, doch er schaute völlig verdattert und suchte nach Worten. Stella sah ihn fragend an.

»Ich bin gerade in einer Videokonferenz«, erklärte er leise und räusperte sich.

Stella drehte sich zu seinem Bildschirm um und sah vier Männer, die amüsiert ihrem Treiben zusahen.

»Ach du Scheiße«, entfuhr es ihr.

Die Männer lächelten.

»Simon, du hast Besseres zu tun, wie wir sehen. Wir können unser Gespräch auch in einer Stunde fortführen«, sagte einer.

»Okay«, sagte Simon und räusperte sich erneut. »Ich melde mich.«

Die Männer auf dem Bildschirm zwinkerten ihm zu. Der Älteste der Runde sagte: »Nimm dir die Zeit, die du brauchst«, und die anderen lachten. Simon nickte ihnen zu und trennte die Verbindung.

»Oh nein, wie peinlich!«, rief Stella aus. Sie war rot im Gesicht und wiederholte mehrmals: »Ist mir das peinlich!«

Simon grinste und meinte: »Ein bisschen peinlich ist es wirklich.«

»Ein bisschen? Ich hab mich völlig zur Idiotin gemacht.«

»Nein, du bist eben leidenschaftlich«, versuchte Simon sie zu beruhigen.

»Wohl eher selten dämlich.«

»Bitte sag das nicht, du bist schön und clever und sexy«, sagte er und küsste sie. »Hätte ich nur im Entferntesten geahnt, dass du kommst, hätte ich die Besprechung vorher unterbrochen.«

»Ich habe es nicht geplant. Ich bin gelaufen und gelaufen und dann stand ich vor deiner Tür.«

Simon drückte sie an sich und küsste ihr Haar.

»Und ich bin dir dankbar, dass du geklingelt hast. Außerdem duftest du wunderbar«, sagte er.

»Wohl eher verschwitzt.«

»Nein, du duftest«, sagte er und küsste sie.

»Mir ist ganz heiß«, seufzte sie.

»Wow, habe ich so eine Wirkung auf dich?«

»Nein, ich meine, weil es mir so peinlich ist.«

Simon lachte.

»Du bist so süß.«

Er näherte sich ihrem Mund. Erst berührte er nur ganz leicht ihre Lippen, doch dann wurden seine Küsse immer leidenschaftlicher. Schließlich hielt er ihr Gesicht mit beiden Händen und presste seine Lippen gegen ihre. Sie spürte seine Zunge in ihrem Mund und plötzlich hatte sie das Gefühl, als ob kleine Wasserdämme gebrochen wären, von denen sie gar nicht gewusst hatte, dass sie existierten. Ihre Leidenschaft breitete sich wie eine Flut über ihr aus. Während sie sich küssten, zog Simon ihr das Sport-Top aus. Sie hatte es plötzlich ebenfalls eilig, ihm sein T-Shirt über den Kopf zu ziehen und dann glitten sie auf den kalten Parkett-Boden. Mit Klaus hatte sie solche Aktionen immer ausgeschlossen. Zu kalt und hart war der Boden. Aber jetzt spielte all das keine Rolle mehr. Stella wollte Simon einfach nicht loslassen, den Moment festhalten. Für einen kurzen Moment schien es ihr gelungen zu sein, außerhalb der Zeit zu schweben, doch dann hielt er inne.

»Mist, ich hab damit nicht gerechnet – ich hab keine Kondome. Nimmst du die Pille?«, fragte er.

»Nee, hab die Wechseljahre schon hinter mir.«

Er atmete beruhigt aus. »Gut.«

Eigentlich wäre sie bei solch einem Spruch verletzt gewesen, doch sie wollte nicht aus dieser Sphäre der Lust und so küsste sie ihn wieder.

»Ich habe nicht mehr so viel Übung wie früher«, hauchte er zwischen zwei Küssen.

»Psst«, sagte sie zärtlich und hielt ihm den Finger an die Lippen.

Sie erkannte sich kaum wieder. Was war passiert? War sie das? Mit Klaus war es schön, aber die große Leidenschaft hatte eigentlich immer gefehlt und der Sex war nie spektakulär. Eigentlich glaubte sie gar nicht daran, dass es das gab, und war sich sicher gewesen, dass diese leidenschaftlichen Szenen der Fantasie von Regisseuren und Autoren entsprungen waren, um mehr Leser und Zuschauer anzulocken. Bei diesen Gedanken hatte sie aufgehört, Simon zu küssen.

»Alles okay?«, fragte er nun.

»Ja, es ist wunderbar«, antwortete sie und beschloss, sich voll und ganz auf den Moment zu konzentrieren. Die Zeit schien still zu stehen. Es gab nur noch sie beide und ihre gemeinsame Leidenschaft.

Eine gefühlte Ewigkeit später lagen sie schließlich erschöpft und zufrieden nebeneinander. Nach einer Weile öffnete Stella die Augen, sah erst zu der weißen Decke und dann zu Simon. Er lächelte sie an.

»Du kannst gern mal wieder ohne Ankündigung zu Besuch kommen.«

Sie lächelte ihn an und wisperte: »Du musst zu deiner Konferenz.«

»Egal, die wissen, dass wir Wichtigeres zu tun haben.«

Stella wurde rot. Sie sah auf die Wanduhr, die über der Tür hing.

»Es ist schon spät«, sagte sie.

»Bleib doch noch, bitte. Die Kinder sind in der Schule und die Besprechung kann warten.«

Stella schüttelte den Kopf. Sie fühlte sich plötzlich befangen. Sie wusste nicht wieso, aber irgendwie war es ihr unangenehm, das Geschehene anzusprechen. Rasch stand sie auf und zog sich etwas beschämt an.

»Wenn es dir unangenehm ist, schaue ich weg«, scherzte Simon.

Doch Stella wünschte sich genau das: »Ja, bitte.«

Er drehte den Kopf zur Seite, konnte ein Lächeln jedoch nicht verbergen.

»Weißt du, was ich sexy finde? Wenn der BH nicht zum Slip passt«, sagte er und zog sich nun ebenfalls die Unterhose an.

»Oh.« Stella wurde rot. Machte er sich über sie lustig?

Doch Simon fuhr fort: »Meine Frau war da sehr perfektionistisch. Der BH musste immer zum Slip passen. Schließlich trug sie nur noch weiße Unterwäsche, damit es immer passte.«

»Und mein Mann hat sich immer beschwert, wenn ich die Unterwäsche gemischt habe. Deshalb genieße ich wohl jetzt die künstlerische Freiheit.«

Sie sahen sich wortlos an. Die Stimmung war mit einem Mal nicht mehr so unbeschwert. Lag es daran, dass sie ihre ehemaligen Partner in diese Situation gebracht hatten?

Zum Glück ertönte in diesem Moment der Skype-Klingelton an Simons Laptop.

»Vielleicht solltest du dir das T-Shirt und die Hose noch schnell überziehen«, erinnerte Stella ihn.

Simon stand immer noch in der Unterhose da.

»Oh.«

Sie warf ihm seine Kleidung zu, er zog sich an und drückte auf den Knopf. Stella stand noch einen Augenblick da, dann flüsterte sie leise: »Auf Wiedersehen«, und wandte sich zum Gehen.

»Moment mal«, rief er den Männern am Videobildschirm zu, rannte ihr hinterher und gab ihr einen Kuss.

Stella lächelte und ging hinaus. Plötzlich fühlte sich alles irgendwie leichter an. Die Zeitrechnung hatte eben neu angefangen. So hatte sie nicht einmal gelächelt, als sie den ersten Kuss von ihrer großen Flamme in der achten Klasse bekommen hatte. Sie fühlte sich unglaublich gut und konnte sich kaum erinnern, dass heute Vormittag das Leben noch traurig und trist gewesen war und sie nicht in der Lage gewesen war, zu arbeiten. Alles war jetzt schön und hell und bunt und die Menschen, denen sie begegnete, wirkten alle glücklich und nett. Pfeifend ging sie zur Straßenbahnhaltestelle und fuhr nach Hause.

Vor dem Haus traf sie auf Beate. Sie hielt eine Tupperdose mit Apfelschnitzen in der Hand. Die Kinder malten mit Kreide auf die Pflastersteine.

»Nicht die Kreide essen«, sagte ihre Nachbarin immer wieder.

»Hallo Beate«, begrüßte Stella sie.

»Hallo«, erwiderte Beate müde.

Sie trug eine Jogginghose und einen Mantel darüber. Die Haare waren zu einem Dutt zusammengebunden, eher nachlässig als cool, sie sah sehr blass aus und hatte dicke Augenringe. Bevor Stella noch etwas sagen konnte, hatte Beate schon bemerkt, dass Stella heute in Bezug auf ihre Gefühle genau das Gegenteil von ihr war. Mit einem Lächeln meinte sie: »Du siehst so zufrieden aus, die Selbsthilfegruppe scheint Wunder zu vollbringen.«

»Ja, mir geht es wieder ganz gut, bin aber noch eine Woche krankgeschrieben.«

»Dann brauchst du die Zeit.«

»Wie geht es dir?«, fragte Stella.

Genau auf diese Frage hatte Beate wohl sehnsüchtig gewartet. »Ach ja, die Läuse sind überstanden, Mittelohrentzündung haben wir gerade hinter uns.« Sie seufzte.

»Du siehst müde aus«, bemerkte Stella.

Jetzt sprudelte es aus Beate heraus: »Na ja, ich hab seit zwei Jahren nicht mehr durchgeschlafen und bin fertig mit den Nerven«, sagte sie und bei der zweiten Hälfte des Satzes wurde ihre Stimme zittrig.

»Oh Beate, was ist los?«

»Ich hatte mir das mit den Kindern anders vorgestellt. Irgendwie leichter. Ich liebe sie, aber ich bin kaputt. Dieser Schlafmangel macht mich fertig. Versteh mich nicht falsch, aber ohne Kinder kann es auch schön sein.« Jetzt liefen ihr die Tränen. »Schlafmangel ist eine Folter und dann hast du auch niemanden mehr lieb. Wenn ich morgens in den Spiegel sehe, erkenne ich mich nicht wieder, ich sehe nur eine alte Frau mit vielen Falten, dicken Augenringen und heute habe ich entdeckt, dass ich grau werde!«

»Ach komm, ein graues Haar!«, versuchte Stella sie zu ermutigen.

»Eins? Nein, ich habe sechs Stück entdeckt!«

»Aber was sind sechs Stück im Vergleich zum nicht grauen Rest?«

»Das heißt, dass ich alt werde und es nicht einmal merke!«

Stella strich ihr über die Schulter. Beate schien immer so glücklich zu sein und die perfekte Mutter. Verlegen drehte sie ihren Kopf weg und schon im nächsten Moment rief sie wieder: »Nicht die Kreide essen!«

Schnell wischte sie sich die Tränen aus dem Gesicht, ging zu den Kindern und ermahnte sie noch einmal. Den Kindern schien das nichts auszumachen. Sie kicherten und malten sich stattdessen die Hosen an. Beate setzte sich resigniert auf die Bank neben dem Hauseingang.

»Ich weiß nicht, wie ich die nächsten Jahre, bis sie achtzehn sind, durchstehen soll.«

»Beate, du bist eine starke Frau und eine tolle Mutter, du wirst das wunderbar machen.«

»Aber was ist mit meinem Leben?«, rief sie.

»Das ist dein Leben. Du hast wunderbare Kinder. Ich würde alles geben, wenn ich Kinder haben könnte«, sagte Stella.

»Ach Stella, das klingt für dich wahrscheinlich wie Hohn, aber ich wünsche mir gerade, irgendwohin ganz alleine wegzufahren.«

»Jeder möchte das, was er gerade nicht hat.«

Beate nickte. »Ich würde jetzt am liebsten eine Zigarette rauchen.«

Stella lächelte. »Prosecco hätte ich im Angebot.«

»Nee, ich stille noch.«

Jetzt lachten beide.

»Ich kann gern auf die Kinder aufpassen, wenn du mal eine Stunde alleine spazieren möchtest oder so«, schlug Stella vor. »Wenn du willst, jetzt gleich.«

»Das ist lieb von dir. Aber ich habe heute noch einen Termin.«

»Dann leg dich doch jetzt einfach noch eine halbe Stunde hin«, schlug Stella vor.

»Das kann ich doch nicht machen, du brauchst doch selbst Ruhe.«

»Quatsch, eine halbe Stunde hier in der Sonne zu sitzen, wird mir guttun. Los, ins Haus mit dir, ich schaffe das schon.«

Beate zögerte kurz, doch dann ging sie tatsächlich ins Haus. Kurz darauf schrie Emma plötzlich auf. Nico hatte seinem Schwesterchen die Sandschaufel auf den Kopf gehauen. Stella tröstete die Kleine und schimpfte dann mit dem Großen. Tobi hatte keine Lust mehr, draußen zu spielen, und wollte rein. Stella schlug ihm vor, eine riesige Sandburg zu bauen. Er ließ sich erst darauf ein, als sie ihm versprach mitzubauen. Auch Nico half ihnen, während Emma Sand in ihren Mund stopfte. Stella konnte sie nur mit Mühe davon abhalten.

Eine Dreiviertelstunde später kam Beate wieder raus. Sie sah viel ausgeruhter aus.

»Was so ein paar Minuten ausmachen können!«, rief sie begeistert. Dann fragte sie: »Waren sie arg anstrengend?«

»Quatsch, sie waren ganz lieb«, schwindelte Stella. »Gib Bescheid, wenn ich dir wieder helfen kann, ich hab noch die ganze Woche frei.«

»Danke, das mach ich!«

Beate umarmte Stella zum Abschied, und sie merkte, dass ihr diese Zeit mit den Kindern gutgetan hatte, obwohl die drei anstrengend waren. Sie plauderten noch kurz, dann ging Stella hinein.

Sie schaute in ihren Kühlschrank und überlegte, was sie essen wollte, als sie eine Nachricht von Heidi bekam: »Na, wie ist es auf der Arbeit?«

»Bin wieder krankgeschrieben. Ist wohl noch zu früh«, schrieb Stella zurück.

»Ich treffe mich mit Alex«, schrieb Heidi.

»ECHT?«

»Ja«, war Heidis Antwort und dahinter ein paar Smileys.

Diese Gruppe hatte sich tatsächlich als Glücksgriff für sie beide erwiesen.

Im ganzen Haus wimmelte es nur so von kleinen Elsas mit blonden, braunen und schwarzen Haaren. Außerdem war die Wohnung mit Elsa, Anna, Olaf, Kristoff und Sven, dem Rentier, auf Luftballons, Wimpeln und Stickern dekoriert. Heidi und Gerda hatten Muffins gebacken und mit Elsa-Esspapier dekoriert. Außerdem hatte Gerda Simon geholfen, ein wenig Ordnung im Haus zu schaffen. Dann war sie nach Hause gegangen.

»So viele Kinder auf einmal, das ist nichts mehr für mich«, hatte sie gesagt.

Tamy hatte Make-up mitgebracht, um die Kids zu schminken. Türkis und Weiß schienen die einzigen Farben im Haus zu sein. Nur die Erwachsenen passten nicht ins Bild. Als ob sie sich abgesprochen hätten, trugen sie alle Jeans und weiße T-Shirts.

Tim saß inmitten der Mädchen und starrte auf sein Handy. Er trug eine schwarze Jeans und ein schwarzes T-Shirt, als wollte er schon durch seine Kleidung deutlich machen, dass er nicht dazugehörte.

»Was für ein Blödsinn«, rief er abgeklärt, als ob er schon seit vielen Jahren erwachsen wäre.

»Lass deiner Schwester die Freude«, ermahnte Simon ihn.

Stella war schon vormittags gekommen, hatte die Küche aufgeräumt und machte jetzt kleine Hackbällchen und Käse-Trauben-Spieße. Immer, wenn Simon sich vergewissert hatte, dass sie allein im Raum waren, küsste er sie. Stella genoss das. Dieses Gefühl von verbotener Liebe machte es nur umso aufregender.

Seit ihrer Begegnung im Arbeitszimmer hatten sie sich nicht gesehen. Die Kinder waren krank gewesen und er war deshalb donnerstags nicht in der Gruppe gewesen, da er die kranken Kinder nicht mit der Babysitterin allein lassen konnte. Danach musste er mehr arbeiten, weil während der Krankheit seiner Kinder vieles liegen geblieben war. Daher hatte er keine Zeit für Stella gehabt. Außerdem musste sie ja wieder arbeiten.

Stella hatte auf Anraten ihrer Ärztin ihrer Personalchefin mitgeteilt, dass sie wegen ihrer Erkrankung vorerst nur vormittags arbeiten konnte. Sie hatte nichts Konkretes verraten. Nachdem die Personalchefin sich mit dem Abteilungsleiter besprochen hatte, hatte man sich darauf geeinigt, diesem Wunsch bis auf Weiteres nachzugeben – so lange es Stella dann möglich war, wieder bei der Arbeit zu erscheinen. Und das tat sie auch. Die Arbeit im Büro machte nun mehr Spaß, weil sie keinen Leerlauf hatte und gehen konnte, bevor ihr Stressniveau zu sehr anstieg. Allerdings langweilte sie sich, wenn sie zu Hause ankam, schnell. Weder Simon noch Heidi noch sonst jemand hatte an den Nachmittagen Zeit. So nutzte Stella zweimal die Gelegenheit und half Beate mit den Kindern, damit diese sich ausruhen konnte.

Nun waren die Tage, an denen sie Simon nicht gesehen hatte, überstanden. Endlich war sie wieder in seiner Nähe und sie musste sich sehr zusammenreißen, um ihn nicht die ganze Zeit anzustarren, anzufassen oder gar zu küssen. Sie fragte sich, ob die anderen etwas bemerkt hatten. Stella war bewusst, dass Heidi sie genau beobachtete, aber ihre Freundin wusste ja eh Bescheid. Tamy sollte jedoch nichts davon wissen und vor allem nicht die Kinder.

Clara war sehr aufgeregt. »Papa, das ist der schönste Geburtstag überhaupt.«

Tamy schminkte alle Mädchen mit größter Geduld und Konzentration. Heidi hatte Spiele im Internet herausgesucht, die zum Eisköniginnen-Thema passten – aus dem klassischen Topfschlagen wurde mal eben eine Eisköniginnen-Schatzsuche – und Stella studierte ein Lied mit den Mädchen ein, das sie am Abend ihren Eltern vortragen wollten.

Nach dem Hauptprogramm rannten die Kinder in den Garten, um auf dem Trampolin ihre überschüssige Energie von den Massen an Muffins und Süßigkeiten, die sie verdrückt hatten, loszuwerden. Tamy und Heidi folgten ihnen. Simon tat so, als müsse er noch etwas aufräumen und Stella half ihm dabei. Als alle anderen aus ihrem Sichtfeld waren, nahm er sie an der Hand und zog sie in die Wäschekammer.

»Nicht wirklich romantisch. Aber das ist der einzige Ort, an dem wir ungestört sein können«, flüsterte er.

»Simon, was ist, wenn eins von den Kindern hereinkommt?«

»Manchmal darf auch ein alleinerziehender Papa Gefühle und Wünsche haben.«

Seine Hand wanderte ihren Rücken entlang und sie bekam Gänsehaut. Es war so schön und dennoch war sie auf der Hut, weil jederzeit jemand die Tür öffnen konnte.

Das fröhliche Kindergeschrei von draußen war hier immer noch gut zu hören. Solange sie draußen lärmten, konnten sie nicht drinnen sein, das beruhigte sie. Stella umarmte Simon fest und genoss die Berührung seiner großen Hände, die zärtlich über ihren Rücken kreisten und sich dann zu ihrer Brust vortasteten. Sie fühlte sich wie ein Kind, dem schon so lange ein Geschenk versprochen worden war, dass es mittlerweile gar nicht mehr glauben konnte, dass es endlich so weit war und das Geschenk ausgepackt werden durfte. Auch sie wanderte mit ihren Lippen an seinen Schläfen entlang und erkundete seinen Körper, der ihr immer besser gefiel, vor allem sein Geruch, diese Mischung aus frisch geduschter Haut und einem Hauch von Rasierwasser. Der Duft erzeugte in ihr den Wunsch nach mehr, doch gleichzeitig waren ihre Gefühle ihr fast fremd. Was tat sie hier mit einem Familienvater, mit dem sie gerade den Geburtstag seiner Tochter ausrichtete?

»Wir sollten raus, sonst kommt jemand auf blöde Gedanken«, drängte sie.

»Warum? Wir machen nichts Verbotenes, die anderen könnten es ruhig wissen«, fand Simon.

»Das sollen sie aber nicht«, widersprach Stella.

Simon ging an das Spülbecken, das eigentlich zum Ausspülen von Putzeimern gedacht war, und wusch sich das Gesicht.

»Puh, du machst mich ganz schön irre, ich muss mich erst mal abkühlen.«

Sie küsste ihn und flüsterte: »Ich gehe schon mal raus.«

Draußen begegnete sie Heidi.

»Richte mal deine Haare«, riet ihr diese leise.

Stella tat es. Heidi war gut gelaunt, obwohl der Abend mit Alex wohl nicht so romantisch gewesen war.

»Ach, Alex ist auch nur ein Mensch«, wiederholte Heidi mehrmals. Sonst sagte sie nichts und Stella fragte nicht weiter nach. Heidi hätte mehr gesagt, wenn es etwas zu erzählen gegeben hätte.

Bei den Kindern entbrannte gerade ein Streit darüber, wer wie lange im Trampolin gewesen und wer als Nächster dran war. Heidi versuchte zu vermitteln. Tamy saß im Gras, neben ihr Tim, beide starrten auf den Bildschirm ihres Smartphones und lachten.

»Na, ihr zwei, was schaut ihr euch denn an?«, fragte Stella und kniete sich neben sie.

»Das ist so cool und lustig. Schau mal«, sagte Tim.

Sie zeigten ihr ein Video mit Jungs, die Stunts versuchten und dabei ziemlich oft auf die Nase fielen. Als Nächstes folgte ein Video mit dem Titel *Warum Männer kürzer leben als Frauen*, in dem Männer gezeigt wurden, die beispielsweise mit einem Plastikeimer auf dem Kopf anstelle eines Helms Motorrad fuhren oder eine Mehrfachsteckdose auf einer kleinen schwimmenden Platte in einem Swimmingpool verlegt hatten, in dem sie gemütlich standen.

Stella lachte mit ihnen. Tim gefiel es ganz offensichtlich, mit Tamy zusammen zu sein. Es hatte etwas von einer großen Schwester, wie sie mit ihm umging. Simon nickte ihr anerkennend zu. Dann fragte er: »Braucht jemand etwas zu trinken?«

Stella nickte, die anderen schüttelten die Köpfe.

»Ich hab hier was Lustiges mit Papa«, sagte Tim. Er suchte in seinem Smartphone und drückte dann auf Play. Tamy lächelte amüsiert.

»Oh, das will ich auch gern sehen«, sagte Stella.

Der Film war irgendwo im Freien aufgenommen worden. Auf einer Wiese lag Clara und schrie. Neben ihr stand

Simon, der verzweifelt versuchte, sie zu beruhigen. Als Tim mit dem Handy die immer größer werdende Menge aufnahm, entdeckte sie sich selbst darunter. *Scheiße!*, fuhr es ihr durch den Kopf.

»Mach den Quatsch aus«, sagte Simon, der gerade dazukam und dem es offensichtlich nicht gefiel, in solch einem Moment gezeigt zu werden. *Ein Glück!*, dachte Stella, als Tim plötzlich rief: »Das bist ja du, Stella!«

»Quatsch!«, versuchte sie sich herauszureden, doch Tim zeigte mit dem Finger auf eine Person in der Menschentraube.

»Hier, diese Frau mit der Sonnenbrille!«, rief Tim und lachte laut.

Jetzt schauten Simon und Tamy genauer hin. Tim hatte sogar das Streitgespräch aufgenommen und auf einmal wurden Simon und Stella hochrot im Gesicht. Tim und Tamy lachten so schallend, dass Tim das Telefon aus der Hand fiel. Simon nahm es rasch und löschte das Video.

Dann sah er Stella an und sagte langsam: »Jetzt erinnere ich mich.«

»Ich hatte gehofft, du hast es vergessen.«

»Das hatte ich ... Deshalb kamst du mir so bekannt vor!« Sie zuckte mit den Schultern.

»Hattest du ihn denn wiedererkannt?«, fragte Tamy, die sich immer noch vor Lachen den Bauch hielt.

»Ja, als er bei dem Treffen davon erzählte«, gab Stella zu.

»Clara hat mich dort zur Weißglut gebracht und Stella stand da und hat gegrinst.«

»Hab ich nicht. Ich meine, nicht deswegen«, verteidigte sie sich, aber sie hatte nicht das Gefühl, dass Simon ihr das abnahm.

»Ich glaub, da hätte ich auch gegafft«, sagte Tamy. »Oh, Simon, du Armer, ist das peinlich.«

109

Tim lachte noch immer.

»Schluss jetzt!«, fuhr Simon ihn an. »Du möchtest doch auch nicht, dass man dich auslacht!«

Tim wurde ruhiger, konnte aber ein Grinsen immer noch nicht unterdrücken.

»Ich schau mal nach den Mädchen«, erklärte Stella verlegen und stand auf. Das war so schrecklich peinlich und wahrscheinlich hatte sie damit alles kaputt gemacht.

Zwei Mädchen schaukelten gemeinsam auf einer Schaukel, sie hatten sich zu zweit auf die Sitzfläche gequetscht und kicherten ausgelassen. Die anderen, darunter auch Clara, hüpften immer noch auf dem Trampolin herum.

»Papa, schau mal, was ich kann.«

Sie sprang hoch und Simon lächelte und hob den Daumen.

Heidi, Tim, Tamy und Stella setzten sich nun an den Terrassentisch.

»Will jemand ein Bier?«, fragte Simon.

Alle bejahten, sogar Tim.

»Okay, Tim, du bekommst ein Malzbier«, bestimmte sein Vater.

Tim fühlte sich ganz offensichtlich wohl unter den Erwachsenen, er trank sein Malzbier lässig und stolz.

»Bin ich froh, wenn dieser Elsa-Quatsch vorbei ist«, sagte er.

»Du bist ganz schön erwachsen für dein Alter«, stellte Stella fest.

Er zuckte mit den Achseln.

»Du bist immer noch mein kleiner Junge, obwohl du deinen Vater bloßstellst«, sagte Simon und strich ihm über den Kopf.

»Papa, hör auf. Du stellst mich auch bloß, ich bin kein Baby mehr.«

»Entschuldigung«, sagte Simon. Dann wandte er sich an die anderen: »Das ist doch eine gelungene Elsa-Party, Leute. Aber ich bin fix und fertig.«

Alle lachten.

»Danke für alles, Mädels, ohne euch hätte ich es nie geschafft«, fügte er hinzu.

»Schon okay, es hat Spaß gemacht.«

»Und ich möchte eine Star-Wars-Party!«, rief Tim.

»Dein Geburtstag ist doch erst in zwei Monaten!«

»Nur damit ihr euch das schon mal vormerken könnt.«

»Star Wars! Ich liebe Star Wars!«, rief Stella.

»Ich hab mir die Filme zigmal auf Video angesehen«, sagte Heidi verträumt. »Mann, war ich verliebt in Harrison Ford!«

Stella lachte. »Ich auch, nur zehn Jahre später.«

»Ich war in Prinzessin Leia verliebt«, meinte Simon.

»Bäh, redet doch nicht von so was!«, rief Tim. »Aber wenn ihr mithelft, wird das die coolste Party überhaupt.« Er strahlte.

Nachdem das letzte Kind abgeholt worden war, verabschiedete sich Tamy, sie hatte noch eine Verabredung. Heidi und Stella halfen beim Aufräumen, während Simon die Kinder ins Bett brachte. Er trug Clara die Treppe hoch, die schon auf der Couch eingeschlafen war. Tim war bereits auf sein Zimmer gegangen.

»Ich geh dann mal«, sagte Heidi mit einem Augenzwinkern. »Die Küche schaffst du ja sicher alleine.«

Stella wurde rot und begleitete ihre Freundin zur Tür. Sie hatte ein mulmiges Gefühl in der Magengegend. Wenn sie doch bloß vor sechs Wochen auf der Neckarwiese nicht gegrinst hätte!

Als Simon kurz darauf zurück ins Erdgeschoss kam, sagte er: »Du warst das also.«

»Es tut mir leid«, erwiderte Stella.

»Mir auch«, sagte Simon. »Was ich gesagt habe, muss dich sehr getroffen haben.«

»Dann sind wir wohl quitt«, witzelte Stella, obwohl ihr überhaupt nicht danach war.

»Nein«, sagte Simon ernst.

Stella sah ihn betroffen an und senkte den Kopf. In diesem Moment umarmte Simon sie und küsste ihre Haare.

»Ich schulde dir noch was. Das war ein wunderschöner Tag. Danke.«

Stella schaute hoch, um ihn ebenfalls zu küssen, und sah, dass Tim im ersten Stock am Geländer stand und sie beobachtete. Als sich ihre Blicke begegneten, verschwand er eilig.

»Tim hat uns gesehen.«

»Ich werde mit ihm reden«, sagte Simon und ging noch einmal nach oben.

Stella sah ihm unschlüssig hinterher, dann ging sie in die Küche, um weiter aufzuräumen. Als Simon hereinkam, sah Stella ihn ängstlich an.

»Ist er sehr schockiert?«

»Nein, er wusste, dass dieser Tag irgendwann kommen würde. Aber wenn er da ist, schmerzt es trotzdem. Er kann sich noch gut an seine Mutter erinnern und er vermisst sie sehr.«

»Soll ich nach Hause gehen?«

»Nein. Er meinte, er hätte es geahnt.«

Stella umarmte Simon. »Kann ich etwas tun?«

»Ja. Er hat mich gefragt, ob wir zusammen sind ...« Simon sah sie an.

»Fragst du mich gerade, ob ich eine feste Beziehung mit dir möchte?«

Simon nickte.

»Puh, also, ja, äh.«

Er lächelte. »Du kannst es dir noch überlegen«, sagte er. »Musst nicht sofort antworten.«

»Okay.«

Eine kleine Pause entstand.

»Ich räum dann mal die Küche fertig auf«, sagte Stella schließlich. Sie fühlte sich überrumpelt.

»Ich schau mal, wie es im Wohnzimmer aussieht.«

Nach einer Minute war Simon wieder zurück.

»Das Wohnzimmer sieht besser aus als je zuvor.«

»Das hast du Heidi zu verdanken.«

»Ich glaube, ich veranstalte ab sofort jede Woche Geburtstagspartys. Die Küche sieht aus wie neu«, meinte er. »Karin hatte es nicht so mit Ordnung, zum Glück gab es immer eine Putzfrau.«

Der Gedanke an seine verstorbene Frau versetzte Stella einen Stich. Doch sie überspielte es und erklärte: »Für mich ist es wie Sport. Das Aufräumen hilft mir beim Ordnen meiner Gedanken.«

Als sie auf die Uhr über der Tür schaute, bemerkte Stella, dass es schon ziemlich spät war.

»Möchtest du hier übernachten?«, fragte Simon.

»Ich denke, das wäre keine gute Idee. Du solltest erst mal mit deinen beiden Kindern sprechen.«

Simon sah enttäuscht aus. Doch bevor er etwas erwidern konnte, hörten sie von oben jemanden rufen: »Papa!«

»Tut mir leid, ich muss kurz nach den Kindern schauen«, meinte Simon und war schon auf dem Weg nach oben.

Stella deckte rasch den Tisch für das Frühstück und hinterließ ihm eine Nachricht auf einem Zettel: *Einen wunderschönen Morgen euch!«* – mit einem Smiley daneben.

Dann ging sie hinaus und schloss leise die Tür. Sie war hundemüde, aber sie fühlte sich gut. Lebendig. Es war ein schöner Tag gewesen. Ein bisschen hatte sie sich gefühlt, als ob sie eine Familie hätte. Einen Mann, zwei Kinder, ein Häuschen mit Garten und viele gute Freunde. Das Glück, es schien mit einem Mal zum Greifen nah.

Zu Hause angekommen duschte Stella und zog sich um. Danach lief sie ziellos durch die Wohnung. Ihr Glücksgefühl war verflogen, sie fühlte sich unglaublich alleine. Sie wollte Simon in der Nähe haben, sie wollte bei ihm sein. Nach ein paar Minuten packte sie kurz entschlossen ihre Handtasche und stieg wieder ins Auto. Vor Simons Haus fiel ihr ein, dass sie nicht einfach so klingeln konnte. Deshalb schrieb sie ihm eine Nachricht. Ob er überhaupt noch wach war? Hatte er das Handy in der Nähe?

Wenige Sekunden später klingelte ihr Smartphone und sie nahm rasch ab.

»Kannst du nicht schlafen?«, fragte Simon.

»Nein, ich sitze hier direkt vor deinem Haus.«

Keine zwei Minuten später kam Simon heraus und sie stieg aus dem Auto. Einen Moment stand er nur da und blickte sie an. Er musterte sie von Kopf bis Fuß. Stella trug ein weißes bodenlanges Leinenkleid und Sandalen. Ihre braunen Haare fielen ihr in Stufen über die Schultern. Die Dunkelheit wurde nur von einer einsamen Straßenlaterne unterbrochen, die aus einiger Entfernung einen sanften Schein auf ihre Gesichter warf. Simon blickte zu ihr und dann zum Himmel.

»Fehlt nur noch der Sternenhimmel, um die Szenerie perfekt zu machen«, meinte er.

»Den sieht man in der Stadt leider nicht.«

»Manchmal schon. Aber heute Abend ist es bewölkt. Doch das macht nichts …«

Simon machte einen Schritt auf sie zu. Dann hob er sie hoch und drehte sie wie ein kleines Kind um die eigene Achse.

»Das macht mich glücklich. Du machst mich wahnsinnig glücklich.«

Sie kicherten mitten auf der menschenleeren Straße.

»Du bist mein Stern. *Stella*.«

Dieser Moment gehörte nur ihnen beiden. Stella fühlte sich wie zu neuem Leben erweckt durch ihre junge Liebe, die den Scherben der Vergangenheit trotzte.

In der nächsten Zeit telefonierten Simon und Stella häufig, sie kam oft abends vorbei, wenn die Kinder schliefen, und dann standen sie vor dem Haus und küssten sich oder saßen auf der Terrasse, eingekuschelt in eine Decke und blickten einfach in den Nachthimmel.

Bei der Arbeit geschah nicht viel, es erschien ihr alles unspektakulär und Stella fragte sich, ob ihr Job sie eigentlich *erfüllte* – wie es heutzutage in Lifestyle-Magazinen immer hieß. Vielleicht war der richtige Beruf ja ein großer Teil ihrer persönlichen Glückssuche, und jetzt, da die Abende mit Simon ihr neue Kraft gaben, der richtige Zeitpunkt gekommen, um auch diese Baustelle anzugehen? Vielleicht war es ja an der Zeit, beruflich etwas anderes zu machen! Doch was?

Manche Kolleginnen erzählten ihr von ihren Wünschen, endlich etwas ganz Besonderes zu machen. Sie wollten beruflich etwas erreichen oder sie hatten den Traum, ein Hobby zum Beruf zu machen und sich zu verwirklichen. Und Stella? Stella wusste nie so recht, was sie eigentlich wollte, außer eine Familie mit mindestens drei Kindern zu gründen. Egal, wie lange sie auch darüber nachdachte: Für sie fühlte es sich immer noch wie die ultimative Definition von Glück an, die tausend kleinen Momente, die eine Mutter mit ihren Kindern erlebte, mit einem Ehemann, der sie wirklich liebte. Die Erlebnisse mit Simons Kindern bei der Geburtstagsfeier bestärkten sie eher noch in diesem Wunsch.

Stellas Traum war es schon immer, Mutter zu sein, Kinder großzuziehen, zu versorgen und ihr Haus hübsch zu dekorieren. Doch dafür gab es keinen bezahlten Job, außer Bereitschaftspflege, Erzieherin oder Haushälterin. Außerdem durfte sie das in ihrem Freundes- oder Bekanntenkreis nicht aussprechen. Ihre überwiegend erfolgreichen oder zumindest berufstätigen Freundinnen hätten sie angeschaut, als ob sie vom Mond käme oder aus der Steinzeit. Heidi hatte sie sich irgendwann mal anvertraut und diese hatte erst mal herzlich gelacht.

»Das meinst du nicht ernst oder?«

»Warum?«

»Weil unsere Mütter so lange für das heutige Niveau kämpfen mussten.«

»Ist es so verwerflich, dass ich gerne Hausfrau und Mutter wäre?«

»Nein, nur ungewöhnlich. Ich könnte es mir nicht vorstellen.«

Danach sprachen sie nicht mehr über dieses Thema. Stella fragte sich, wann sie die Erkenntnis gewinnen würde, was ihre Aufgabe auf dieser Welt war. Irgendwann im Leben musste sie doch wissen, was sie erreichen wollte! Heidi wusste es, ihre Kolleginnen wussten es, nur sie nicht. Gut, Tamy anscheinend auch nicht, aber die war noch so jung.

Während sie darüber nachdachte, piepste ihr Smartphone. Es war eine Nachricht von Simon: »Hallo, magst du zum Essen kommen? Es gibt Pizza.«

»Klar.«

Pünktlich um achtzehn Uhr stand sie vor der Tür. Es war der erste Abend, an dem Simon sie einlud, bevor die Kinder im Bett waren. Stella war extra einen Umweg zu einer Eisdiele gefahren, die für ihre fruchtigen Kreationen in der ganzen Gegend bekannt war.

Ihr Herz schlug laut. Simon hatte ihr bereits angedeutet, dass er heute Abend den Kindern offiziell von ihr erzählen würde. Sie hoffte, dass sie sie nicht wie eine Stiefmutter behandeln würden. Sie hatte ewig vor dem Spiegel gestanden und überlegt, was sie anziehen sollte. Schließlich entschied sie sich für Shorts, Bluse und Sneakers. Die Haare hatte sie lose zu einem Zopf zusammengebunden und sich nur dezent geschminkt: Rouge, Mascara und Lipgloss. Ihr gefiel zum ersten Mal seit Langem, was sie im Spiegel sah.

»Hallo, da bist du ja«, sagte Simon, als er ihr öffnete, und beide wussten nicht recht, wie sie sich begrüßen sollten. Also berührten sie sich nur etwas peinlich mit den Nasenspitzen.

»Hallo Stella.« Clara stand hinter Simon und lächelte.

»Hallo Clara.«

»Es gibt gleich Pizza«, erzählte Clara.

»Lecker.«

»Was hast du dabei?«

»Eis«, antwortete Stella. »Das stellen wir aber erst mal in den Gefrierschrank.«

Die Kleine lächelte und rief: »Lecker!«

Simon machte eine einladende Handbewegung Richtung Wohnzimmer und Stella folgte ihm. Am Esstisch saß ein schlecht gelaunter Tim, der gerade dabei war, seine Hausaufgaben zu machen.

»Hi Tim«, grüßte Stella freundlich.

Der Junge hob den Kopf und antwortete wenig begeistert: »Hi.«

»Musst du immer noch Hausaufgaben machen?«, versuchte Stella, Mitgefühl zu zeigen.

Der Junge zuckte mit den Achseln.

»Wie man's nimmt, er hat gerade erst angefangen, deshalb sitzt er noch dran«, erklärte Simon genervt.

»Oh, Hausaufgaben mochte ich auch nie in der Schule«, antwortete Stella. Simon sah sie warnend an. Vermutlich hätte sie das nicht sagen sollen. Entschuldigend zuckte sie mit der Schulter.

»Ich mag gar nichts an Schule«, erwiderte Tim.

»Was machst du denn?«

»Mathe.«

»Ui, darin war ich auch nie wirklich gut.«

»Tim ist nicht schlecht, nur hat er immer Wichtigeres zu tun«, erklärte Simon mürrisch.

Stella war die Situation unangenehm. Sie wollte Simon nicht verärgern und sich gleichzeitig nicht gegen Tim stellen.

»Soll ich dir helfen? Dann bist du vielleicht fertig, bis die Pizza da ist«, schlug sie vor.

Tim zuckte wieder mit den Schultern. Stella setzte sich an den Tisch und erklärte ihm die Aufgaben, die er nicht verstand, während Simon die Pizza bestellte und einen Salat zubereitete. Jetzt machte es Tim anscheinend mehr Spaß. Keine zwanzig Minuten später waren sie fertig und Tim gut gelaunt.

Während sie den Tisch deckten, kam auch schon der Pizzabote.

»Ist Pizza dein Lieblingsessen?«, wollte Clara wissen, als sie gemeinsam am Tisch saßen.

»Ist ganz oben auf der Liste«, antwortete Stella.

»Und was noch?«, fragte Clara.

»Nudeln, Kuchen, Schokolade.«

»Das mag ich auch«, rief Clara begeistert. »Also, du kannst Papas Freundin sein.«

Stella verschluckte sich fast.

»Aber du bist nicht unsere neue Mutter«, warf Tim ein.

»Nein, Tim, das kann ich nie sein und das möchte ich auch nicht.«

»Bekommt ihr dann noch Kinder, kriegen wir einen Bruder oder eine Schwester oder beides?«, sprudelte es aus Clara heraus.

»Jetzt mal langsam, Clara«, mahnte Simon. »Wir sind jetzt erst einmal befreundet und Stella wird oft hier sein. Wir denken noch nicht ans Heiraten und Stella wird auch nicht hier einziehen. Wir mögen uns einfach nur und wollen zusammen sein.«

»Bist du dann eine Stieffreundin?«, fragte Clara.

Stella lachte und erklärte: »Ich bin einfach die Freundin von eurem Papa.«

»Liebt ihr euch?«, fragte Tim.

Die beiden schauten sich verlegen an.

»Liebe ist ein großes Wort, das kommt erst mit der Zeit. Wir empfinden viel füreinander und nach einiger Zeit kann man dann sagen, ob man sich liebt«, versuchte Stella zu erklären.

»Entweder liebt man sich oder nicht.« Clara schüttelte den Kopf. »Also, Papa ist verliebt.«

Alle lachten.

»Seid ihr einverstanden, wenn ich öfter hierherkomme, vielleicht Teil von eurem Leben werde?« Nachdem ihr diese

Worte herausgerutscht waren, hätte Stella sie am liebsten zurückgenommen. Das klang viel zu offiziell, wie eine Tischrede.

Tim zuckte mit den Schultern, doch Clara klatschte in Hände und rief: »Dann sind wir zwei Mädchen gegen zwei Jungs.«

Stella seufzte innerlich auf. Diese Qualität brachte zwar jede Frau mit, aber immerhin schien keines der beiden Kinder wirklich etwas dagegen zu haben, dass sie mit ihrem Vater befreundet war.

Nachdem sie gegessen hatten, brachte Simon die Kinder ins Bett und Stella räumte den Tisch ab. Sie war fröhlich. Die Aufregung war verschwunden und sie fühlte sich, als ob sie nie etwas anderes gemacht hätte, als hier in diesem Haus den Tisch abzuräumen. Danach räumte sie die Spülmaschine aus. Da sie nicht wusste, wo die Teller hingehörten, machte sie einfach alle Schränke der Reihe nach auf. Auf der Innenseite einer Schranktür bemerkte sie ein aufgeklebtes, handschriftliches Rezept. *Grießbrei a la Mama*. Es war ganz offensichtlich von Simons Frau. Sie hatte eine schöne Handschrift gehabt. Auch auf die anderen Schranktüren waren Rezepte geklebt. *Schokokuchen. Chili con Carne*. Neben einigen Rezepten klebten selbst gemalte Bilder von den Kindern, Fotos von ihr und Simon, von der gesamten Familie, sogar das Verlobungsfoto. Sie war eine schöne Frau. Blond mit blauen Augen, groß und attraktiv. Plötzlich war Karin nicht mehr nur die verstorbene Frau von Simon. Sie war auf einmal präsent und Stella fühlte sich wie ein Eindringling und schrecklich unwohl. In diesem Moment kam Simon herein.

»Stimmt etwas nicht?«, fragte er.

»Ich hab die Spülmaschine ausgeräumt und überall in den Schränken hängen Rezepte von deiner Frau und Fotos. Das fühlt sich für mich etwas seltsam an.«

Simon sah sie verwundert an und öffnete einen Schrank.

»Ach, das meinst du. Stimmt, das hat Karin gern gemacht. Ich habe es gar nicht mehr wahrgenommen, soll ich sie abhängen?«

»Nein, bitte nicht. Es ist deine Küche, es fühlt sich nur etwas befremdlich an.«

Simon umarmte Stella.

»Bitte sag, wenn dich etwas stört. Ich habe hier einfach alles so gelassen, wie es früher war, damit die Kinder noch Erinnerungen an ihre Mutter haben und ihr Zuhause so ist wie immer. Aber die Zeit bleibt nicht stehen und du sollst dich hier auch wohlfühlen.«

»Es ist erst einmal okay«, antwortete Stella.

Simon küsste sie zärtlich. Dann sah er ihr in die Augen.

»Clara hat recht, ich bin verliebt und ich will, dass du dich gutfühlst, wenn du hier bist.«

Er war unwiderstehlich mit diesem Blick, seinem Dreitagebart und den verwuschelten Haaren. Irgendwie erinnerte er sie an Brad Pitt, nur seine Haare waren etwas dunkler. Er hob sie hoch, setzte sie auf der Arbeitsplatte ab und küsste ihren Hals und ihr Dekolleté.

»Hier?«, fragte sie irritiert.

»Warum nicht?«

»Was, wenn die Kinder hereinkommen?«

»Das machen sie nicht.«

»Nein, das geht nicht.«

»Dann wieder ab ins Arbeitszimmer.«

Stella kicherte und säuselte: »Das wird langsam zum Liebeszimmer.«

Zusammen gingen sie die Treppe hoch und huschten in Simons Büro. Während er sie küsste, sah Stella immer wieder zur Tür. Schließlich kramte Simon einen Schlüssel aus der Schreibtischschublade und schloss sie ab.

»Zufrieden?«

Stella nickte, ging auf ihn zu und knöpfte dabei ihre Bluse auf. Sie hatte nur einen Wunsch: mit ihm eins zu sein.

Ein paar Sonnenstrahlen kitzelten ihre Nase. Stella öffnete ihre Augen und sah sich verwundert um. Sie war nicht in ihrem Bett, sondern auf der Couch in Simons Büro. Simon lag dicht neben ihr und schlief tief und fest. Sie waren beide nackt. Eingeschlafen, nachdem sie sich geliebt hatten. Stella bekam Gänsehaut, als sie daran dachte. Ob es die angestaute Lust und Leidenschaft bei beiden war, die den Sex so wunderbar machten? Oder waren sie einfach füreinander geschaffen? Sie waren jedenfalls hungrig nach einander und vergaßen in diesen Momenten der tiefsten Intimität alles um sich herum. Stella empfand dies als sehr befreiend und sie konnte daraus neue Kraft schöpfen. Sie gab Simon einen Kuss, stand vorsichtig auf, um ihn nicht zu wecken, und suchte ihre Sachen zusammen.

»Wie viel Uhr ist es?«, erklang da eine verschlafene Stimme neben ihr. Simon bekam die Augen kaum auf.

»Sechs«, erwiderte Stella nach einem raschen Blick auf sein Smartphone, das auf dem Schreibtisch lag. »Ich verschwinde, bevor die Kinder aufwachen.«

Er nickte, drehte sich um und war sofort wieder eingeschlafen.

In ihrer Wohnung angekommen, schaute Stella auf ihr Telefon. Am Abend hatte jemand mit einer ihr unbekannten Nummer angerufen. Sie drückte auf Rückruf.

»Hallo Stella.« Es war Klaus.

»Was willst du? Warum hast du mich gestern angerufen?«, fragte sie überrascht.

»Was ich will? Hasst du mich so abgrundtief?«

Ihr Ex hatte schon immer einen Hang zum Melodramatischen gehabt, doch nun fand Stella dies nur lächerlich.

»Klaus, ich hasse dich nicht, ich möchte nur wissen, was du willst.«

»Ich wollte mich einfach mal melden und schauen, wie es dir geht.«

»Soll das jetzt ein Aprilscherz sein – oder ein Julischerz?«

»Nein, ich wollte dich mal sehen, schließlich haben wir viele Jahre miteinander verbracht.«

»Erinnere mich bitte nicht daran.«

»Im Ernst, können wir uns mal treffen?«

»Wieso, hat dich deine große Liebe verlassen?«

Sie hatte einfach so ins Blaue gesprochen, aber sie schien ins Schwarze getroffen zu haben.

»Keiner kennt mich so wie du.«

»Tja, Klaus, so etwas passiert eben. Ich spreche da aus eigener Erfahrung.«

Er schien ihre versteckte Spitze gar nicht zu bemerken.

»Sie will mit der Kleinen wegziehen. Ich weiß gar nicht, was ich machen soll.«

»Das ist dein Problem, Klaus. Außerdem bin ich nicht die richtige Ansprechpartnerin für deine Beziehungsprobleme.«

Sie legte auf. Es machte sie irgendwie froh, dass Klaus mit seiner neuen Beziehung nicht das große Los gezogen hatte. Der Tag hätte nicht besser sein können. Mit einem Lied auf den Lippen fuhr sie ins Büro los.

Am Abend war wieder ein Gruppentreffen. Es war der erste Abend, an dem Heidi nicht dabei war, da sie heute länger arbeiten musste. Da die anderen sie dabeihaben wollten, hatte Alex aufgehört zu sagen, dass es eigentlich in einer Selbsthilfegruppe nicht üblich war, dass Freunde der Teilnehmer mitkamen. Stella dachte darüber nach, wie leicht ihre Freundin ein Teil der Gruppe geworden war, obwohl sie keine Trauernde war. Oder war es vielleicht gerade deshalb? Ihre positive Ausstrahlung erhellte jedenfalls die traurigen Gemüter. So war es an diesem Abend irgendwie trauriger in der Runde. Immerhin waren sie selbst und Simon gut gelaunt. Dennoch spürte sie tief in ihrem Inneren immer noch diesen kleinen Dämon, der sie nicht schlafen und an gewissen Tagen sogar am Leben verzweifeln ließ.

Heute fragte sich Stella, wann sie den anderen von ihrer Beziehung erzählen sollten. Vielleicht würde das die ganze Gruppe etwas fröhlicher stimmen? Beim Blitzlicht berichtete sie von Klaus' Anruf. Sie sagte, dass es ihr ziemlich egal war, wie es ihm ging, und dass sie sich sogar gut fühlte, weil es auch bei ihm nicht so rosig aussah. Simon hob unbewusst die Augenbrauen, sodass Sorgenfalten entstanden.

Peter kommentierte es mit: »Rache ist süß.«

»Ich würde nicht sagen, dass es Rache ist, aber er hat mich tief verletzt, und es tut gut, dass er gerade auch Einiges erleiden muss und sieht, wie es ist, wenn man verlassen wird«, versuchte Stella sich zu rechtfertigen.

»Aber positiv sind Rachegefühle nicht«, bemerkte Alex.

»Bestimmt nicht, fühlt sich aber trotzdem gut an«, war Peters Meinung. »Ich finde, manchmal braucht es ein bisschen Rache im Leben.«

Gerda hatte bisher geschwiegen. Jetzt sagte sie: »Also ich finde auch, dass zu viel Rache nicht gut ist.«

Eine kurze Pause entstand.

»Sonst geht es mir gut«, fügte Stella hinzu und fühlte sich nicht mehr ganz so wohl.

Hätte sie das alles für sich behalten sollen? Aber war die Gruppe nicht genau dafür da? Sollte sie etwa nicht ehrlich sein?

Alex konnte wohl ihre Gedanken lesen, denn er sagte: »Wir sind nicht hier, um zu urteilen, sondern dafür, alles gemeinsam durchzustehen und einander zu helfen, die Trauer zu überwinden. Wenn es dir besser geht, Stella, ist das gut.«

Die anderen nickten. In diesem Moment ging die Tür auf und Heidi kam herein. Sie entschuldigte sich dafür, dass sie zu spät war.

»Eigentlich wollte ich gar nicht mehr kommen. Aber dann habe ich gemerkt, dass ich es doch noch schaffen könnte«, erklärte sie.

Alex schaute sie kurz an, sagte aber nichts. War etwas zwischen ihnen vorgefallen?

Heidi setzte sich und als Nächste erzählte Tamy, dass es ihr gerade nicht so gut ginge.

»Was macht dich so traurig, Tamy?«, fragte Gerda liebevoll.

»Ach, dies und das«, antwortete sie lapidar.

Stella fragte sich, ob sie wirklich trauerte oder ob sie nicht einfach einsam war und wie Heidi Gesellschaft suchte.

Anschließend meldete sich Simon zu Wort und sagte: »Ich glaube, langsam ist es an der Zeit, dass ich Karins Sachen im Haus nach und nach wegräume.«

»Sehr gut, Simon, es geht vorwärts«, lobte Alex.

Dabei sah er kurz zu Stella hinüber, und sie fragte sich, ob Alex etwas von ihr und Simon ahnte.

»Aristoteles hat gesagt: *Wir können den Wind nicht ändern, aber wir können die Segel richtig setzen*«, brachte Alex eines seiner üblichen Zitate ein. »Irgendwann ist es Zeit, in eine neue Richtung zu segeln. Auch wenn es schmerzhaft sein kann, das Alte zurückzulassen, aber das muss man auch nicht. Man nimmt immer etwas von dem Alten mit auf seine Reise und entdeckt gleichzeitig etwas Neues.«

Nachdem sie über das Zitat gesprochen hatten, sagte Peter ohne jegliche Vorwarnung: »Es gibt immer einen Grund, warum jemand traurig ist. Aber es gibt auch immer eine Lösung.«

Die anderen sahen das als Schlusswort und alle machten sich über den Kirschkuchen her, den Gerda mitgebracht hatte.

Stella ging zu Alex, der mit seinem Teller etwas abseits stand.

»Geht es dir gut?«, fragte sie.

»Klar, warum fragst du?«

»Weil du bedrückt wirkst.«

»Ich bin nur müde«, sagte er. Dann fügte er hinzu: »Danke, dass du nachfragst.«

Er lächelte jetzt.

Als Stella zu dem Tisch mit dem Kuchen ging, kam Heidi zu ihr.

»Hast du ihm von mir und Simon erzählt?«, fragte Stella ihre Freundin.

»Nein. Aber er ist ein guter Menschenkenner. Außerdem strahlt ihr es aus allen Poren aus, dass ihr heiß aufeinander seid, uhhh.«

»Echt?«

Heidi nickte. »Ich denke, dass Peter und Gerda es vielleicht noch nicht bemerkt haben, aber ansonsten ...« Sie lächelte.

Als Stella sich Wasser einschenkte, kam Gerda auf sie zu. »Darf ich dich etwas fragen?«

Stella nickte.

»Bist du mit Simon liiert?«

Stella verschüttete vor Schreck etwas Wasser. Sie spürte, dass sie über beide Ohren rot wurde. Gerda schien das als Ja zu werten.

»Das merkt man, ich habe es mir gleich am Anfang gedacht, fast gewünscht für den armen Simon.«

Stella entgegnete nichts. Sie hatte immer gedacht, dass Gerda sich kaum für zwischenmenschliche Beziehungen interessierte. Jeder in dieser Gruppe war für Überraschungen gut.

Stella lief zu Simon und flüsterte ihm ins Ohr: »Vielleicht sollten wir die Gelegenheit nutzen und es allen erzählen, einige wissen es eh schon.«

Er lächelte, dann räusperte er sich laut.

»Hm, hallo an alle, es gibt eine Info für euch.«

Stella hatte nicht gedacht, dass er so schnell handeln würde. Alle unterbrachen ihre Gespräche und sahen zu den beiden hinüber. Heidi und Gerda lächelten.

»Also, Stella und ich wollten euch sagen«, er zögerte etwas und sah in ihre Richtung.

»Ja, wir wollten euch sagen, dass wir ein Paar sind.«

Alex lächelte. Peter war wie erstarrt. Er hatte wohl tatsächlich nichts geahnt. Tamy wirkte auch überrascht. Gerda umarmte zuerst Simon und dann Stella.

»Ach, wie schön, unser erstes Pärchen.«

»Gemeinsame Trauer verbindet«, sagte Alex.

Peter hatte offenbar seine Zweifel: »Ich hoffe, dass dies nicht unsere Gruppe in Gefahr bringt.«

»Darüber haben wir auch schon gesprochen. Aber wir werden unsere Beziehung hier nicht einbringen«, beruhigte ihn Simon.

»Das wird schwierig«, widersprach Alex.

»Wir verstehen, was ihr meint, aber wir sind erwachsen und werden in der Gruppe nur Stella und Simon sein.«

»Ach, das ist doch schön, ihr Lieben, lasst sie ihr Glück genießen«, bat Gerda.

»Außerdem ist es schwierig gegen Gefühle anzukämpfen, nur weil wir in derselben Gruppe sind«, versuchte Stella zu erörtern.

»Stimmt, auf der Arbeit soll man keine Beziehungen eingehen, in der WG nicht, in der Selbsthilfegruppe nicht ... wo denn dann?«, war Tamys Meinung. Sie klang fast wütend.

»Dann werden wir das wohl auf uns zukommen lassen«, sagte Alex.

Später fuhr Heidi Stella nach Hause, da Simon sich noch mit Alex unterhielt.

»Na, da habt ihr aber eine richtige Bombe platzen lassen«, sagte Heidi.

»Wo ist das Problem?«, fragte Stella.

»Diese Gruppe ist für einige der Mitglieder das Highlight ihrer Woche. Und wer möchte schon, dass dieser geschützte Ort durch Beziehungsprobleme gefährdet wird?«

Stella verstand, was sie meinte, doch sie widersprach:

»Aber die Gruppe wird trotzdem weiterbestehen. Egal, ob mit uns, oder ohne uns.«

»Das siehst du falsch. Da wir so wenige sind, ist jeder wichtig. Es ist wie eine Ersatzfamilie, selbst für mich«, sagte Heidi.

»Echt?«

Sie nickte. »Es ist zwar ein Haufen schräger Typen, aber das bin ich mit meinen Katzen ja auch.«

»Das setzt mich jetzt aber ganz schön unter Druck.«

»So ist das mit Beziehungen.«

»Und was ist mit Alex und dir?«, wollte Stella wissen.

»Das ist in der Tat kompliziert und zurzeit ist da auch nichts. Wir sind gute Freunde«, antwortete Heidi.

»Aha, gute Freunde.«

»Ja, gute Freunde.«

»Ich dachte, das gibt es nicht.«

»Doch, ab und zu«, meinte sie.

»Ich wüsste gern, was zwischen euch vorgefallen ist.«

Heidi sah sie an. »Ich weiß, irgendwann erzähle ich dir die ganze Geschichte.«

Ihre Worte machten Stella neugierig, doch sie wollte ihre Freundin nicht drängen.

»Aber du kommst weiter zur Gruppe?«, fragte sie.

»Klar«, sagte Heidi. »Und ich freue mich für dich, Stella.«

»Ich mich auch, obwohl es nicht einfach sein wird, ich bin ja mit einer ganzen Familie zusammen und nicht nur mit Simon.«

»Das ist doch etwas, was du schon immer gewollt hast! Und ab einem gewissen Alter stehen uns eh nur die Geschiedenen und Verwitweten zur Verfügung«, meinte Heidi lakonisch.

Stella lachte. »Da hast du wohl recht.«

131

Am späten Abend telefonierte Stella noch einmal mit Simon. Sie sprachen über die Gruppe und darüber, wie die Atmosphäre nach ihrer Offenbarung gewesen war.

»Ich hab ein bisschen Angst«, gab Stella zu.

»Wovor?«

»Na, was ist, wenn es nicht funktioniert zwischen uns beiden? Wie wird sich das auf die Gruppe auswirken?«

»Darüber machen wir uns jetzt keine Gedanken. Gerade funktioniert es super. Wobei es noch schöner wäre, wenn du jetzt hier wärst.«

Stella fühlte sich geschmeichelt. Ein wenig unterhielten sie sich noch, dann verabschiedeten sie sich. Nachdenklich legte Stella auf.

In den nächsten Tagen verbrachte sie viel Zeit bei Simon. Die Kinder waren oft nachmittags nicht da. Clara musste zum Ballett, Tim zum Fußball, zum Schwimmen oder zur Musikschule.

»Wenn ich an meine Kindheit denke, da gab es so viel Freizeit nach der Schule, Flötespielen in der Schul-AG, Ballett einmal die Woche und das war's«, meinte Stella, als sie einmal bei Simon war.

»Bei mir genauso. Aber heute ist alles anders. Die Kinder haben auch schon Kalender und wir tragen alles ein. Eigentlich bin ich mehr Chauffeur als Vater.«

»Wann spielen die Kinder denn zu Hause?«

»Am Wochenende, wenn wir nicht etwas unternehmen. Sonst wird den Kindern schnell langweilig.«

»Ist Langeweile nicht Teil der Kindheit?«

Er lächelte. »Willkommen in der Elternwelt.«

»Das klingt aber nicht sehr einladend.«

»Es ist schon schön, aber tierisch anstrengend, vor allem wenn man alleine ist. Morgen beginnen die Som-

132

merferien, mal sehen, wie wir die Zeit herumbekommen.«

Am Samstag stellte Stella sich auf einen ruhigen Tag zu Hause ein. Sie hatte Simon erzählt, dass sie den Tag nutzen wollte, um sich um ihre Wohnung und den Garten zu kümmern. Doch schon um halb zehn klingelte es an ihrer Tür. Es war Simon.

»Die Kinder sind bei den Großeltern, das Wochenende gehört uns.«

Stella fiel ihm in die Arme.

»Damit du nicht das ganze Wochenende putzend in der Jogginghose verbringen musst, dachte ich, wir könnten einen Ausflug in die Pfalz machen. Ich habe extra dafür ein Cabrio gemietet. Ich hab die Familienkutsche satt«, erklärte er.

»Du bist wunderbar!«, jauchzte Stella. »Ich zieh mich nur kurz um.«

»Und pack was zum Übernachten ein!«, rief Simon ihr hinterher.

Er wartete im Wohnzimmer, während Stella vom Schlafzimmer ins Bad huschte und dann wieder zurück.

Der Himmel war strahlend blau und das Leben erschien Stella herrlich. Im Auto küsste sie Simon stürmisch und wisperte: »Du siehst so heiß aus mit deiner Sonnenbrille.«

»Das hat meine Frau damals auch gesagt«, meinte Simon, ohne darüber nachzudenken.

Stellas Lächeln fror für einen Moment ein, doch sie fing sich wieder. Heute würde sie sich nicht die gute Laune verderben lassen.

Ihr erster Zwischenstopp war in Deidesheim. Sie machten einen Spaziergang, vorbei an kleinen und großen Weingütern, die teilweise wie Schlösschen aussahen. Die Weinreben hatten ein saftiges Grün und die Früchte waren bereits zu erahnen.

»Das wird eine gute Ernte«, sagte Simon.

»Kennst du dich aus mit Wein?«, fragte Stella.

»Nö, sieht aber alles so gut aus.«

Sie kicherten wie zwei jung Verliebte.

»Du siehst fantastisch aus«, bemerkte Simon.

In der Tat hatte Stella sich Mühe gegeben, damit alles zu diesem Ausflug passte. Ihre offenen Haare fielen auf das hellblaue Kleid, das oben eng anlag und ab der Taille breiter wurde. Außerdem hatte sie sich geschminkt, mehr als nur ein bisschen Mascara wie sonst.

Nach dem Spaziergang kehrten sie in einem modernen Weingut ein und ließen sich von der Betreiberin mit einer Platte örtlicher Spezialitäten verwöhnen. Stella kostete verschiedene Weine des Hauses, Simon hielt sich zurück und probierte nur wenige Schlucke. Danach machten sie eine Spritztour mit dem Auto. So etwas hatte Stella seit Jahren nicht gemacht. Immer wieder küsste sie Simon während der Fahrt. Sie war so unbeschreiblich glücklich.

Spontan entschieden sie sich am frühen Nachmittag, in einem kleinen Landhotel zu übernachten. Es gab jetzt zur Hauptsaison allerdings nur noch ein Zimmer – die Suite.

»Die nehmen wir«, sagte Simon.

Stella sah ihn mit großen Augen an.

»Wann sind wir schon mal allein?«, fragte Simon.

Nachdem er die Kreditkarte gezückt hatte, wurden sie auf ihr Zimmer gebracht. Es war im klassischen englischen Stil eingerichtet, mit einem wunderschönen Bad, Bademänteln, Pantoffeln und einem Obstkorb.

»Wie viel hat das gekostet?«, fragte sie, als der Hotelangestellte gegangen war.

»Ein Gentleman genießt und schweigt«, erwiderte Simon.

Stella grinste und sie küssten sich innig. Dann hielt er sie auf Armeslänge von sich und raunte: »Das Kleid steht dir wunderbar, doch ich finde, ohne siehst du am besten aus.«

Stella kicherte und begann, langsam und verführerisch, das Kleid abzustreifen. Simon setzte sich in den gemütlichen Ohrensessel und schaute ihr zu, wie sie ihre Unterwäsche auszog. Erst den Spitzen-BH, dann den Slip.

»Extra nicht passend, das gefällt dir doch so gut«, meinte sie leicht verlegen.

Er nickte. Nackt setzte sie sich auf seinen Schoß und begann, auch ihn auszuziehen. So liebten sie sich und wieder vergaßen sie alles um sich herum, nur dieses Gefühl der Leidenschaft war wichtig und das Einzige, was zählte. Es war dieser Moment, in dem sie beide wagten, alles zu geben. Eng umschlungen lagen sie später auf dem Bett.

»Mit dir ist es wunderbar, wie frischer prickelnder Prosecco«, sagte Simon. »Deine Küsse, deine Ausstrahlung und der Sex. Einfach alles.«

Mit dir auch, dachte Stella, aber sie sagte nichts. Erschöpft von ihrer Leidenschaft und der Verwundbarkeit, der sie sich geöffnet hatten, schwiegen sie, lauschten gegenseitig ihrem Herzschlag und ließen ihre Gedanken wandern, bis sie schließlich einschliefen.

Gegen zwanzig Uhr wachte Stella auf. Sie stupste Simon an, der müde die Augen öffnete.

»Raus aus den Federn! Es ist schon acht. Hoffentlich bekommen wir noch etwas zu essen«, zog Stella ihn auf.

Sie entschieden, im Zimmer zu bleiben, und bestellten jeweils einen Salat mit frischem Brot und dazu Sekt.

»Ich fühle mich wie ein Filmstar«, seufzte Stella.

Simon lachte. »Für dich nur das Beste.«

Nach dem Essen liebten sie sich wieder. Stella traute sich das erste Mal seit Langem, die Gefühle des Glücks zuzulassen. Sie breiteten sich in ihrem Körper aus, bis sie gar nicht mehr aufhören konnte zu lächeln. Auch Simon schlief mit einem Lächeln neben ihr ein.

Am nächsten Morgen beichtete er ihr: »Mit dir ist es so wunderschön, aber ich traue mich gar nicht, glücklich zu sein.«

»Geht mir auch so, aber wir haben auch ein Anrecht auf Glück.«

Sie küsste ihn auf die Stirn. »Ich bin so glücklich mit dir.« Simon sah ihr liebevoll in die Augen.

Nach dem Frühstück machten sie eine kleine Wanderung. Zum Mittagessen gingen sie in ein schönes Restaurant mit mediterraner Küche. Als sie beim Nachtisch waren, klingelte Simons Telefon. Während Stella das Gespräch verfolgte und den Inhalt in etwa erahnte, machte sich Enttäuschung in ihr breit.

»Clara ist krank«, sagte Simon traurig, als er aufgelegt hatte. »Sie hat Fieber. Wir müssen unseren Urlaub beenden.«

»Das ist nicht schlimm«, tröstete Stella ihn und versteckte ihre eigenen Gefühle. Warum musste Clara ausgerechnet jetzt Fieber bekommen?

Sie checkten aus und dann fuhren sie zurück.

»Ist es eine Erkältung?«, fragte Stella.

»Ich weiß nicht, es wird nicht so schlimm sein.«

»Soll ich mitkommen?«

»Ich weiß nicht, ob das so gut ist. Weißt du, meine Schwiegereltern ...«, er beendete den Satz nicht.

Stella wusste nicht, was sie sagen sollte. Sie hatte bisher gar nicht darüber nachgedacht, dass es sich bei den Großeltern, bei denen Simon die Kinder untergebracht hatte, um die Eltern seiner verstorbenen Frau handeln könnte. Natürlich waren sie noch immer ein fester Bestandteil in seinem Leben. Es waren ja die Großeltern seiner Kinder. Was würden sie denken, wenn sie Stella kennenlernten? Doch sie wollte sich das, was sie am Vortag gemeinsam erlebt hatten, nicht durch ihre Gedanken überschatten lassen.

Im Auto schaltete Simon das Radio an und jeder hing seinen Gedanken nach. Um das Ende des Wochenendes einzuläuten, fing es kurz darauf an zu regnen. Es dauerte ein paar Minuten, bis Simon herausgefunden hatte, wie man das Verdeck hochfuhr.

Stella lachte, als er es schließlich geschafft hatte. »Ich hab schon befürchtet, dass wir komplett nass werden«, witzelte sie.

Er sah sie an, strich ihr ein paar Regentropfen aus dem Gesicht und sagte unwillkürlich: »Du hast recht, begleite mich zu meinen Schwiegereltern.«

Karins Eltern wohnten in einem alten Bauernhaus außerhalb von Wilhelmsfeld, einem kleinen Ort in den Hügeln des Odenwalds.

»Leider ist es ein gutes Stück zu fahren von Heidelberg. Und meine Schwiegereltern sind nicht mehr die Jüngsten. Mein Schwiegervater sieht nicht mehr so gut und traut sich nicht, bei Dunkelheit Auto zu fahren. Und meine Schwiegermutter hat gar keinen Führerschein. Sonst würden sie mir sicher gerne noch mehr mit den Kindern helfen.«

Stella bereute ihre Idee, Simon zu begleiten, als sie vor der Tür des Einfamilienhauses standen. Doch es gab kein Zurück mehr. Simon klingelte. Sie merkte, dass auch er nervös war.

Eine Frau Ende sechzig öffnete die Tür.

»Hallo Margarete.«

»Hallo Simon.« Sie sah Stella überrascht an.

»Das ist Stella.«

»Hallo.« Stella lächelte schüchtern.

Sie merkte, wie die Frau um Fassung rang, ihr »Hallo« kam nur gehaucht.

»Kommt doch rein«, presste sie hervor. Dann rief sie die Kinder.

»Clara geht es wieder gut, seit sie weiß, dass du sie abholst«, erklärte Margarete.

In diesem Moment flitzten die Kinder die Treppe herunter. Clara begrüßte beide stürmisch, Tim war zurückhaltender. Dann kam auch Karins Vater aus dem Garten herein. Er begrüßte Stella freundlicher als Margarete. »Heinz«, stellte er sich vor.

Nachdem sie bei Karins Eltern einen Kaffee getrunken hatten, verabschiedeten sie sich. Im Auto saßen die Kinder hinten und schauten hinaus auf die Wiesen und Felder und freuten sich, wenn sie Tiere entdecken konnten.

»Na, wie war es bei Oma?«, fragte Simon.

»Schön«, antwortete Clara. Tim zuckte nur mit der Schulter.

»Wir messen zu Hause gleich mal Fieber«, sagte Simon zu Clara.

»Nein, es geht mir gut«, erwiderte das Mädchen.

»Aber du hattest doch Fieber!«

»Das ist schon weg. War nur ein kurzes Fieber«, sagte sie.

Dann hätten wir den Urlaub ja nicht unterbrechen müssen, dachte Stella. Aber sie konnte Clara nicht böse sein und lächelte sie an.

»Was habt ihr gemacht?«, fragte Clara.

»Wir waren in der Pfalz spazieren und lecker essen.«

»Wie laaangweilig«, rief Tim aus.

»Und wie war's im Kino?«, fragte Simon.

»Oma ist erkältet und wegen der Klimaanlage sind wir nicht ins Kino gegangen«, meinte Clara mürrisch. Dann schlug sie vor: »Können wir nicht alle zusammen ins Kino gehen?«

»Ich gehe sehr gerne ins Kino«, gab Stella zu.

Tim rief: »Ich auch. Aber nur, wenn es nicht so ein Babyfilm ist.«

Simon schaute die anderen belustigt an.

»Kino, Kino, Kino!«, riefen die Kinder begeistert.

»Aber nur, wenn es Clara wirklich besser geht«, gab Simon zu bedenken.

»Ja, hier fühl mal.«

»Ich kann gerade nicht, ich fahre«, entgegnete er.

»Hier Stella, fühl du mal.«

Stella drehte sich nach hinten und legte ganz vorsichtig ihre Hand auf Claras Stirn.

»Ich hab zwar keine Ahnung von Fieber, aber heiß fühlt es sich nicht an.«

»Siehst du, Papa. Ich bin wieder kerngesund«, versuchte das Mädchen, seinen Vater zu überzeugen.

»Ich weiß nicht. Vorhin, als Oma anrief, klang das nicht so.«

»Aber das war heute Mittag, jetzt geht es mir wieder super«, rief sie.

»Von mir aus«, gab Simon sich geschlagen.

Er setzte den Blinker und fuhr Richtung Kino.

»Yippieh«, riefen die Kinder und Simon und Stella lachten.

»Gab es wieder viel Kuchen bei Oma?«

»Ja, sie hat Schokokuchen gebacken.«

»Oh, wir haben gar nichts mitgenommen«, fiel Tim auf.

»Hat Oma bestimmt vergessen«, sagte Simon. Dann meinte er: »So, wir sind da.«

Sie entschieden sich für den aktuellen Disneyfilm, auch wenn Tim lieber einen Actionfilm gesehen hätte. Doch der war erst ab zwölf und Simon blieb stur. Sie kauften

Popcorn, Cola und alles, was zu solch einem Besuch dazugehörte. Unbewusst nahm Stella Clara an der Hand. Clara lächelte sie an und sie gingen gemeinsam durch das Foyer. Tim lief ein paar Schritte vor ihnen mit seinem Vater und suchte den richtigen Saal. Stella war mit Stolz erfüllt, Stolz, Teil einer Familie zu sein.

Auf den ersten Blick hätte sie für einen Fremden die Mutter dieser zwei Kinder sein können, dachte sie. Als sie aufgeholt hatten, legte Simon einen Arm um sie, mit dem anderen Arm umarmte er seinen Sohn. Sie waren eine glückliche Familie – jedenfalls in diesem Moment.

Nach dem Film fragte Stella: »Fährst du mich noch kurz nach Hause?«

»Du kannst auch gerne bei uns übernachten«, sagte Simon.

»Ich weiß nicht.«

»Ach, komm«, versuchte er sie zu überreden.

Tim und Clara waren noch damit beschäftigt, die Popcorn-Reste aufzuessen.

»Ich weiß nicht, ob es den Kindern recht ist«, raunte sie.

»Kinder, seid ihr damit einverstanden, wenn Stella bei uns übernachtet?«

Die beiden schauten kurz hoch.

»Ja«, rief Clara begeistert.

Tim zuckte mit den Schultern. »Okay«, sagte er dann.

Im Auto erzählten sie immer noch von dem Kinofilm. Zu Hause spielten sie gemeinsam *Mensch ärgere Dich nicht*. Es war ewig her, dass Stella ein Gesellschaftsspiel gespielt hatte. Zuerst überlegte sie, ob sie die Kinder absichtlich gewinnen lassen sollte, aber nachdem Tim sie mehrmals rausgeworfen hatte, ließ sie bei ihm auch keine Gnade mehr walten. Trotzdem gewann er haushoch.

Zum Abendessen aßen sie belegte Brote und Stella schnitt dazu noch etwas Gemüse klein. Die Kinder gingen anschließend gleich ins Bad und dann ins Bett. Simon half ihnen noch, die Zähne nachzuputzen, erzählte jedem eine Gutenachtgeschichte und machte dann das Licht aus. Währenddessen blätterte Stella in den Magazinen, die auf dem Tisch lagen. Eines war eine Familienzeitschrift mit Erziehungstipps, das andere ein IT-Magazin.

Als Simon hereinkam, seufzte er: »Fertig!«

»Musst du wirklich den Kindern immer noch die Zähne nachputzen? Clara ist doch schon in der ersten Klasse und Tim in der vierten!«

»Sonst müssten sie für Inlays sparen. Bis acht Jahre wird sowieso empfohlen, die Zähne nachzuputzen. Und du glaubst gar nicht, wie schlampig auch Tim seine Zähne putzt. Sie können zwei Stunden auf dem Trampolin springen, doch beim Zähneputzen sind sie plötzlich so müde, dass sie nicht mal mehr die Zahnbürste halten können.«

»Vielleicht könntest du mit einem Belohnungssystem arbeiten«, schlug Stella vor. »Oder mit logischen Konsequenzen. Wer die Zähne nicht richtig putzt, kann natürlich auch keine Süßigkeiten essen.«

Simon sah sie erstaunt an.

»Hab ich grad in der Zeitschrift gelesen«, fügte Stella mit einem Grinsen hinzu.

»Die Idee ist gut«, meinte Simon. »Schließlich muss Tim mal selbstständig werden.«

Er setzte sich neben sie und sie legte ihren Kopf in seine Armbeuge.

»Du gehörst jetzt zur Familie«, flüsterte er.

Es fühlte sich gut an. *Zu gut*, ermahnte sie sich selbst.

»Lass uns das langsam angehen. Ich möchte die Kinder nicht überfordern.«

»Die Kinder freuen sich auch über eine Frau im Haus«, antwortete Simon, während er ihre Schulter streichelte. Nachdem er ausgiebig gegähnt hatte, sagte er: »Ich bin ziemlich müde, wollen wir auch ins Bett? Komm, ich zeige dir das Haus.«

Das Haus war deutlich größer, als es von außen aussah. Im ersten Stock waren die Kinderzimmer, das Arbeitszimmer und ein Bad, im zweiten Stock war Simons Wohnbereich.

»Das ist unser Bad«, erklärte Simon und zeigte auf ein schlichtes Badezimmer mit weißen Fliesen. Alles war weiß und auf Hochglanz geputzt. Die Haushaltshilfe musste vor Kurzem da gewesen sein.

»Schön«, sagte Stella, obwohl sie wusste, dass dies nie ihr Stil sein würde. Doch das behielt sie für sich.

Das Schlafzimmer war ebenfalls schlicht. Es gab ein großes Bett mit den dazugehörigen Schränken, alles naturbelassenes Holz. Die Gardinen waren in hellem Grün, der Teppichboden eine Mischung aus Braun und Grün. Stella fiel auf, dass die Bettwäsche sehr feminin war. Wahrscheinlich hatte das alles Karin ausgesucht. Es war ein hellgrünes Muster mit dunkelgrünen Blättern darauf und vereinzelten gelben Tulpen. Stella fühlte sich plötzlich wie ein Eindringling in eine sehr intime Sphäre. Doch sie sagte nichts, stattdessen lächelte sie Simon an und meinte: »Sehr schön, das Schlafzimmer.«

Simon schien ein Stein vom Herzen zu fallen.

»Wir können es irgendwann neu dekorieren. Es ist immer noch alles so wie damals.«

Er sprach ihren Namen nicht aus, doch seine Frau schien immer noch sehr präsent in diesem Raum. Auf seinem

143

Nachttisch stand ein gerahmtes Bild. Es war ein typisches Fotografen-Bild, das im Studio aufgenommen worden war. Eine glückliche Familie lächelte in die Kamera, Clara war auf dem Bild etwa zwei und Tim fünf. Damals ahnten sie noch nicht, was ihnen bevorstand. Stella wurde traurig. Sie fühlte mit der Frau mit, die ihre Familie zurücklassen musste, mit den Kindern, die ihre Mutter verloren hatten, und empfand sich nun endgültig als Eindringling.

Bald darauf gingen sie zu Bett. Sie küssten sich, dann machte Simon das Licht aus und sagte leise: »Gute Nacht«.

Stella kuschelte sich an ihn, doch Simon war so müde, dass er innerhalb kürzester Zeit eingeschlafen war. Sie konnte seinen regelmäßigen Atem hören. Stella war ebenfalls sehr müde, aber sie konnte nicht schlafen. Sie fühlte sich unwohl und irgendwie beobachtet. War Karins Gegenwart so groß, dass sie nicht entspannen konnte? Sie kuschelte sich noch enger an Simon, doch es half nichts. Sie konnte keinen Schlaf finden. Um zwei Uhr ging sie hinunter in das Arbeitszimmer und legte sich auf die Couch, doch erst gegen drei Uhr schlief sie endlich ein. Sie wurde durch das Reden der Kinder geweckt. Simon kam ins Arbeitszimmer. Er war schon angezogen.

»Hey, da bist du.«

Er gab ihr einen Kuss.

»Tut mir leid, ich konnte einfach nicht schlafen, deshalb habe ich mich auf die Couch gelegt.«

»Verstehe«, sagte er. »Du kannst noch weiterschlafen.«

»Wie spät ist es denn?«, fragte Stella.

»Sieben.«

Sie sprang auf und rief aus: »Ich muss zur Arbeit!«

Sie rannte hoch ins Bad, machte sich kurz frisch und

zog sich an. Fünfzehn Minuten später stand sie in der Tür.

»Es war schön bei euch«, rief sie Simon und den Kindern, die dabei waren, den Frühstückstisch zu decken, zum Abschied zu.

Im Büro war nicht viel zu tun. Das gab Stella ausreichend Zeit zum Nachdenken. Es war ein wunderschönes Wochenende gewesen, doch sie merkte, dass die Konkurrenz zu einer Frau, die nicht zu fassen war, schwierig für sie war. Simon hatte keine Probleme, sich ihr gegenüber zu öffnen, aber eine Scheidung war schließlich auch etwas anderes, als jemanden durch den Tod zu verlieren.

Es gab so viel, was sie einander zu geben hatten. Schließlich hatten sie beide ihr Päckchen zu tragen, und wenn sie zusammen waren, konnten sie sich gegenseitig unterstützen. Aber ob es wirklich der richtige Zeitpunkt für sie beide war, um eine neue Beziehung einzugehen? Woher konnte man wissen, ob genug Zeit vergangen war und man bereit war für einen Neuanfang?

Ihr Telefon klingelte. Sie sah auf dem Display, dass es Simon war. Sie war gerade allein im Büro, deshalb nahm sie ab.

»Bist du pünktlich angekommen?«

»Gerade so.«

»Gut. Ist alles okay mit dir?«, fragte Simon.

»Ja, klar, ich musste mich nur sehr beeilen. Wir sind keine Firma mit Vertrauensarbeitszeit.«

»Verstehe. Warum bist du ins Arbeitszimmer gegangen?«

Stella druckste erst herum. »Ich habe mich unwohl gefühlt, weil ich im Bett deiner Frau gelegen habe, auf der Bettwäsche, die sie ausgesucht hat, in dem Zimmer, das sie eingerichtet hat.«

Kurz herrschte Stille in der Leitung, dann sagte Simon: »Das tut mir leid.« Und nach kurzer Bedenkzeit fügte er hinzu: »Ich bestelle uns ein neues Schlafzimmer.«

»Du musst nicht gleich ein neues Schlafzimmer bestellen, aber vielleicht könntest du ...« Stella überlegte, wie sie das sagen konnte, ohne ihn zu verletzen.

»Was?«

»Einfach neue Bettwäsche kaufen, auch für dich als Neuanfang.«

Als Simon schwieg, fragte sie: »Bist du noch dran?«

Er räusperte sich und antwortete: »Ja, ich bin noch da.«

Stella erklärte: »Es ist einfach schwer für mich, in einem Zimmer zu schlafen, in dem die weibliche Note einer anderen Frau noch so vorherrscht. Ich möchte dich aber auch nicht unter Druck setzen, deshalb ist es okay, selbst wenn ich am Anfang im Arbeitszimmer bleibe.«

»Na gut«, sagte Simon.

Sie konnte spüren, dass er enttäuscht war.

»Hey, ich fand unser Wochenende wunderbar, der Ausflug, das Kino. Ihr seid eine tolle Familie und ich bin sehr glücklich, wenn ich mit euch Zeit verbringen darf.« Sie wollte das Gespräch mit einem positiven Abschluss beenden und hoffte, dass es ihr gelungen war.

»Danke für deine Ehrlichkeit«, antwortete Simon.

Als sie auflegten, fühlte Stella sich schlecht. Hatte sie zu viel verlangt?

Zu Hause sah sie, dass mehrere Nachrichten auf ihrem Smartphone angekommen waren. Sie waren von Simon, der ihr Fotos von neuer Bettwäsche geschickt hatte. »Wie gefällt dir das?« Es war Satinwäsche in Grau.

Sie schickte ihm einen Smiley. Er sandte einen Smiley zurück und schrieb dann: »Lust, die Wäsche auszuprobieren?«

»Klar«, antwortete sie.

Nachdem sie sich eine Kleinigkeit zu essen gemacht und sich auf der Couch niedergelassen hatte, bemerkte sie, dass ihr Festnetz-Telefon blinkte. Klaus hatte aufs Band gesprochen. Was wollte der schon wieder?

Sie drückte den Abhörknopf: »Hallo, Stella. Ich weiß, dass ich dir gegenüber ein Idiot war, aber die Jahre davor war ich kein Idiot. Bitte triff dich mit mir. Wenigstens wegen der schönen Jahre vor diesem, äh, Schlamassel.«

Stella seufzte. Was sollte das? Was wollte Klaus von ihr? Er suchte bestimmt nach einem Plan B, weil ihn seine Freundin hatte fallen lassen. Sie würde sich nicht melden. Ein bisschen tat er ihr zwar leid, doch nein, sie würde nicht weich werden. Stattdessen rief sie Heidi an.

»Na, wie geht es dir?«, fragte Stella.

»Ich kraule Leander«, sagte sie. Das war ihr Kater.

»Störe ich?«

»Quatsch, wir schauen die Wiederholung vom Tatort und entspannen.«

»Ach so. Gibt es bei dir irgendwas Neues?«, wollte Stella wissen.

»Ich mache einen Kurztrip nach Tschechien«, erzählte Heidi.

»Schön!«, rief Stella aus. »Alleine?«

»Nein, mit Alex, aber sag es nicht weiter.«

»Hey, habt ihr doch was laufen?«

»Nicht wirklich, aber wir sind uns ähnlich und müssen sozusagen eine Mission erfüllen.«

»Jetzt bin ich wirklich neugierig.«

»Ich erzähle es dir ein anderes Mal genauer. Versprochen.«

Stella wusste nicht, was sie von diesen Worten halten sollte.

»Außerdem war ich meine Großtante im Altersheim besuchen«, wechselte Heidi das Thema.

»Echt? Wie war's?«

»Deprimierend. Ich bin die einzige Verwandte. Nachdem ihr Mann im Krieg gestorben ist, hat sie nie wieder geheiratet. Kinder hat sie nicht.«

»Die Arme.«

»Hm, mir blüht wahrscheinlich so was Ähnliches«, meinte Heidi trocken.

»Nein, bestimmt nicht.«

»Woher willst du das wissen?«, fragte Heidi.

»Bist du gerade in einer Depri-Phase?«

»Nein, ich denke nur über meine Zukunft nach.«

»Okay.« Stella verstand, was sie meinte.

»Aber jetzt erzähl mal, wie es dir geht. Bin schon ganz gespannt!«, rief Heidi aus.

Stella berichtete von ihrem Wochenende.

»Das klingt doch super«, sagte Heidi.

»Meinst du? Was ist mit dem Schlafzimmer?«

»Ich hätte zwar keine Probleme, dort zu schlafen, aber ich kann dich sehr gut verstehen«, gab Heidi zu.

»Bei mir übernachten kann er auch nicht, wegen der Kinder …«

»Ja, das ist nicht ganz einfach. Aber ihr findet bestimmt einen Weg.«

Nachdem sie noch über ihre Arbeit und andere Kleinigkeiten gesprochen hatten, legten sie auf. Stella hatte Heidi nicht erzählt, dass Klaus angerufen hatte. Sie schaute vor dem Schlafengehen, ob er etwas bei Facebook gepostet hatte. Nein, Klaus lud keine glücklichen Fotos mehr hoch.

Stella schlief ein und fiel in einen wunderbar tiefen, traumlosen Schlaf.

»Und wie findest du sie?«, fragte Simon.

Stella schaute die Bettwäsche an. »Sehr cool. Auf grauer Satinwäsche habe ich seit meiner Studentenzeit nicht gelegen.«

Sie lachten.

»Sicherheitshalber habe ich noch eine andere Packung gekauft.«

Er zeigte ihr eine weiße Bettwäsche mit kleinen Blümchen darauf, ein Modell, das es immer wieder bei Ikea gab. Stella hatte einen Hang zum schwedischen Landhausstil und Simon hatte genau die Bettwäsche gekauft, die sie selbst im Schrank hatte.

»Die ist auch schön, aber wir probieren erst mal die graue sexy Wäsche«, meinte sie dennoch.

Er lachte.

»Hast du die anderen mit dem Blümchenmuster auf Verdacht gekauft?«, wollte Stella wissen.

»Habe mich beraten lassen.«

Er küsste sie.

Als sie wieder ins Wohnzimmer kamen, spielten die Kinder gerade zusammen ein Gesellschaftsspiel. Die Ferien brachten ganz ungewohnte Seiten an ihnen hervor. Stella setzte sich dazu.

»Ich mache das Abendessen«, rief Simon, zwinkerte Stella zu und verschwand in der Küche.

Als sie nach einer Zeitschrift griff, fragte Tim: »Ziehst du bei uns ein?«

Stella sah in an. »Äh, darüber habe ich noch nicht nachgedacht. Warum? Möchtest du das nicht?«

Er zuckte mit den Schultern. »Ist mir egal«, sagte er.

Aber es klang eher so, als ob er dagegen wäre.

»Es sollte dir nicht egal sein«, sagte Stella. »Es ist doch euer Haus. Wenn ihr Kinder das nicht wollt, dann möchte ich nicht bei euch einziehen.«

»Doch, das wäre schön«, rief Clara von der anderen Seite. »Bitte, zieh bei uns ein, dann können wir uns gemeinsam die Fingernägel lackieren und ich hätte wieder eine Mama.«

Tim widersprach: »Stella ist nicht unsere Mama.«

Bevor es zu einem Streit zwischen den Geschwistern kommen konnte, erklärte Stella: »Wir haben noch Zeit, viel Zeit. Euer Vater und ich, wir wollen uns erst besser kennenlernen. Und euch möchte ich auch gerne näher kennenlernen. Dann schauen wir und besprechen alles noch einmal.«

Die Kinder schauten sie mit großen Augen an.

»Bis dahin komme ich euch immer mal wieder besuchen. Das ist doch schon mal was, oder?«

Tim nickte skeptisch. Beim Abendessen war die Stimmung lockerer.

»Möchtest du mir eine Geschichte vorlesen?«, fragte Clara.

»Gerne.«

Beide Kinder putzten sich gleichzeitig die Zähne und Simon kontrollierte anschließend, ob sie sauber waren.

»Sieht gut aus!«, lobte er.

Danach setzte Stella sich zu Clara aufs Bett und las ihr eine Geschichte vor.

»Noch eine«, bat Clara.

»Okay.«

Stella las die Nachfolgegeschichte. Als auch diese geendet hatte, sah Clara sie mit großen Welpenaugen an und bettelte: »Noch eine bitte, du kannst so schön vorlesen.«

»Aber nur noch eine.«

Clara lächelte fröhlich und Stella las weiter.

Da kam Simon herein und fragte: »Was macht ihr zwei hier?«

»Wir lesen noch.«

»Und die wievielte Geschichte ist es?«

»Die dritte«, antwortete Stella.

»Na gut, weil Ferien sind. Dann ist aber Schluss«, sagte Simon und ging wieder hinaus.

»Du kannst wirklich schön vorlesen«, schwärmte Clara.

»Hat deine Mama dir auch immer Geschichten vorgelesen?«

»Ich kann mich nicht so gut erinnern, aber Papa kann auch gut vorlesen.«

Als die Geschichte zu Ende war, wünschte Stella Clara eine gute Nacht. Simon kam noch einmal herein, gab Clara einen Kuss und schaltete das Licht aus. Danach setzten Stella und Simon sich auf die Couch.

»Ein Schlückchen Wein?«, fragte er.

Stella nickte. Er stand auf und kam mit einer Flasche und zwei Gläsern zurück.

»Hat sie die Gunst der Stunde genutzt und dir drei Geschichten entlockt ...«

»Das macht mir nichts aus. Es hat Spaß gemacht.«

Sie stießen an und küssten sich.

»Ich bin aber nicht sicher, ob Tim mich akzeptiert«, gab Stella zu.

»Das wird schon. Gib ihm etwas Zeit. Vielleicht liegt es gar nicht an dir. Ihn hat der Tod von Karin sehr mitgenommen. Seither ist er viel verschlossener als früher. Ich komme selbst schwer an ihn heran. Was ich auch versuche, in der Schule gibt es ständig Probleme. Er ist wohl eher ein Einzelgänger.«

»Vielleicht braucht er einfach einen guten Freund in seinem Alter«, sagte Stella.

»Möglicherweise. Aber den muss er wohl allein finden. Lass uns bitte den Abend genießen. Die Sache mit Tim wird sich schon finden.«

Stella hoffte, dass er recht hatte.

Wieder beugte sich Simon zu ihr und küsste sie. Danach tranken sie ihren Wein, ohne etwas zu sagen. Stella fühlte sich glücklich, sie konnte erahnen, wie es war, Mutter zu sein, und sie wusste, warum sie diesen Wunsch immer gehabt hatte.

Simon unterbrach die Stille und schlug vor: »Komm, lass uns hochgehen.«

Im Schlafzimmer schaltete er die Nachttischlampe ein. Das sanfte, orangefarbene Licht reflektierte von den Schlafzimmerwänden.

»Ich habe dich vermisst. Ich möchte dich nah bei mir haben und nicht mehr loslassen.«

Simon zog sie zu sich und sie küssten sich. Langsam glitten sie auf das Bett und die neue Bettwäsche. Der Satin fühlte sich schön kühl an und Stella schloss die Augen, während Simon ihr die Kleidung auszog und ihren

Körper überall dort mit Küssen bedeckte, wo die Haut sichtbar wurde. Stella warf ihren Kopf nach hinten und drückte ihre Hände vor Wonne in seine Schultern. Er war der erste Mann, bei dem sie sich der Leidenschaft öffnete, auch wenn es sie verletzlich machte. Sie fühlte sich wieder lebendig, wenn sie ihn spürte und wenn seine Lippen auf ihren lagen. Glückselig zuckte sie zusammen, als sie zum Höhepunkt kam, wollte ihn nicht mehr loslassen, ihn für immer festhalten. Alles andere war unwichtig, weit weg, das tägliche Leben hatte keine Bedeutung mehr.

Als sie ihre Lust gestillt hatten, lag Simon erschöpft neben ihr. Sie streichelte sein Haar und er flüsterte atemlos: »Mit dir ist es wunderbar.«

Bald darauf schliefen sie ein, doch Stella fand keine Ruhe. Ihre Fantasie jagte sie durch erschreckende und wilde Träume. Als sie mitten in der Nacht hochschreckte, spürte sie immer noch, wie aufgewühlt sie war, aber sie konnte sich nicht an den Inhalt der Träume erinnern. Ihr war flau im Magen. Lag es einfach daran, dass sie schlecht geschlafen hatte, oder kündigte sich eine weitere Panikattacke an?

Stella schaute um sich. Das schwache Mondlicht schien herein und sie überlegte, warum sie hier so schlecht schlief. Simon hatte doch schon neue Bettwäsche besorgt. Lautlos formten ihre Lippen die Antwort: »Es ist Karins Haus.«

Es war nicht ihr Heim und es würde nie ihres werden. Zu stark war die Gegenwart von Simons Frau. In ihrer Wohnung hatte Stella alles entfernt, was nach seinem Auszug noch an Klaus erinnerte. Die Lebenden ließen sich leicht aus dem Leben vertreiben. Die Toten waren hartnäckiger. Simons Frau würde allein schon wegen der Kinder Teil dieser Familie bleiben. Was für ein Platz blieb da noch für sie? Sie musste unbedingt mehr mit Simon über dieses Thema sprechen. Hatte er wirklich sein Herz schon so weit geöffnet, dass sie darin Platz hatte? Doch Stella wollte ihn auch nicht drängen. Es war ein heikles Thema und sie wusste nicht wirklich, wie sie es ansprechen sollte.

Unendlich müde und doch hellwach ging sie wieder in das Arbeitszimmer. Zum Glück hatten sich keine weiteren Symptome einer Panikattacke eingestellt. Aber die Angst blieb. Was, wenn es wieder passierte? Eine Weile lag sie noch wach auf der Couch, dann schlief sie ein.

Der Geruch von Kaffee weckte sie. Simon kam mit einem Tablett ins Zimmer. Er trug nur eine Unterhose und ein T-Shirt. Seine Haare waren noch ungekämmt und dennoch fand sie ihn sexy. Sie konnte nicht glauben, dass sie mit diesem attraktiven Mann zusammen war. Klaus war kein schöner Mann gewesen, er war charmant, intelligent und sportlich, doch nicht gut aussehend. Das hatte Stella nie gestört, die anderen Faktoren waren ihr viel wichtiger gewesen. Doch an Simon konnte sie sich kaum sattsehen.

Während sie ihn betrachtete, fiel ihr auf, dass er immer noch seinen Ehering trug. Sie hatte das schon früher bemerkt, aber dann nicht mehr darauf geachtet. Oder hatte sie ihn bewusst ausgeblendet? Heute schaute sie andauernd auf diesen Ring. Es störte sie, dass er ihn trug. Doch sie sagte nichts, versuchte nicht hinzusehen.

Gut gelaunt verkündete Simon: »Kaffee ist fertig.«

Er stellte das Tablett auf dem Boden ab.

»Cappuccino für die Herzdame mit Zucker und extra viel Milchschaum.«

»Mmh.«

154

Stella rieb sich den Bauch. Simon setzte sich auf ihre Beine und reichte ihr die Tasse. Davor küsste er sie noch.

»Ich habe dich vermisst«, sagte er. »Konntest du oben nicht schlafen?«

Sie schüttelte den Kopf.

»Ich muss die ganze Zeit an deine Frau denken.«

»Oh«, sagte er. »Da müssen wir uns etwas überlegen, schließlich sollst du an mich denken. Ich dachte schon, dir hat der Sex nicht gefallen.«

»Der war wunderbar!«, sagte sie.

»Du bist eine kleine Raubkatze.«

Sie lachte. »Klaus fand mich eher zu passiv.«

»Er wusste nicht, wie man dich beglückt.«

Sie küssten sich wieder und tranken ihren Kaffee.

»Meinst du, ich sollte ein neues Schlafzimmer kaufen?«

»Ich weiß nicht, vielleicht.«

»Oder soll ich das Büro nach oben verfrachten und wir richten uns das Schlafzimmer hier ein?«

Sie zuckte mit den Schultern.

»Hier kann ich jedenfalls schlafen.«

Er küsste sie noch einmal und flüsterte: »Ich bin deinem Klaus sehr dankbar, dass er weg ist.«

Stella überlegte, ob sie etwas erwidern sollte. In diesem Moment hörte sie Kindergeschrei. Offensichtlich gab es einen Streit. Clara rief nach ihrem Vater.

»Musst du schlichten?«, fragte Stella.

Simon schüttelte den Kopf. »Das bekommen sie schon hin.«

Dann legte er sich auf sie und küsste sie. Genau in diesem Moment kamen die Kinder hereingerannt. Stella warf Simon vor Schreck von sich, sodass er von der Couch fiel und laut »Autsch« rief.

155

Die Kinder lachten und Stella wickelte sich in die Decke ein.

»Oh, guten Morgen.«

»Habt ihr geknutscht?«, fragte Clara.

Stellas Röte im Gesicht war wohl Antwort genug. Tim lief, ohne etwas zu sagen, aus dem Zimmer.

»Ja, das haben wir«, antwortete Simon. »Wir haben uns gern, weißt du, und wenn man sich gern hat, gibt man dem anderen ein Küsschen«

»So wie bei der Werbung im Fernsehen?«, fragte Clara.

Simon schmunzelte.

»Nein, da geht es nur um Schokolade. Den ganz besonders guten Freunden gibt man wirklich ein Küsschen.«

»Habt ihr auch Sex?«, fragte Clara.

Simon kratzte sich am Kopf.

»Wo hast du das denn her?«, fragte Simon.

»Damit macht man Babys. – Bekommt ihr jetzt ein Baby?«, fragte Clara.

»Nein. Und jetzt raus hier, damit Stella sich anziehen kann. Und ihr putzt euch die Zähne, wir machen gleich Frühstück.«

»Puuh, das ist ja peinlicher als mein erster Besuch beim Frauenarzt«, jammerte Stella, als die Kinder draußen waren.

»Hm, tut mir leid. Ich mache mal das Frühstück.«

»Ich helfe dir gleich«, sagte Stella.

Als er hinausging, musste sie lachen.

Die nächste Zeit verbrachte Stella fast ausschließlich bei Simon und den Kindern. Am Wochenende machten sie Ausflüge und bereiteten Tims Geburtstag vor. Da Stella ein großer Fan von *Star Wars* war, organisierte sie alles bis ins kleinste Detail. Tim taute tatsächlich etwas auf, als er ihr dabei half.

Clara hatte Stella bereits ins Herz geschlossen und war schon fleißig dabei, ihre Zukunft zu planen.

»Wann wollen Papa und du heiraten?«

»Oh Clara, das hat noch Zeit.«

»Ich wäre so gerne das Blumenmädchen«, seufzte sie.

»Das merke ich mir«, antwortete Stella lachend.

»Ich hab auch schon Kleider im Katalog gesehen. Ich zeige sie dir.«

Clara holte unter dem Tisch einen Katalog mit Kinderkleidung und blätterte darin.

»Hier ist es, das hier.« Sie zeigte auf ein zartrosa Tüllkleidchen mit einer großen Schleife. »Ist das nicht schön?«

Stella nickte. »Es ist wunderschön und es würde dir bestimmt fantastisch stehen.«

»Ich möchte dabei sein, wenn du dein Kleid kaufst«, sagte Clara.

Stella war sich nicht sicher, ob die Entwicklung dieses Gesprächs gut war. Hatte sie nicht eben versucht zu erklären, dass sie noch nicht über eine Hochzeit sprachen? Doch Clara steigerte sich immer weiter in das Thema hinein.

»Also«, sagte Stella schließlich, »sollten dein Vater und ich heiraten, wirst du das Blumenmädchen, wir werden dieses Kleid kaufen und du wirst als meine Beraterin beim Kauf des Hochzeitskleides tätig sein.«

Clara klatschte in die Hände. »Oh, und dann bekomme ich vielleicht noch eine Baby-Schwester.«

Bei ihren Worten traten Stella Tränen in den Augen.

»Warum weinst du?«, fragte Clara.

»Ach, nur so.«

»Warum? Magst du kein Baby?«

»Doch, aber ich kann keine Kinder bekommen.«

Clara schaute sie ungläubig an.

»Dann kaufen ein Hündchen«, kam es wie aus der Pistole geschossen.

Jetzt musste Stella lachen und meinte: »Das wäre eine Option.«

»Cool!« Clara war offensichtlich zufrieden.

In diesem Moment kam Tim in den Raum.

»Du Stella, ich hab noch eine Idee für meinen Geburtstag.«

»Schieß los.«

»Wir könnten im Garten eine Szene aus dem Film nachstellen.«

»Mit allen Gästen? Das ist eine tolle Idee. Die filmen wir dann und jeder darf das Video mit nach Hause nehmen! Die Party wird so schnell keiner vergessen.«

Doch woher sollten sie die Kostüme nehmen? Stella sah sich die Webseiten einiger Kostümverleiher um. Der erste verlieh keine passenden Kostüme, beim zweiten waren die Mietpreise eindeutig zu teuer für den Anlass. Natürlich gab es im Internet zahlreiche Kostüme zu kaufen, aber das hätte das Budget der Geburtstagsparty gesprengt.

»Dann wird es doch nichts mit dem Film?«, fragte Tim enttäuscht.

»Ha, ich glaube ich habe eine bessere Idee.«

Stella dachte an einen Film mit Jack Black, den sie vor ein paar Jahren gesehen hatte. Da stellten zwei Filmfreaks ihre Lieblingsfilme mit selbst gebastelten Kostümen nach.

»Wir basteln die Kostüme einfach selbst. Bei der Party, das wird ein Riesenspaß«, meinte Stella.

»Aber, das sieht doch billig aus, oder?«, fragte Tim.

»Glaube ich nicht. Wenn man es richtig macht, dann wird es bestimmt witzig aussehen.«

»Witzig?«

»Cool«, verbesserte sich Stella.

»Okay ...«

»Die Uniformen der Trooper bauen wir aus Karton, du wirst schon sehen. Und für den Wookie werden wir irgendein lustiges Fell finden.«

Hundertprozentig überzeugt war Tim noch nicht. Stella suchte im Internet nach Fotos von selbstgemachten Star-Wars-Kostümen und zeigte sie ihm.

»Guck mal, da hat jemand R2D2 aus einem Plastikeimer gebaut.«

Tim lachte, als er das Bild sah. Stella suchte noch weitere Fotos heraus.

»Hey, schau mal, da hat jemand sogar Laserschwerter selbst gebastelt!«, rief sie plötzlich aus.

Sie zeigte Tim ein Foto, auf dem Kinder Besenstiele mit Reflektorband umwickelt hatten. Das Ergebnis sah erstaunlich echt aus. Unter dem Bild war ein Link zu help-ster.de, wo sie die Bauanleitung fand.

»Wow, die leuchten sogar«, sagte Tim.

»Ja, aber hier steht, dass man dazu den Blitz vom Fotoapparat benutzen muss, damit sie reflektieren und der Leuchteffekt entsteht. Das könnte schwierig werden, wenn man filmt.«

»Ach was«, sagte Tim. »Die kann man doch auch mit einer Lampe anstrahlen. Dann reflektieren die auch die ganze Zeit. Ist doch wie beim Fahrrad.«

»Was du alles weißt«, sagte Stella beeindruckt. »Dann setze ich hier mal ein Lesezeichen.«

Sie zeigte ihm noch ein paar weitere Bastel-Inspirationen.

»Und was meinst du?«, fragte sie schließlich.

»Das wird cool!«

»Wunderbar. Aber ich darf Prinzessin Leia sein, okay?«, fragte Stella.

Sie planten den ganzen Nachmittag. Es war schön, endlich einmal eine richtig gute Zeit mit Tim zu haben. An diesem Abend fielen Stella und Simon müde ins Bett, für Leidenschaft hatten beide keine Kraft mehr. Sie hielten Händchen und kuschelten sich aneinander. Und Stella konnte endlich auch in Simons Schlafzimmer einschlafen.

Stella ging es nun so gut, dass sie den Termin bei der Psychotherapeutin absagte. Sie hatte ja die Gruppe und die reichte ihr für den Moment. Die Treffen waren immer hilfreich und sie fühlte sich als fester Bestandteil. Über ihre eigenen Sorgen wusste sie immer weniger zu erzählen, aber das fiel nicht so auf, denn Peter und Gerda standen nun mit ihren Problemen im Mittelpunkt und brauchten die Aufmerksamkeit der anderen.

Schließlich kam das Ende der Sommerferien und Tims Geburtstag. Es waren alle acht Kinder erschienen, die er eingeladen hatte. Tim empfing sie in einem Luke-Skywalker-Kostüm, das Stella ihm geschenkt hatte. Auch Stella hatte sich bereits verkleidet und reichte den Jungs Sprite, der sie mit Lebensmittelfarbe einen grellen Rot- oder Grünton verliehen hatte. Nun sah die Limo aus wie die Cocktails in der *Mos Eisley Cantina*. Außerdem gab es einen blaugefärbten Milch-Bananen-Smoothie, ganz so, wie die blaue Milch, die auf dem Planeten Tatooine serviert wurde.

Stella hörte, wie einer der Jungen Tim fragte, wer denn diese »Prinzessin Leia« sei. Er konnte sie wohl nicht sehen, weil sie um die Ecke im Flur stand.

Tim antwortete leichthin: »Meine Stiefmutter.«

Stella erfüllte das mit Stolz, obwohl sie diese Bezeichnung schon immer gehasst hatte.

»Cool«, meinte der Junge. »Die ist hübsch.«

Stella schmunzelte. Sie hatte eine halbe Ewigkeit im Bad verbracht, um sich Zöpfe zu flechten und diese seitlich wie Schneckennudeln zusammenzubinden. Aber der Aufwand hatte sich wohl gelohnt.

Nachdem die Geschenke ausgepackt waren und der Kuchen in Form des *Millenium Falcon* angeschnitten war, machten sie sich an das Basteln der Kostüme und der Laserschwerter.

»Und wer bin ich?«, fragte Simon.

Tim und Stella sahen sich an und lachten.

»Was denn?«, fragte Simon.

»Für dich haben wir uns was besonders Cooles ausgedacht«, antwortete Tim.

Stella drückte ihrem Freund einen Karton in die Hand, der mit schwarzer Folie beklebt war.

»Bitte sehr. Du bist Darth Vader. Ist doch klar!«

»Und was ist mit mir?«, fragte Clara.

»Eigentlich müsstest du Yoda sein«, sagte Tim. »Der ist genauso groß wie du.«

Claras Mundwinkel verzogen sich nach unten.

»Keine Angst«, sagte Stella. »Für dich habe ich mir auch was ausgedacht. Dich verkleiden wir als Prinzessin Amidala.«

»Au ja!«

Mit den selbstgefertigten Kostümen gingen sie in den Garten und übten ihre Rollen: Tim hatte bei der Planung vorgeschlagen, dass sie eine eigene Szene erfinden sollten. Eine Schlacht, bei der alle wichtigen Figuren involviert waren. Die Besenstiel-Lichtschwerter hatten sie mit Reflektorband umwickelt. Jedes Kind hatte einen Schrumpfschlauch in seiner Wunschfarbe darübergestülpt, der sich zusammenzog, wenn er mit einem Föhn erhitzt wurde. Simon strahlte die Szene mit einem Baustrahler an, während Stella filmte.

Als es Abend wurde, wollten die Gäste nicht nach Hause gehen. Sie protestierten alle, als ihre Eltern an der Tür standen, um sie abzuholen.

»Ich glaube, ich bin eine coole Stiefmutter«, flüsterte Stella Simon zu.

»Das finde ich auch. Und ich ...«, plötzlich wechselte Simon in ein asthmatisches Röcheln: »Ich – bin – sein – Va-ter.«

Beide prusteten laut los.

Dann fragte Simon: »Muss ich die Maske noch lange tragen? Ich schwitze wie verrückt.«

Stella schüttelte den Kopf und Simon zog sie sich erleichtert vom Gesicht.

Als alle Gäste abgeholt waren, kam Tim freudestrahlend zu ihnen und rief: »Danke, Papa. Danke Ma-, äh, Stella. Das war der beste Geburtstag, den ich je hatte. Ich bin jetzt einer der coolen Jungs.«

Simon umarmte ihn und flüsterte ihm zu: »Schön, dass es dir gefallen hat.«

»Du bist schon immer cool gewesen. Vergiss das nicht«, meinte Stella.

»Hör auf sie!«, riet ihm Simon. »Das sagt dir immerhin Prinzessin Leia.«

Nachdem die Kinder im Bett waren, kam Simon mit der Maske unter dem Arm ins Arbeitszimmer. Stella hatte noch keine Zeit gehabt, sich umzuziehen. Sie saß an seinem Schreibtisch und schnitt den Videoclip zusammen.

»Oh Leia, du machst mich ganz irre. Dieses Kleidchen und diese Frisur, ich muss dich hier und jetzt vernaschen.«

»Schatz, wir müssen erst die Küche aufräumen«, erinnerte sie ihn.

Simon verdrehte die Augen.

»Ich will auch was von dem Geburtstag haben.«

Er klang wie ein kleiner Junge.

»Ich möchte mich aber nicht von Darth Vader vernaschen lassen.«

»Dann bin ich jetzt eben Han Solo.«

»Welche Frau könnte da schon Nein sagen?«, erwiderte Stella kokett und Simon schloss rasch die Tür.

Am nächsten Morgen öffnete Stella die Augen und sah, wie Simon sie beobachtete. Sie waren am Vorabend dann doch lieber ins Schlafzimmer gegangen. Nun lagen die Einzelteile ihrer Kostüme verstreut auf dem Schlafzimmerboden.

»Guten Morgen, Traumfrau.«

»Guten Morgen«, flüsterte sie noch schlaftrunken.

»Ich finde, es ist an der Zeit, dass du bei uns einziehst.«

»Was?«

»Ich meine es ernst. Ich liebe dich, die Kinder lieben dich, bitte wohn bei uns!«

»Ich weiß nicht«, zögerte sie.

»Überlege es dir«, sagte er. »Du gehörst zu uns.«

Sie wusste nicht recht, was sie darauf antworten sollte. Es war so schön, Teil dieser Familie zu sein. Aber waren sie wirklich schon so weit?

Stella schob das Angebot eine ganze Weile vor sich her und sprach es auch erst einmal nicht wieder an. Doch in den nächsten Tagen und Wochen wurde ihr mehr und mehr bewusst, dass sie eigentlich schon bei Simon und den Kindern wohnte. Es passierte unmerklich und schleichend. Sie verbrachten immer mehr Zeit zusammen. Wegen der Kinder natürlich bei ihm.

Schließlich sagte sie eines Abends im Spätherbst zu ihm: »Ja, ich ziehe bei euch ein, ich muss mir nur überlegen, was ich mit meiner Wohnung mache.«

»Die Wohnung gehört dir, oder? Ist sie denn schon abbezahlt?«

»Ja. Den größten Batzen haben meine Eltern übernommen. Sie meinten, sie verschenken ihr Geld lieber jetzt, wo ich es brauche, als es mir irgendwann zu vererben. Die Wohnung war zum Glück nicht so teuer, weil sie etwas außerhalb liegt, und meine Eltern hatten mich in weiser Voraussicht überredet, die Wohnung allein auf meinen Namen zu kaufen. Klaus und ich haben deswegen extra Gütertrennung vereinbart.«

»Du könntest sie doch vermieten«, schlug Simon vor.

»Daran dachte ich auch. Ich möchte mich dann ja auch

bei euch an den Kosten beteiligen.«

»Das musst du nicht«, widersprach Simon.

»Aber ich will es, schließlich gehört das dazu, wenn man zusammenlebt.«

Am Wochenende rief Stella Heidi an, um ihr von dem geplanten Umzug zu erzählen. In letzter Zeit hatten sie sich nur selten gesehen. Heidi war nicht mehr in der Gruppe gewesen.

»Heidi, wie geht es dir?«, fragte Stella, als ihre Freundin endlich abnahm.

»Ach, mir ist schlecht.«

»Mensch, was ist denn? Bist du schwanger«, scherzte Stella.

Auf der anderen Seite der Leitung war nichts zu hören.

»Heidi?«

»Hm«, machte diese.

»Was ist los?«

»Na ja, das, was du eben gesagt hast.«

»Waaas?«, rief Stella. »Du bist schwanger?«

»Ja.«

»Warum hast du mir nichts erzählt, das ist ja krass!«

Wieder schwieg Heidi.

»Ja, von wem? Seit wann? Äh ... ich bin total überrascht«, stammelte Stella.

»Na ja, es ist recht kompliziert und ich sage dir, hätte ich gewusst, wie übel mir sein würde, hätte ich mir das nie eingebrockt.«

»Wie meinst du das?«

»Entschuldige, ich muss auf die Toilette.«

Heidi hatte offenbar keine Zeit, vorher aufzulegen, Stella konnte leise im Hintergrund das Würgen hören und beendete das Gespräch selbst.

Sie war wie vor den Kopf gestoßen und hatte Mühe zu begreifen, was ihre Freundin ihr gerade erzählt hatte. Statt sich zu freuen, erfüllte sie eine Traurigkeit und so etwas wie Eifersucht. Wie war Heidi so leicht schwanger geworden? Sie war immerhin fünfundvierzig und Stella zehn Jahre jünger. Und in den Wechseljahren!

Aber es ist meine Freundin und ich werde mich für sie freuen, sagte sie sich.

Doch ihre Gedanken rasten. Wer war der Vater? Heidi hatte ihr doch versichert, dass mit Alex nichts lief. Ob sie einen One-Night-Stand gehabt hatte? Wieder fühlte Stella einen Stich bei dem Gedanken, dass es bei Heidi vielleicht gleich bei der ersten Gelegenheit geklappt hatte.

Sie fühlte sich elend. Seit langer Zeit wurde ihr zum ersten Mal wieder bewusst, wie schmerzhaft es war, niemals ein Kind auszutragen, immer die Stiefmutter oder Patentante zu sein. Sie hatte gehofft, dass sie das mit Clara und Tim kompensiert hätte, aber es war nicht das Gleiche. Sie fühlte sich irgendwie leer. Es kostete sie sehr viel Anstrengung, all das zur Seite zu schieben, tief einzuatmen und in die Straßenbahn zu steigen.

Eine halbe Stunde später stand sie bei Heidi vor der Tür und klingelte. Ihre Freundin sah wirklich aus wie ein Häufchen Elend. So ungeschminkt, in Jogginghose und Schlabbershirt, erkannte Stella sie fast nicht wieder.

»So, jetzt musst du mir alles erzählen«, sagte sie, als sie auf dem bequemen Sessel im Wohnzimmer saß.

»Möchtest du auch einen Ingwer-Tee?«, fragte Heidi.

»Seit wann trinkst du mittags Tee?«

»Der hilft ein bisschen.«

Stella lehnte ab.

»Ich kann das alles auch noch nicht richtig einordnen«, fing Heidi an. »Vor einigen Monaten überkam mich der Wunsch nach einem Kind. Das hatte ich eigentlich abgehakt und dachte, meine Tiere reichen mir. Ich war immer der Meinung, Kinder sind nur süß anzusehen. Vielleicht sind es auch die Wechseljahre. Keine Ahnung. Dann kommen noch die Kinder von Simon dazu. Sie haben mir gezeigt, dass Kinder dir wirklich etwas zurückgeben. Und dich jung halten, könnte man sagen. Als dann du noch mit Simon zusammengekommen bist und ich mir ausgemalt habe, dass ich später vielleicht einmal in einem Altersheim vor mich hinvegetieren werde, musste ich etwas dagegen unternehmen. Viel Zeit habe ich nicht mehr.«

Das passt zu Heidi, dachte Stella. Ihre Freundin war eine Anpackerin. Sie musste einfach tätig werden, wenn etwas in Schieflage geriet.

»Nun ja, ich war auch schon in einer Kinderwunsch-Klinik und habe ein paar Untersuchungen machen lassen. Die Werte waren nicht so gut. Die Ärztin meinte, es könnte an diesem seltenen Gendefekt liegen, der in meiner Familie immer wieder auftritt. Ich will da einfach kein Risiko eingehen. Deshalb habe ich beschlossen, in eine Kinderwunschklinik im Ausland zu gehen. Dort gibt es die Möglichkeit, eine Eizellspende zu machen, in Deutschland ist das verboten. Doch mir fehlte immer noch der Mann.«

»Aha, also auch noch eine Samenspende.«

»Nein, das fand ich doof. Ich wollte, dass das Kind wenigstens einen seiner biologischen Eltern kennt, also hab ich einen Bekannten gefragt, ob er das macht – natürlich alles schriftlich geregelt, sonst haben die Männer Angst, dass sie später Alimente zahlen müssen.«

Auch das passte zu Heidi. Alles durchgeplant und wasserfest.

»Und was soll ich sagen – es hat beim ersten Versuch geklappt und nun bin ich schwanger mit fünfundvierzig!«

Stella wusste nicht, was sie sagen sollte.

Heidi deutete ihr Schweigen richtig und sagte: »Vielleicht wäre das auch für dich eine Option.«

Stella entgegnete nichts darauf. Stattdessen fragte sie: »Und wie weit bist du?«

»Neunte Woche ... und mir ist seit Wochen übel. Ich hatte mir die Schwangerschaft so schön ausgemalt, aber es ist die Hölle. Meine Brüste fühlen sich an wie aufgeblasene Ballons und ich bin so emotional.«

Stella warf automatisch einen kurzen Blick auf Heidis Dekolleté. Warum war ihr nicht vorher aufgefallen, dass sich ihre Oberweite stark vergrößert hatte?

»Und deine Arbeit?«, fragte sie.

»Bin seit drei Wochen krankgeschrieben, die denken wahrscheinlich ich hab Burnout. Mein Chef hat schon Blumen geschickt. Der Arme, der wird einen Herzinfarkt bekommen, wenn er es erfährt.«

Stella lächelte.

»Wer ist denn der Vater?«

»Das kann ich nicht sagen.«

»Was? Nicht einmal mir?«

»Ich musste es versprechen. Bitte, zwing mich nicht. Vielleicht erzähle ich es später einmal, aber das muss ich erst mit ihm abklären.«

»Also, du steckst wirklich voller Überraschungen!«

»Hm«, machte Heidi und eilte dann in Richtung Badezimmer.

Als sie zurück war, ließ sie sich mit einem Seufzer auf das Sofa fallen und trank ihren Tee.

»Ab der zwölften Woche müsste es besser werden. Wenn nicht, drehe ich durch.«

Sie legte sich hin und legte die Füße auf die Lehne der Couch.

»Deshalb warst du donnerstags nicht mehr dabei«, stellte Stella fest.

»Ja, aber behalte es bitte noch für dich.«

»Klar. Ja, also dann: herzlichen Glückwunsch! Das kommt alles so überraschend ...«

»Danke.«

»Kann ich dir irgendwie helfen? ... Einkaufen oder so?«

»Im Moment nicht, danke. Ich lege mich einfach mal hin.«

»Okay. Ich geh dann mal.«

Sie verabschiedeten sich und Stella sagte noch einmal: »Bitte ruf mich an, wenn du Hilfe brauchst.«

Als sie draußen war, schüttelte sie ungläubig den Kopf. Das hätte sie ihrer Freundin nicht zugetraut. Und plötzlich wurde der Wunsch nach einem Baby übermächtig. Sie konnte an gar nichts anderes mehr denken. Dabei fand sie es wirklich toll, sich um Clara und Tim zu kümmern. Aber noch ein Kind, ihr eigenes, das sie selbst zur Welt brachte und von Anfang an beim Aufwachsen erleben konnte ... das wäre einfach noch einmal etwas ganz anderes. Und Clara hatte sich doch auch eine kleine Schwester gewünscht.

Abends rief sie Simon an, um ihm zu sagen, dass sie zu Hause schlafen würde, um zu packen und auszusortieren. Doch stattdessen saß sie im Bett und durchforstete das Internet zum Thema Eizellspende. Sie stieß auf unzählige

Foren, in denen heiß diskutiert wurde, welches Land das beste für einen solchen Eingriff sei. Spanien, Tschechien oder gar Südafrika waren Optionen. Die Frauen, die sich auf den Seiten tummelten, waren unterschiedlichen Alters, von Anfang dreißig bis Ende vierzig. Sogar ein paar Frauen über fünfzig schienen dabei zu sein.

Nach fast vier Stunden vor dem Monitor taten ihr die Augen weh und sie war völlig durcheinander. Sie wusste, dass sie nicht Heidi war und einfach aus einer spontanen Laune heraus eine Entscheidung fällen würde. Sie musste sich das Ganze gut überlegen, bevor sie mit Simon sprach. Ob er noch einmal Vater werden wollte? Mit einem mulmigen Gefühl schlief Stella ein.

Weihnachten stand vor der Tür. »Wie wäre es mit einem spontanen Urlaub?«, fragte Simon eines Abends. »Über die Feiertage habe ich endlich einmal keine Aufträge – und den Kindern würde es sicher Spaß machen.«

»Das klingt toll«, sagte Stella.

»Wir könnten etwas Verrücktes machen und irgendwo hinfliegen, wo es um diese Jahreszeit warm ist. Die Karibik zum Beispiel.«

»Ach, ich weiß nicht«, sagte Stella. »Das ist doch zu teuer.«

»Vielleicht gibt es ein Last-Minute-Angebot.«

»Für mich muss es kein Strandurlaub sein. Soll ich dir was Verrücktes erzählen? Ich kann gar nicht schwimmen.«

»Was? Das gibt es doch gar nicht.«

»Doch. Meine Eltern waren früher selbstständig und immer so beschäftigt. Irgendwie war nie Zeit dafür.«

»Und in der Schule? Da gibt es doch auch Schwimmunterricht.«

»Wo ich aufgewachsen bin nicht. Es gab kein Schwimmbad in der Nähe.«

»Aber Schwimmen kannst du doch noch lernen.«

»Bestimmt. Aber das mache ich lieber, wenn deine Kinder nicht dabei sind. Meine Nachbarin fährt regelmäßig mit ihren Kindern in den Schwarzwald auf einen Bauernhof. Das sind nur zwei Stunden Fahrt, es kostet nicht so viel und Tim und Clara kommen endlich mal in den Schnee. Hier in Heidelberg wird das ja nichts.«

Simon war zunächst skeptisch, doch die Kinder ließen sich schnell von der Idee überzeugen. Stella fragte Beate nach den Kontaktdaten des Bauernhofs. Eigentlich waren dessen zwei Ferienwohnungen bereits gebucht, aber sie hatten Glück: Es gab eine dritte Wohnung, die gerade erst im Dachboden ausgebaut worden und noch nicht ganz fertig war. Weil die Vermieterin Beate mochte, bot sie Stella die Wohnung an. »Solange es Ihnen nichts ausmacht, dass es noch keine Schränke in den Schlafzimmern gibt ... Die werden erst im Januar geliefert.«

Stella sagte begeistert zu. Was machte es schon, ein paar Tage aus Koffern zu leben?

Sie verbrachten eine wunderschöne Woche auf dem Bauernhof. An Silvester war zwar nichts los, aber dafür war der Schnee einen halben Meter hoch und sie unternahmen zahlreiche Ausflüge, gingen Schlitten fahren und Skifahren. So hatte sie sich ihr Leben vorgestellt! Stella konnte es kaum noch abwarten, bis sie offiziell bei Simon einziehen würde. Sie waren jetzt eine kleine Familie. Doch immer wieder musste Stella an Heidis Schwangerschaft denken. Jedes Mal verspürte sie dann den Wunsch, auch selbst zu erleben, wie es war, ein Kind in die Welt zu setzen. Und würde ein Baby das Familienglück nicht noch etwas größer zu machen?

»Sag mal, Simon, kannst du dir noch weitere Kinder vorstellen?«, fragte Stella unvermittelt am ersten Abend nach ihrer Rückkehr nach Heidelberg.

Er sah sie überrascht an und setzte sich aufrechter hin. Sie saßen gemeinsam auf der Couch. Simon hatte eine Flasche Wein geöffnet und Chips und Oliven lagen auf dem Tisch. Sie tranken oft abends ein Glas Wein und lasen Bücher oder schauten einen Film. Simon hatte lange keine Zeit mehr für Hobbys gehabt. Doch nun, da Stella ihn mit den Aufgaben im Haushalt und bei den Kindern unterstützte, interessierte er sich wieder dafür, welche neuen Filme es gab und überraschte sie regelmäßig mit kleinen Kinojuwelen, die er aussuchte. Manchmal schmusten sie auch nur. Alle Voraussetzungen für einen gemütlichen Abend waren erfüllt. Doch Stella merkte, dass Simon mit einem Mal nicht mehr so entspannt war.

Er räusperte sich und sagte langsam: »Also mit zwei haben wir mehr als genug zu tun – möchtest du denn noch mehr Kinder?«

»Na ja, ich weiß, dass Clara sich noch Geschwister wünscht, und ich kann ja keine bekommen.«

»Ach, mach dir keine Gedanken. Heute will sie ein Baby, morgen ein Aquarium, übermorgen einen Hund.«

»Aber ich würde mir auch ein Baby wünschen.«

Verwirrt sah er sie an: »Entschuldige, ich verstehe nicht ganz. Was sollen wir denn machen?« Simon stellte sein Glas auf den Tisch.

»Eizellspende«, sagte sie nur.

Er schaute sie erschrocken an. »Was?«

»Eizellspende. Wir nehmen die Eizellen von einer anderen Frau, lassen sie mit deinem Sperma befruchten und dann werden sie mir eingesetzt.«

Simons Gesichtsausdruck wechselte von erschrocken zu entsetzt.

»Du meinst, wie diese alten Frauen, die sich mit sechzig noch fremde Embryos einsetzen lassen?«

»Erstens bin ich bin keine alte Frau und zweitens wäre es wie eine Art Halbadoption.«

Stella war enttäuscht, dass er sich bei diesem Thema so unwohl fühlte.

»Also ehrlich, ich weiß nicht. Irgendwie finde ich das gruselig«, antwortete Simon.

»Fand ich auch anfangs, aber es wäre ein Weg, ein Baby zu bekommen.«

»Es gibt doch bestimmt noch andere Wege«, sagte er.

»Welche denn?«

»Na ja, Adoption oder so etwas?«

»Vergiss es, ich hab mich schon vor Längerem informiert. Keine Chance. Es gibt viel mehr Bewerber als Kinder.«

Simon dachte nach. Dann nahm er wieder einen Schluck Wein und schlug schließlich vor: »Lass uns erst mal schauen, wie es mit Clara und Tim läuft, und dann machen wir uns Gedanken, ob wir noch ein Kind bekommen wollen und wie.«

»Du hast ja recht.«

Stella merkte, dass es zu früh gewesen war, um darüber zu sprechen. Schließlich waren sie noch gar nicht lange zusammen. Doch sie wollte ehrlich sein mit dem, was sie beschäftigte. Plötzlich fühlte sie sich nicht mehr so glücklich wie vor ein paar Minuten. Eine Schwermut überkam sie. Sie versuchte zu lächeln, doch innerlich war sie weit weg.

Warum erwarteten alle, dass sie sich mit ihrem Schicksal abfand? Heidi tat es doch auch nicht! Klar, sie war nicht Heidi, aber trotzdem.

»Sollen wir einen Film schauen?«, fragte Simon, um die Verlegenheit zwischen ihnen zu überbrücken.

Stella nickte. Zum Glück suchte er eine Komödie aus, das half Stella, sich abzulenken und ein bisschen zu entspannen. Doch mitten im Film sagte Simon plötzlich: »Ich dachte, dass dein Kinderwunsch mit Clara und Tim erfüllt sei.«

»Irgendwie schon. Aber sie sind eben schon größer und ich werde immer nur die Stiefmutter sein.«

»Wenn du es sagst, klingt das so negativ.«

»Ich meine es nicht negativ. Ich kann mir vorstellen, dass ich die beiden wie meine eigenen Kinder lieben kann. Aber es ist schwierig, diesen Wunsch nach einem Baby, der tief in mir ist, zu ignorieren.«

»Würdest du so eine Eizellspende wirklich machen? Das Kind ist dann ja nicht dein leibliches.«

Männer!, dachte sie. Konnte er das wirklich nicht verstehen?

»Ich weiß es nicht, ich weiß nur, dass ich mir ein Baby wünsche«, erwiderte sie trotzig. »Und es würde in mir heranwachsen, es wäre mein Kind. Bei einer Adoption müsste ich doch ewig auf ein Baby warten, ich bin ja nicht mal verheiratet!«

»Ich verstehe«, sagte er und gab ihr einen Kuss. Aber Stella war nicht sicher, ob er das wirklich tat.

Seit sie von Heidis Schwangerschaft wusste, lag Stella nachts immer häufiger wach und überlegte Wege, wie sie zu einem Kind kommen konnte. Eine Leihmutterschaft kam für sie nicht infrage, warum sollte eine andere Frau ihr Kind austragen? Somit gab es eigentlich nur Adoption und künstliche Befruchtung.

Bald muss ich mich entscheiden, dachte sie. Sie durfte nicht unendlich Zeit verlieren, je länger sie wartete, umso kleiner wurden die Erfolgschancen bei einem medizinischen Eingriff. Mit Klaus wäre es sicher auch möglich gewesen, ein Kind zu zeugen, wenn sie nur früher begonnen hätten, sich medizinischen Rat zu suchen. Doch anstatt es gleich mit einer künstlichen Befruchtung zu versuchen, hatten sie vier Jahre herumprobiert. Klaus redete ihr ein, dass es eines Tages schon klappen würde. Auch er war kein Freund von medizinischen Eingriffen gewesen. Zu guter Letzt hatte er Stella doch zu einem Termin in der Kinderwunsch-Klinik begleitet. Doch da war es schon zu spät gewesen, um eine eigene Eizelle für eine Befruchtung zu verwenden.

Sie wollte nicht wieder eine Chance verstreichen lassen und es später bereuen müssen. Ihre Gedanken überschlugen sich. Mit einem Mal nahm die Angst von ihr Besitz, dass die Beziehung mit Simon scheitern könnte. Woher war dieser Gedanke gekommen? Sie begann zu schwitzen und schnappte nach Luft, doch ihre Lungen schienen sich kaum zu füllen.

Stella stand auf, schleppte sich ins Badezimmer und wusch sich das Gesicht. Dann setzte sie sich auf den Rand der Badewanne und atmete tief ein und aus, bis sich ihre Atmung beruhigt hatte. Schließlich legte sich Stella wieder ins Bett und kuschelte sich an Simon. Er schlief tief

und fest. Es beruhigte sie, ihn bei sich zu spüren, und irgendwann schlief auch sie ein.

Die nächsten Tage packte Stella ihre Sachen und brachte sie nach und nach in ihr neues Zuhause. Dadurch fand sie etwas Ablenkung. Sie hatte sich entschieden, die Wohnung möbliert zu vermieten und hatte bereits einige Interessenten. Doch keiner passte so richtig. Da es nicht eilte, nahm Stella es gelassen. Sie wollte sich deshalb nicht unter Druck setzen. Außerdem blieb immer noch ein kleiner Zweifel, ob das Zusammenleben mit Simon und den Kindern so gelingen würde, wie sie sich das vorgestellt hatte. Solange die Wohnung noch nicht vermietet war, konnte sie jederzeit zurückkehren, wenn es doch nicht klappte.

Als sie ihrer Nachbarin Beate erzählte, dass sie ausziehen würde, sagte diese traurig: »Dann kann ich mich nur noch mit anderen Müttern über Brei und ihre tollen Kinder unterhalten.«

»Ich bin nicht aus der Welt, Beate. Wir können uns doch auch so mal treffen.«

»Ach, das sagt man, aber ob man es dann auch wirklich macht ...« Sie seufzte. »Ich freue mich aber für dich. Dein Witwer sieht fantastisch aus und Mutter bist du nun auch. Hast sozusagen zwei Fliegen mit einer Klappe geschlagen.«

»Ich wünsche mir trotzdem noch ein Baby.«

»Echt?«, fragte Beate.

Stella erzählte ihr von ihren Plänen.

»Hast du das Simon schon erzählt?«

Sie nickte.

»Du weißt, dass du Männer in die Flucht schlagen kannst, wenn du nur über Kinder sprichst?«

»Meinst du, es war zu früh?«

»Na ja, du hättest vielleicht noch ein paar Monate warten können.«

Jetzt seufzte Stella. »Aber es brennt mir auf der Seele.«

Sie erzählte ihr von Heidis Geschichte, ohne Namen zu nennen, und stellte es so dar, als spräche sie von einer Arbeitskollegin.

»Du bist aber nicht deine Kollegin«, antwortete Beate. »Warte noch und leb dich erst mal ein. Du bist ja noch jung, eine Eizellspende kannst du auch noch in einem Jahr machen. Lass dich nicht unter Druck setzen, nur weil deine Kollegin schwanger ist.«

Beate hatte wohl recht. Stella schaukelte noch eine Weile ihre kleine Tochter, dann war es Zeit für sie zu gehen. Sie umarmten sich und versprachen, sich regelmäßig zu treffen.

»Beate, du bist besser als jede Therapeutin«, meinte Stella wehmütig.

»Du auch«, erwiderte ihre Freundin lächelnd.

Im Dezember hatten Stella und Simon neue Schlafzimmermöbel bestellt, die Anfang Januar geliefert werden sollten. Vorher strich Stella das Zimmer in einem Lachston – das sorgte laut Farbratgeber für mehr Zärtlichkeit im Schlafzimmer – und brachte andere Vorhänge an. Die alten Gardinen hängte sie in Claras Zimmer auf, die sich sehr darüber freute.

Als Stella die erste offizielle Nacht bei Simon verbrachte, brachte er einen Wimpel mit der Aufschrift *Willkommen!* an. Endlich fühlte sich Stella wirklich daheim.

In den nächsten Tagen begann sie, sich einzurichten. Den Alltag kannte sie schon, dennoch fühlte sie sich anders. Jetzt war es ernst, jetzt war es auch ihr Heim. Stella fühlte sich nun viel entspannter, und solange sie Heidi nicht sah, dachte sie auch nicht so sehr übers Kinderkriegen nach. Vormittags ging sie zur Arbeit, zum Glück waren momentan keine Kolleginnen schwanger, mittags half sie den Kindern mit den Hausaufgaben, spielte mit ihnen oder brachte sie zum Sport.

Zwei Wochen nach ihrem Umzug in ihr neues Zuhause wachte sie an einem Sonntag sehr früh auf. Das Bett neben ihr war leer. Es war ein kalter Morgen, draußen war es noch dunkel. Stella schaute auf die Uhr. Kurz nach sieben. Warum war Simon schon aufgestanden? Sie lag noch eine Weile im Bett, konnte aber nicht mehr einschlafen. Als er auch nach einer Viertelstunde nicht zurück ins Schlafzimmer kam, stand sie auf, um ihn zu suchen. Er war weder im Bad noch sonst irgendwo im Haus zu finden.

Nachdenklich sah sie hinaus. Da saß er im Garten auf der Holzbank unter dem Kirschbaum. Stella zog sich eine Jacke über. Dann öffnete sie die Terrassentür, ging zu ihm und legte ihre Hand auf seine Schulter.

»Guten Morgen«, sagte sie leise.

Er drehte sich nicht um, sondern starrte weiter geradeaus vor sich hin.

»Heute ist ihr Todestag«, murmelte er. »Es ist das erste Mal, dass ich in den Tagen vorher nicht daran gedacht habe. Normalerweise haben wir immer überlegt, was wir ans Grab bringen und wie wir den Tag zu ihrem Gedenken verbringen. Ich war so abgelenkt.«

Simon drehte an seinem Ehering. Stella hatte sich immer wieder vorgenommen, ihn zu bitten, diesen abzulegen, aber sie hatte sich nicht getraut. Sie sah den Ring an und fragte sich, ob seine Frau immer wie ein Schatten zwischen ihnen stehen würde. Doch sie sagte nichts.

»Du kannst doch mit den Kindern ein Bild malen und dann könnt ihr gemeinsam zum Grab gehen.«

Simon nickte und starrte weiter geradeaus.

»Ich hätte fast ihren Todestag vergessen«, sagte er wieder.

»Du hast ihn nicht vergessen.«

»Doch, weil ich so glücklich war in letzter Zeit.«

»Sie hätte doch bestimmt gewollt, dass du glücklich bist.«

»Trotzdem fühle ich mich mies.«

Stella wollte ihre Hand wieder auf seine Schulter legen oder etwas anderes tun, was ihm guttat, doch sie war verunsichert.

»Ich bleibe noch ein Weilchen hier draußen sitzen«, sagte Simon, aber er bat sie nicht, sich zu ihm zu setzen.

»Okay, ich gehe dann mal wieder rein«, erwiderte Stella unschlüssig.

Als keine Reaktion kam, ging sie zurück ins Haus und fühlte sich auf einmal wie eine Fremde. Sie war nicht Teil dieser Trauer. Liebte Simon Karin immer noch? War sie nur ein Ersatz für ihn? *Zum Glück habe ich meine Wohnung noch nicht vermietet*, dachte sie, und dieser Gedanke beruhigte sie. Sie machte sich fertig und ging in die Küche. Clara kam im Pyjama herein.

»Guten Morgen«, begrüßte Stella sie freundlich.

»Guten Morgen.«

»Ist Tim auch schon wach?«

»Ja, heute gehen wir zu Mamas Grab, magst du mitkommen?«, fragte Clara.

Die Kinder hatten es also nicht vergessen. Natürlich nicht.

»Ich? Vielleicht ist es besser, wenn ihr drei geht. Ich kann das nächste Mal mitgehen.«

»Okay«, sagte sie. »Ich hab einen Engel aus Knete gebastelt. Der soll sie beschützen. Wo ist Papa?«

Stella zeigte mit der Hand auf die Terrassentür.

»Das war Mamas Bank«, sagte Clara und sah hinaus. »Das macht er jedes Jahr, bevor wir zum Grab gehen.«

Am Frühstückstisch war es heute sehr ruhig.

Stella erhob sich als Erste. »So, ich muss noch ein paar Dinge in meiner alten Wohnung erledigen.«

»Heute?«, fragte Simon überrascht.

Sie nickte. »Ich übernachte dann dort und wir sehen uns morgen.«

Stella gab Simon einen Kuss, winkte den Kindern zu, nahm ihren Rucksack und ging hinaus. Als sie ins Auto stieg, hatte sie Tränen in den Augen. Sie drehte das Radio ganz laut auf. Gerade wurde *I Believe I Can Fly* gespielt. Sie sang es laut mit, während ihr die Tränen über das Gesicht liefen. Sie wollte so gerne Teil dieser Familie sein, sie wollte Simon trösten und ihn in seiner Trauer unterstützen, aber heute hatte er sie ausgeschlossen.

Stellas Wohnung wirkte leer ohne ihre persönliche Note. Die meisten Möbel waren zwar noch da, aber die kleinen Details fehlten. Sie setzte sich auf ihre Couch und schloss die Augen. Keine fünf Minuten später klingelte es an ihrer Tür. Es war Beate.

»Hey, ich hab dein Auto auf dem Parkplatz gesehen und wollte einfach mal schauen, wie es dir geht.«

Beate freute sich sichtlich Stella zu sehen, doch sehr schnell merkte sie, dass etwas nicht stimmte.

»Komm rein«, hauchte Stella.

»Ist etwas passiert?«

Stella erzählte ihr von dem Morgen, von dem übermächtigen Schatten von Simons verstorbener Frau, von den Schuldgefühlen, die Simon anscheinend hatte, weil er eine neue Partnerin hatte, und dass sie sehr traurig war, nur Stiefmutter zu sein. Beate umarmte sie.

»Ach, das ist aber auch zu viel.«

»Dann bin ich einfach abgehauen, ich hab gesagt, dass ich dringend etwas erledigen muss.«

»Weißt du, für Simon ist das wahrscheinlich auch alles neu, bestimmt ist er hin und her gerissen zwischen dem schlechten Gewissen seiner verstorbenen Frau gegenüber und dem Glück mit dir und dem Neuanfang.«

»Wir haben beide ein großes Päckchen zu schleppen und ich weiß nicht, ob unsere Beziehung das aushält.«

»Das könnt natürlich nur ihr herausfinden. Einige Kompromisse müsst ihr wohl eingehen.«

»Das Leben ist so gemein«, fand Stella.

»Manchmal schon, aber eigentlich läuft es doch gut für dich.«

Stella dachte nach. Beate hatte recht. Sie war doch in den letzten Wochen glücklich gewesen. Sehr glücklich sogar. Und sie wollte ja auch gar nicht, dass die Kinder ihre Mutter vergaßen. Musste sie das Simon nicht genauso zugestehen? Wenn sie gestorben wäre, hätte sie doch auch gewollt, dass man sich an sie erinnerte.

»Was die Eizellspende betrifft, kann ich dir zu nichts raten, das musst wirklich du entscheiden.«

Stella kochte Tee für sie beide und Beate erzählte kurz von sich: »Die Kinder sind gesund, die Kleine schläft immer noch nicht durch, aber mir geht es gut.«

»Das freut mich!«

Als Beate weg war, hörte Stella ihren Anrufbeantworter ab. Es waren mehrere Nachrichten von Klaus darauf, der noch nicht wusste, dass sie umgezogen war. Ohne zu überlegen, rief sie ihn zurück. Es klingelte und Stella dachte ans Auflegen, doch da hob Klaus schon ab.

»Hallo Stella.«

»Du hast mehrmals angerufen.«

»Ich hab mir schon Sorgen gemacht.«

»Mir geht es gut, ich wohne hier nur nicht mehr.«

»Aha«, sagte er.

»Aber ich hab die Wohnung noch nicht vermietet«, erklärte sie.

»Hast du einen Freund?«

»Ja.«

»Das freut mich für dich. Du bist auch eine klasse Frau.«

»Das fällt dir aber spät ein.«

»Das wusste ich schon immer. Aber ich hab eben Mist gebaut.«

»Tja, Klaus.«

»Tja, Stella, es gibt eben Menschen, die machen Fehler.«

»Was willst du, Klaus?«

»Ich wollte dich einfach mal sehen und mit dir reden.«

»Worüber denn?«

»Über den ganzen Mist, den ich dir angetan habe. Ich wollte dich um Verzeihung bitten und dir erklären, warum ich das damals gemacht habe.«

»Das ist vergangen.«

»Bitte, für mein Gewissen«, sagte er.

Stella dachte kurz nach. »Na gut.«

»Im *Naturwunder*, morgen Abend?«, fragte er.

Ausgerechnet ihr Lieblingscafé. Natürlich wusste er noch, wie gut es ihr dort gefiel.

»Ich habe nur Zeit zwischen vier und sechs«, sagte sie.

Wenigstens kam sie auf diesem Wege zu ihren geliebten Erdbeertörtchen.

»Um vier dann, okay«, sagte er.

Stella wusste, dass Klaus vor achtzehn Uhr nicht aus dem Büro kam, doch es schien ihm wirklich wichtig zu sein, sie zu sehen.

Da ist doch was faul, dachte sie.

»Und wie geht es deiner Tochter?«, fragte sie ihn, mehr aus Höflichkeit als aus Interesse.

»Die ist wirklich goldig und entwickelt sich prächtig. Leider sehe ich sie viel zu selten.«

Plötzlich dachte Stella an das kleine Mädchen, das ihren Vater immer nur stundenweise sah, und ihre Rachegedanken taten ihr leid. Sie hatte nur an ihre verletzten Gefühle gedacht, aber das Ende der neuen Beziehung von Klaus hatte ja auch für seine Tochter negative Konsequenzen.

Kurz darauf verabschiedeten sie sich und Stella starrte auf den kleinen verwilderten Garten. All die Jahre zuvor hatte sie ihn penibel gepflegt, sogar Garten-Magazine angeschaut, doch seit einem Jahr hatte sie ihn völlig vernachlässigt. Sie hatte das Bedürfnis, ihn wiederherzustellen. Jetzt im Januar gab es nicht viel zu tun, aber ein paar Büsche konnten einen Schnitt vertragen, der Winter war ja angeblich sowieso die beste Zeit dafür. Anschließend schnitt sie verblühte Blumen ab und zupfte das winterharte Unkraut aus. Sie arbeitete im Garten, bis die Sonne untergegangen war. Danach ging sie unter die Dusche und legte sich ins Bett.

Am nächsten Tag wurde sie vom Lärm der Müllabfuhr geweckt. Im ersten Moment erschrak sie, denn sie fühlte sich fremd, Simon war nicht an ihrer Seite. Sie schaute auf die Uhr. Es war schon sieben. Stella sprang auf. Es war ja Montag! Sie musste dringend zur Arbeit. Erst als sie im Büro war, sah sie auf ihr Handy und bemerkte, dass Simon zweimal angerufen und eine Nachricht geschickt hatte.

»Wie geht es dir?«, hatte er geschrieben.

Sie schrieb kurz zurück: »Gut.«

Es dauerte nur einen Augenblick, bis er sich wieder meldete: »Alles klar?«

»Ja, wir sehen uns heute Abend.«

Er schickte ihr einen Smiley.

Auf der Arbeit war sie in Gedanken ständig woanders. Sie überlegte hin und her, ob sie Simon erzählen sollte, dass sie sich am Nachmittag mit Klaus treffen würde.

Klaus saß bereits im *Café Naturwunder*, als Stella mit leichter Verspätung dort ankam, und trank ein Bitter Lemon. Er hatte abgenommen, das stand ihm gut. Die Haare trug er kurz. Sie wurden schon seit Längerem lichter am Hinterkopf und an den Schläfen, die Gene verschonten seine Haarpracht nicht. Stella fand es gut, dass er nicht wie ihr Chef die noch bestehenden Haare so lang wachsen ließ, dass er sie über die Halbglatze legen konnte, um diese zu verdecken. Klaus stand seinen Mann und ließ seine Haare so kurz schneiden, dass die Halbglatze zwar sichtbarer war, er aber dafür besser aussah. Offensichtlich war er direkt von der Arbeit gekommen, denn er trug ein Hemd und eine dunkelblaue Stoffhose.

Als er Stella sah, strahlte er bis über beide Ohren, sprang auf und kam auf sie zu. Im ersten Moment wussten beide nicht, wie sie sich begrüßen sollten. Er wollte sie umarmen, doch sie zuckte zurück, also gaben sie sich die Hand. Es war ziemlich peinlich. Die Kellnerin, die schon neben ihnen stand, um die Bestellung aufzunehmen, lächelte. Sie dachte wahrscheinlich, dass es ihr erstes Date war. Sie musste neu sein, sonst hätte sie die beiden von früher gekannt. Stella konnte sich nicht erinnern, sie schon einmal gesehen zu haben.

»Soll ich dir eine heiße Schokolade bestellen?«, fragte Klaus, um den peinlichen Moment zu überbrücken.

Das war schon immer Stellas Lieblingsgetränk gewesen, doch sie wollte nicht zugeben, dass Klaus sie so gut kannte und erwiderte: »Lieber einen grünen Tee.«

»Und zwei Erdbeertörtchen dazu«, bat Klaus.

»Du siehst gut aus«, stellte er fest, nachdem die Bedienung gegangen war.

»Siehst du mal, seit ich ohne dich lebe, ist das so.«

»Stella …«, sagte er und machte einen traurigen Gesichtsausdruck. »Wirst du mir nie vergeben?«

»Du, ich komme gut ohne dich klar. Aber du hast mich sehr verletzt und das vergisst man nicht so einfach.«

»Das tut mir wirklich leid, ich wollte dich nicht verletzen. Ich hab einfach nur an mich gedacht. Passieren dir denn nie Fehler?«

Sie dachte einen Moment nach, bevor sie entgegnete: »Wenn du meinst, dass ich meinen Partner nicht betrüge, dann stimmt das, so etwas mache ich nicht.«

»Ich wollte dich doch auch nicht betrügen. Aber unsere Beziehung wurde seit Jahren von deinem Kinderwunsch bestimmt. Und als wir dann wussten, dass wir keine eigenen Kinder bekommen können, hatte ich richtig Angst vor dir und auch davor, was aus unserer Beziehung werden würde.«

»Dann hättest du etwas sagen sollen.«

»Ich hatte Angst, dass du es falsch verstehst und dann wieder depressiv werden würdest.«

»Was? Ich bin doch keine Mimose!«

»Na ja, so besessen, wie du von deinem Kinderwunsch warst ...«

Stella beschloss, es dabei zu belassen und fragte: »Aber was fandest du so toll an dieser Frau?«

»Sie hat mir einfach zugehört und dann hat sie mich verführt.«

»Verführt? Oder bist du vielleicht gestolpert und zufällig in ihrer Vagina gelandet?«

»Ach Stella, wir beide hatten doch nur noch Sex an deinen fruchtbaren Tagen. Und als es dann vorbei war ...«

Stella fühlte sich ertappt. Es stimmte, Sex war in den letzten Jahren mit Klaus für sie nur zum Kinderzeugen da gewesen.

»Und warum hat sie dich verlassen?«, erkundigte sie sich.

»Ach, sie wollte auch nur ein Kind. Ich glaube mittlerweile, dass wir Männer für euch Frauen nur zum Kinderkriegen gut sind.«

»Tja. So unrecht hast du nicht.«

Stella konnte es nicht lassen, ihm diese Spitze zu versetzen.

»Siehst du? Zum Glück wohnen wir nicht so weit auseinander, wir haben das gemeinsame Sorgerecht und ich kann die kleine Maus oft sehen.«

Als die Bedienung die Bestellung brachte, wusste Stella nicht, was sie noch sagen sollte.

Nach einer Weile ergriff Klaus wieder das Wort: »Ich muss schon zugeben, ich verstehe, warum ihr Frauen so versteift aufs Kinderkriegen seid, denn es ist wirklich das Schönste auf der Welt, Vater zu sein.«

Seine Augen strahlten und irgendwie, auf eine verrückte Art und Weise, freute sich Stella für ihn.

»Wie geht es dir denn mit dem Kinderthema?«, fragte er dann nach.

»Na ja, ich habe einen Freund, der zwei niedliche Kinder hat, aber eigentlich hätte ich schon Lust auf ein eigenes Kind.«

»Zwei Kinder, das hört sich gleich so offiziell an.«

Klaus nippte an seinem Getränk, dann stellte er fest: »Außer einer Adoption wird dir wohl nichts übrig bleiben. «

Stella trank noch einen Schluck. Sie konnte es nicht lassen, Klaus zu korrigieren. Daher erwiderte sie trocken: »Eizellspende.«

Klaus sah sie kurz irritiert an. »Ach so. Und was sagt dein Freund?«

Sie zuckte mit den Schultern. »Er muss sich damit erst einmal anfreunden.«

Klaus nickte und drang nicht weiter in sie. Stattdessen fragte er sie nach ihren Eltern und Stella nach seinen. Es war schön zu hören, dass es ihnen gut ging.

»Klaus, warum wolltest du mich unbedingt treffen?«, erkundigte Stella sich schließlich.

»Ich wollte dich einfach nur sehen«, antwortete er und sah ihr in die Augen.

Stella entschied sich, ihm Glauben zu schenken.

»Es ist aber zu spät, Klaus«, betonte sie.

»Okay«, erwiderte er, doch er schien nicht davon überzeugt zu sein und das machte sie nervös. Dachte er wirklich, er könnte sie zurückerobern, nur weil er von der anderen Frau vor die Tür gesetzt worden war? Klaus war kein Fremder. Er war der Mann, mit dem sie über zehn Jahre ihres Lebens verbracht hatte. Mit dem sie alles geteilt hatte, außer ihrem Konto und ihrer Zahnbürste. Aber reichte das, um erneut eine Beziehung anzufangen? Für Klaus offensichtlich schon. Höchste Zeit, dass sie dieses Treffen beendete.

»Ich glaube, ich gehe dann mal«, sagte Stella und rief die Kellnerin, um zu bezahlen.

»Das geht auf mich«, widersprach Klaus und legte seine Hand auf ihre.

»Danke«, antwortete sie knapp und zog ihre Hand weg. Sie nahm ihre Tasche und wandte sich zum Gehen.

»Stella.«

Sie drehte sich noch einmal um und Klaus sagte leise: »Wenn dein Freund nicht will ... ich würde dir bei der Eizellspende helfen.«

Sie sah ihn kopfschüttelnd an und sagte dann: »Mach's gut, Klaus.«

Im Hinausgehen entdeckte sie die Chefin des Cafés, Kathie, die gerade an einem kleinen Kastenwagen mit der Aufschrift *Naturwunder* stand und Kisten auslud. Stella wollte sie gerade begrüßen, als ihr Mann aus dem Eingang zur Küche herauskam. Er lächelte seine Frau an, nahm ihr die Kiste ab und küsste Kathie auf den Mund. Es war ein derart intimer Moment, dass Stella nicht stören wollte.

Auf dem Weg nach Hause musste sie immer wieder an die beiden denken. Auch nach mehreren Jahren Ehe hatten sie immer noch dieses Leuchten in den Augen, wenn sie sich sahen. Es war schön zu sehen, dass große Liebe im Alltag, fernab von Hollywood, tatsächlich irgendwo da draußen existierte.

Stella hatte Angst, in die Seitenstraße einzubiegen. Sie konnte Simons Haus schon aus dem Augenwinkel erkennen. *Unser Haus*, korrigierte sie sich. Schließlich war es nun auch ihr Zuhause. Zum ersten Mal freute sie sich nicht darauf, ihre neue Familie zu sehen. Sie hielt den Schlüssel fest in ihrer Hand und war so aufgeregt wie an dem Tag, als Simon ihr den Schlüssel gegeben hatte und gesagt hatte: »Das ist jetzt dein Zuhause.«

Schließlich atmete Stella tief ein und öffnete die Tür. Es war still im Haus. Ihr fiel ein, dass Simon geplant hatte, mit den Kindern ins Hallenbad zu gehen, da sein aktuelles Projekt abgeschlossen war und er das nächste Kundenmeeting erst morgen hatte. Das Haus sah aus wie am Vortag, als sie es verlassen hatte, nur etwas unordentlicher. Stella war, seitdem sie hier wohnte, für die Küche zuständig, Simon fürs Bad und die Putzfrau für den Rest. Tim musste sein Zimmer schon alleine sauber halten, Clara half sie noch dabei. Es war Stellas Idee gewesen, es so aufzuteilen. Dafür, dass sie nicht hier gewesen war, sah die Küche heute aber ungewöhnlich aufgeräumt aus. Wahrscheinlich hatten sie gestern nicht zu Hause gegessen.

Stella machte sich einen Tee und setzte sich auf die Couch. Bald darauf hörte sie Stimmen. Clara unterhielt sich lautstark mit ihrem Vater. Die Kleine war herzensgut, aber sie liebte es auch, Grenzen auszutesten. Stella konnte nicht genau verstehen, worum es ging.

Als sie hereinkamen, rief Clara voller Begeisterung: »Stella! Wir haben dich so vermisst!«

Simon kam mit Tim herein, der gleich rief: »Ich hab Hunger, können wir Pizza bestellen?«

Simon lächelte.

»Hi«, sagte er und küsste Stella.

»Hi«, erwiderte sie und fühlte sich dabei etwas schüchtern.

»Hast du alles erledigen können in deiner Wohnung?«

»Ja«, antwortete sie knapp. »Wie war es bei euch gestern?«

»Schön«, sagte Clara, bevor Simon zu Wort kam. »Wir waren bei Opa und Oma, nachdem wir auf dem Friedhof waren. Oma hat wieder Käsekuchen gemacht und ich habe eine Halskette bekommen.«

Sie zeigte stolz eine Kette mit einem Herzanhänger.

»Die ist schön«, meinte Stella mit einem Lächeln.

»So, jetzt aber erst mal Händewaschen und dann essen wir«, rief Simon.

»Was ist mit der Pizza?«

»Ich bestelle jetzt keine Pizza«, antwortete Simon. »Vielleicht können wir Kartoffeln und Rühreier machen oder so?« Hilfesuchend sah er Stella an.

»Wir haben noch Pizza im Tiefkühlfach, für Notfälle«, erinnerte Stella ihn.

»Geht auch.«

Tim war nicht begeistert, doch bevor er gar keine bekam, nahm er lieber eine Fertigpizza. Beim Abendessen erzählten die Kinder begeistert von ihrem Schwimmbadbesuch. Stella hielt sich bedeckt. Das Gespräch mit Klaus hatte sie mehr aufgewühlt, als ihr lieb war.

Als die Kinder hochgingen, um sich bettfertig zu machen, half Simon Stella, den Tisch abzuräumen. Er stellte die Teller in die Spülmaschine und sah sie an.

»Es tut mir leid, was gestern passiert ist«, sagte er.

Stella spürte, dass er es ernst meinte.

»Ist schon okay«, antwortete sie. Sie mochte keine direkten Konfrontationen, also versuchte sie, sich zwischen ihm und dem Kühlschrank vorbeizuschlängeln. Doch er nahm ihre Hand.

»Nein, es tut mir leid, ich hab mich wie ein Idiot benommen.«

Dabei sah er ihr tief in die Augen.

Stella versuchte zu lächeln und erwiderte ausweichend: »Es ist wirklich in Ordnung. Die Situationen sind für uns alle neu.«

»Bitte sag mir immer, wenn dich etwas stört.«

Sie nickte.

»Wieso bist du gestern so plötzlich gegangen?«, fragte Simon.

Sie hatte gehofft, dass er nicht fragen würde, denn sie wollte nicht darüber sprechen. Sie hasste Konflikte und sie hatte Angst, dass er ihre Gefühle nicht verstehen und in ihren Worten einen Vorwurf sehen würde.

»Ach, ich war in meiner Wohnung und habe nachgedacht«, erklärte sie.

»Willst du uns verlassen?«, fragte Simon und wurde blass.

»Natürlich nicht! Wie kommst du darauf?«

Stella verschwieg, dass sie sich am Vortag wegen seines Verhaltens tatsächlich gefragt hatte, ob ihre Beziehung seine Trauer aushalten konnte. Trotzdem erschien es ihr wichtig, ihn an ihren Gefühlen teilhaben zu lassen. Schließlich überwand sie sich und sagte: »Es ist nicht nur für dich schwer, Simon. Auch für mich ist es nicht einfach.«

»Ich weiß«, antwortete er. »Seit dem Tod von Karin … Seit damals habe ich einfach Angst, dass alles Gute ein plötzliches Ende nimmt. Als du gestern so plötzlich gegangen bist, da habe ich mir Sorgen gemacht, dass du nicht wiederkommst. Dass du meine Vorgeschichte nicht aushältst.« Er umarmte sie und flüsterte: »Aber wir schaffen das.«

Stella erwiderte nichts darauf, aber sie hoffte so sehr, dass er recht hatte.

Mehr aus Gewohnheit gingen Simon und Stella immer noch zu den Gruppentreffen. Seit dem Sommer war noch eine weitere Frau um die vierzig dazugekommen. Annes achtjähriges Patenkind war vor Kurzem gestorben und sie litt sehr darunter. Es war unheilbar krank gewesen, aber es fiel ihr schwer, seinen Tod zu akzeptieren. Stella mochte sie sehr, auch wenn Anne manchmal etwas aufbrausend war.

In letzter Zeit hatte häufig jemand gefehlt. Gerda war erkältet gewesen und Anne hatte eine schwere Grippe erwischt, Tamy musste lernen und Alex war in Urlaub gewesen. Simon hatte ihn zwar vertreten, aber irgendwie vermissten alle Alex. Einmal waren nur Peter, Simon und Stella erschienen. Sie hatten ihr Programm trotzdem durchgezogen, aber irgendwie machte es keinen Spaß.

An diesem Donnerstag waren alle gekommen und es fühlte sich fast an wie ein kleines Familienfest.

Alex schaute in den Kreis und lächelte. Trotz seines Urlaubs sah er sehr müde aus, fand Stella.

»Schön, dass alle da sind. Na, dann fangen wir gleich an.«

Tamy machte den Anfang beim Blitzlicht: »Ich hatte Prüfungen. Es war wie immer, zu wenig gelernt, zu viel Stoff, na ja, mal schauen, ob ich wenigstens eine bestanden habe.«

Keiner sagte etwas dazu, weil irgendwie niemandem etwas Gutes einfiel. Gerda lächelte sie mitleidig an.

»Vielleicht bist du zu selbstkritisch«, sagte sie.

»Nein, ich glaube nicht.«

»Ich war früher immer in Lerngruppen und das hat mir sehr geholfen«, lautete Simons Tipp.

»Schon versucht, da kapiere ich es auch. Doch in der Prüfung selbst ist es etwas anderes.«

»Und wenn du das Studium einfach hinschmeißt und was lernst, was dir gefällt? Muss doch nicht jeder studieren oder hat die Welt sich so geändert, dass auch ein Maler mittlerweile ein BWL-Studium haben muss?«, fragte Gerda und Stella lachte bei der Vorstellung.

»Die Ansprüche sind wirklich gestiegen«, warf Simon ein.

»Das stimmt, früher hatten unsere Sekretärinnen auch Hauptschulabschlüsse und sie waren gut. Heute haben sie mindestens Abitur«, erwiderte Stella. »Besser sind sie dadurch aber nicht unbedingt.«

Daraufhin begann eine heitere Diskussion über das Schulsystem. Alex verfolgte das Geschehen, übernahm dann aber wieder seine Rolle als Moderator. »Okay, ist alles sehr interessant, aber wir sind hier noch beim Blitzlicht. Lasst uns wieder zurück zum Thema kommen«, sagte er mit etwas lauterer Stimme.

»Manchmal tut es eben gut, nicht nur über unsere Trauer zu sprechen«, antwortete Gerda.

»Vielleicht, weil du nur deinen Hund betrauerst«, schoss Tamy plötzlich los.

Die heitere Stimmung war mit einem Mal verflogen und eine eisige Kälte schlich sich ein. Gerda saß da wie erstarrt, immer noch mit ihrem Lächeln auf den Lippen, als wäre sie versteinert. Zwei Tränen liefen über ihre Wangen.

»Scheiße, das tut mir leid, Gerda. Du bist echt nett, aber andere hier haben ganz andere Sorgen«, versuchte Tamy eine Entschuldigung.

Anne konnte nicht mehr an sich halten. Sie stand auf, baute sich vor Tamy auf und schrie fast: »Und was hast du Göre zu betrauern? Deinen abgefallenen Fingernagel?«

»Es ist völlig egal, was wir betrauern, dies ist ein Zuhause für Traurige und Trauernde. Dachte ich jedenfalls oder hat sich hier etwas geändert«, mischte sich Simon ein.

»Okay, okay, hier läuft etwas extrem schief«, unterbrach Alex. »Seid bitte mal alle still. Tamy, ich finde, du solltest dich bei Gerda entschuldigen.«

Tamy sagte nichts, sondern rannte weinend hinaus. Inzwischen war Stella aufgestanden, gab Gerda ein Taschentuch und tröstete sie: »Das hat sie wahrscheinlich nicht so gemeint.«

»Doch das hat sie und sie hat auch recht. Mein Schatzi war nur ein Tier und ist bestimmt nichts im Vergleich zu ihrem Verlust.«

»Ach, was hat sie denn für einen Verlust?«, rief Anne nun. »Die hat doch noch nie erzählt, warum sie eigentlich hier ist.«

Sie kam zu Gerda und legte ihr eine Hand auf die Schulter.

»Wir wollen hier nicht urteilen«, ermahnte Alex sie. »Stella, könntest du dich bitte um Tamy kümmern? Hol sie doch bitte wieder rein.«

»Ich?«, fragte Stella überrascht.

Er nickte. Widerwillig ging sie hinaus.

Sie hörte, wie Peter besorgt jammerte: »Das kann doch wohl nicht wahr sein, jetzt hacken wir hier alle aufeinander rum, bestimmt bricht unsere Gruppe bald auseinander!«

Stella fand Tamara auf der Damentoilette. Sie saß auf dem Boden und weinte.

»Was ist denn los?«, fragte Stella voller Mitgefühl.

»Es ist alles so scheiße, so schrecklich unfair, es ist so unfair«, rief Tamy unter lautem Schluchzen.

Stella kniete sich neben sie auf den nicht allzu sauberen Boden.

»Ich wollte Gerda nicht verletzen, aber ihr redet die ganze Zeit über das Scheiß-Schulsystem und gestern war die Trauerfeier für Patrick.«

»Wer ist Patrick?«, fragte Stella.

»Mein Bruder«, sagte Tamy schluchzend, ihr Gesicht unter den blonden Haaren versteckt.

»Du hast nie etwas über ihn erzählt.«

»Er war ja technisch gesehen auch noch am Leben, aber er lag seit einem Jahr im Koma.«

Stella hatte einen Kloß im Hals. Wie falsch hatten sie und die anderen Tamara eingeschätzt! Sie nahm die junge Frau in den Arm und hielt sie ganz fest. Daraufhin weinte Tamy noch heftiger und dazwischen presste sie hervor: »Er war so viel besser als ich.«

Stella schwieg einfach und streichelte ihr über den Rücken. Tamy brachte keine zusammenhängenden Sätze mehr zusammen, zu stark waren ihre Gefühle. Erst nach etwa einer halben Stunde hatte Tamy sich so weit beruhigt, dass ihr Schluchzen in ein Weinen überging. Schließlich versiegte auch das. Sie erhob sich, wusch sich das Gesicht und sagte dann: »Ich werde mich bei Gerda entschuldigen.«

Stella nickte ihr aufmunternd zu.

»Schön, dass ihr wieder da seid«, begrüßte Alex sie. »Ich denke, es gibt einiges, das geklärt werden muss, bevor wir für heute Schluss machen können. Ich habe den anderen erzählt, dass du Gründe hast, warum es dir heute nicht gut geht, Tamy. Ich hoffe, das ist okay. Warum das so ist ... brauchst du nicht zu erzählen. Nicht bevor du bereit bist.«

Er sah Tamy an, doch diese schaute nicht auf. Sie sagte nur leise: »Es tut mir leid, Gerda.«

Es schien, als hätte die alte Dame nur auf diese Worte gewartet, sie lief zu Tamy hin und umarmte sie. Die junge Frau begann wieder zu weinen und Stella liefen nun auch Tränen über die Wangen. Gerda hatte viel mehr Gespür für das, was hier vorging, als sie alle zusammen. Sie selbst war oft mit sich selbst beschäftigt, doch Gerda achtete auf die anderen.

Keiner sagte etwas. Sie ertrugen es, die Schwere mit Tamy auszuhalten. Gerda streichelte über Tamys Haar wie eine Mutter, die ihr Kind tröstet. Das war es wohl, was die Studentin gebraucht hatte. Sie beruhigte sich langsam.

Nachdem das Schluchzen aufgehört hatte, sagte Gerda: »Lasst uns Kuchen essen.«

Anne räusperte sich und sagte: »Entschuldigung, Tamy. Ich war vorhin nicht nett zu dir.«

Tamy lächelte ihr zaghaft zu, doch ihre Augen sahen unendlich traurig aus.

»Könntest du Tamy nach Hause bringen?«, fragte Alex Simon. »Das ist vielleicht besser. Ich bin mit dem Fahrrad da.«

»Klar«, sagte Simon und Stella nickte.

Auf der Rückfahrt sprach Tamy nicht viel. »Hier ist es«, sagte sie schließlich. Sie wohnte bei ihren Eltern in einem hübschen Reihenhaus. Sie atmete tief ein und aus, dann bedankte sie sich leise, während sie die Tür öffnete.

Stella nahm Simons Hand und bat: »Lass uns warten, bis sie drin ist.«

Tamy schloss sehr zögerlich die Tür auf und verschwand dann mit langsamen Schritten im Haus.

»Jeder hat sein persönliches Päckchen zu tragen«, meinte Stella leise.

»Aber warum musste sie Gerda so anfahren? Die war ziemlich verletzt.«

»Tamy hat wirklich allen Grund zu trauern«, nahm Stella die junge Frau in Schutz.

»Ehrlich?«, fragte Simon. »Ich hab gedacht, dass sie nur kommt, weil sie auf Alex steht.«

»So kann man sich irren«, meinte Stella nachdenklich. »Obwohl ich tatsächlich denke, dass Alex und sie etwas am Laufen haben.«

Simon beugte sich unwillkürlich zu Stella und küsste sie.

»Ich hab ja auch was am Laufen«, meinte er mit einem Augenzwinkern.

»Komm, lass uns nach Hause fahren«, bat Stella.

Während Simon fuhr, rief Heidi bei Stella an.

»Hey, wie geht es dir?«, fragte Stella. Sie freute sich, mal wieder von ihr zu hören. Seitdem sie schwanger war, sahen sie sich viel zu selten.

»Mir geht es gut und das Baby wächst«, erzählte Heidi.

»Und, weißt du schon, was es wird?«, entfuhr es Stella. Dann sah sie erschrocken zu Simon, der sie überrascht ansah. Eigentlich hatte sie nicht ausplaudern wollen, dass Heidi schwanger war, aber andererseits war dies inzwischen offensichtlich. Nur waren Simon und Heidi sich das letzte Mal vor Weihnachten begegnet.

»Nein, das wollte ich nicht wissen. Ich will mich überraschen lassen und kaufe vorher einfach nur gelbe Sachen,
das passt immer«, erklärte Heidi. »Und, hast du dir Gedanken gemacht?«

»Weshalb?«

»Eizellspende.«

Stella wollte nicht, dass Simon mitbekam, über welches
Thema sie sich unterhielten.

»Schon«, antwortete sie deshalb kryptisch.

»Komm, mach es, dann wachsen unsere Babys zusammen auf. Wir könnten eine Krabbelgruppe gründen und
gemeinsam auf den Spielplatz gehen. Das wäre echt cool.«

So emotional hatte Stella Heidi selten erlebt, nicht einmal mit ihren Tieren. Sie fragte sich, ob dies an den Hor-
monen lag. Dennoch dachte sie über diese Idee nach. Sie
konnte ja wenigstens davon träumen.

»Stell dir vor, dann gehen wir spazieren mit unseren coolen Kinderwägen, sitzen im Café und trinken Latte und
essen Kuchen. Weil wir stillen, können wir uns auch zwei
Stück erlauben«, meinte Heidi.

Die Vorstellung war wunderschön. Stella lachte, doch
in ihrem Herzen empfand sie eine tiefe Trauer. Schließlich
verabredeten sie, sich bald mal wieder zu treffen. Die Gespräche mit ihrer Freundin fehlten Stella.

Als sie später neben Simon im Bett lag, fragte er: »Sag
mal, ich will ja nicht neugierig sein, aber hab ich das eben
richtig gehört, Heidi bekommt ein Kind?«

»Ja, sie ist schwanger«, antwortete Stella.

»Echt? Aber sie ist doch schon weit über vierzig, oder?
Und ich wusste gar nicht, dass sie einen Freund hat.«

»Ich auch nicht«, erwiderte Stella. Dann erwiderte sie
verführerisch: »Aber ich weiß, dass ich einen habe.«

Als sie sich auf ihn legte und ihn küsste, vergaß sie alles um sich herum.

Die nächsten Tage verliefen ereignislos. Nach dem Frühstück fuhr Stella ins Büro, wo sie weiterhin nur halbtags arbeitete. Sie genoss es, mit den Kindern Hausaufgaben zu machen und mit ihnen zu spielen. Später aßen sie gemeinsam zu Abend, brachten die Kinder ins Bett und anschließend sah sie mit Simon fern, lasen beide auf der Couch oder gingen einfach früh zu Bett und genossen die Zeit. Man hätte das alles als langweilig bezeichnen können, aber Stella hatte es sich genau so gewünscht. Und es fühlte sich gut an.

Beim nächsten Gruppentreffen war Stella aufgeregt. Sie wünschte sich, dass der Konflikt gelöst wurde. Sie selbst merkte schon seit einiger Zeit, dass sie nicht mehr so offen über ihre Probleme sprach, weil Simon anwesend war. Sie erzählte nur das, was sie auch Simon erzählte, aber über ihren Kinderwunsch sprach sie nicht. Sie wusste, dass es Simon genauso ging, denn als er an ihrem Todestag um Karin getrauert hatte, hatte er anschließend in der Gruppe nichts erzählt. Außer Tamy waren heute wieder alle Gruppenmitglieder anwesend. Peter sah sich um.

»Tamy scheint wohl nicht mehr zu kommen«, sagte er.

Gerda wollte etwas sagen, doch sie hielt sich zurück. Stattdessen sah Alex Peter ernst an und sagte: »Sie kommt.«

Irgendwie traute sich niemand, die Runde zu beginnen und alle atmeten erleichtert auf, als Tamy ein paar Minuten später tatsächlich erschien. Ohne jemandem ins Gesicht zu sehen, setzte sie sich hin. Eine ungewohnte Schwere lag über der Gruppe. Stella tat die junge Frau leid. Es wäre sicher wichtig für sie gewesen, ehrlich und offen über ihre Trauer zu sprechen.

Schließlich entschied sich Gerda, diesmal als Erste mit dem Blitzlicht zu beginnen: »Meine Woche war nicht leicht. Ich muss zugeben, im ersten Moment hat mich Tamys Äußerung sehr verletzt. Doch ich wusste, dass etwas dahintersteckte, deshalb habe ich mir gesagt, Gerda, schau hinter die Fassade. Etwas macht der Tamy so zu schaffen, das viel schlimmer ist als der Verlust deines Emils.«

Da Tamy nicht imstande war zu sprechen, nahm Alex den Faden auf: »Tamy hat mir erlaubt, euch zu erzählen, was geschehen ist. Ihr Bruder hatte vor einem Jahr einen schlimmen Unfall, seitdem lag er im Koma. Letzte Woche haben sie die Geräte abgeschaltet.«

Gerda schossen Tränen in die Augen, auch Anne musste sich schnäuzen. Dann platzte sie heraus: »Tamy, es tut mir sehr leid. Auch wie ich dich letzte Woche behandelt habe.«

Die Studentin nickte ihr unter Tränen zu. Peter sagte nichts, er war sichtlich bestürzt. Auch Stella und Simon schwiegen. Irgendwie war gerade jedes andere Thema unpassend. Deshalb waren alle erleichtert, als Alex eine kurze Geschichte erzählte und alle bat, ihre Lasten aufzuschreiben. Sie wurden in eine Kiste gelegt und, wie Alex es formulierte: »Weggesperrt.«

Als sie anschließend wieder Gerdas leckere Kekse aßen, konnte Tamy schon wieder ein bisschen lächeln.

Stella traf sich in der nächsten Zeit wieder häufiger mit Heidi, die nur noch von zu Hause aus arbeitete. Ihr war zwar nicht mehr so übel, doch da es aufgrund ihres Alters eine Risikoschwangerschaft war, durfte sie nicht mehr so viel arbeiten wie sonst. Stella merkte, dass die regelmäßigen Gespräche mit ihrer Freundin ihren eigenen Kinderwunsch nur noch verstärkten. Und Heidi ermutigte sie immer wieder, es auszuprobieren. Doch Stella erinnerte sich, wie ihr Gespräch mit Simon beim ersten Versuch verlaufen war. Schließlich nahm sie all ihren Mut zusammen und entschied sich, das Thema in entspannter Atmosphäre noch einmal anzusprechen. Als sie abends im Bett lagen, erschien ihr der Zeitpunkt ideal. Simon streichelte sie gerade und wanderte mit seiner Hand unter ihr Pyjamaoberteil.

»Was denkst du, wenn wir es einfach mal versuchen?«, fragte sie.

Er blickte lächelnd hoch. »Ein neues Sexexperiment? Klar.«

»Nein, ich meine, wenn wir versuchen, ein Kind zu bekommen.«

Er küsste sie weiterhin.

»Ich bin gerade dabei.«

»Simon.«

»Was?« Er schaute hoch.

»Du weißt, dass es so nie klappen kann?«

»Hey, Wunder passieren.«

»Haha«, sagte sie mit ironischem Unterton. »Dieses Wunder wird nicht passieren, aber wir könnten die andere Alternative versuchen.«

Simon wurde klar, dass sie es ernst meinte. Er setzte sich auf, die Erotik des Moments war verfolgen.

»Ganz ehrlich, ich finde die Idee irgendwie gruselig.«

»Wieso denn?«, fragte sie. »Du wärst doch immer noch der Vater.«

»Aber du nicht die Mutter. Und du möchtest doch das Kind.«

»Möchtest du denn keine Kinder mit mir?«

Er dachte nach.

»Vielleicht, irgendwann, wenn wir länger zusammen sind und es einfach so passieren würde.«

»Also, du willst es nicht«, entgegnete Stella frustriert. »Denn einfach so wird es nicht passieren.«

»Ach, das ist so eine Fangfrage«, erwiderte Simon genervt.

»Nein, es ist einfach eine Frage. Du möchtest kein Kind durch eine Eizellspende?«

Er verzog das Gesicht.

»Ich kann es mir momentan nicht vorstellen«, druckste er herum. »Genieß doch erst mal meine beiden Plagegeister!«

Seine Hand wanderte wieder unter ihre Wäsche, doch Stella wandte sich ab.

»Du wirst es nie verstehen. Weil du Kinder hast!«

Sie knipste das Licht aus und drehte sich zur Seite.

Am nächsten Morgen rief sie Heidi von der Arbeit aus an.

»Er will das nicht«, erzählte Stella frustriert.

»Hm, es ist auch ein großer Schritt, vor einem Jahr hätte ich dir einen Vogel gezeigt bei dem Thema. Ich kann ihn verstehen. Du hast doch jetzt seine zwei Kinder. Ich habe dagegen nichts außer meinen Katzen«, sagte sie.

»Aber ich möchte auch ein Baby und einen Babybauch.«

»Das Letztere wird total überbewertet. Außerdem hatte ich einen Babybauch vorher auch schon.«

Stella lachte.

»Entspann dich und genieß dein Leben, such dir einen neuen Job«, lautete Heidis Rat.

Na, wunderbar!, dachte Stella. Sie hasste diese profanen Lebensratschläge. *Entspann dich, dann wird alles von alleine klappen.* Das stimmte einfach nicht. Und Stella konnte nicht entspannen, jedenfalls nicht mit einer schwangeren Freundin an ihrer Seite. Sie wollte auch das Wunder erleben, dass ein neues Leben in ihr heranwuchs, diese vielen kleinen Momente, wenn dieser kleine Mensch seine Umwelt entdeckte. Sein erstes Lächeln, seinen ersten Schrei. Das alles verlieh den trivialsten Begleitumständen einen magischen Glanz: Einen Mutterpass in den Händen halten, eine Schwangerschaftshose kaufen, große Brüste bekommen. Sie wollte es so sehr.

»Heidi, ich will keinen neuen Job, ich will ein Baby! Was soll dieser Rat überhaupt? Warum sind wir in der Gesellschaft nur anerkannte Frauen, wenn wir Mütter sind und gleichzeitig mindestens in Vollzeit einer Arbeit nachgehen?«

»Hey, wir Frauen müssen zeigen, dass wir das alles können. Wir dürfen uns nicht im Job von den Männern übervorteilen lassen. Wir können für uns alleine sorgen.«

»Aber das ist doch eine Geschichte, die uns von den Männern aufgetischt wurde. Muttersein ist der älteste und wichtigste Job der Menschheit. Warum sonst hatten sie in der Steinzeit das Matriarchat? Und ich möchte auch heute noch ohne schlechtes Gewissen Mutter sein und für meine Familie da sein können.«

»Aber dir fällt doch die Decke auf den Kopf.«

»Ich glaube nicht. Schau mal Simon an, er ist am Limit gewesen als alleinerziehender Vater, und seit ich da bin und nur noch Teilzeit arbeite, läuft es gut.«

»Willst du wirklich nur ein Hausmütterchen sein?«

Jetzt wurde Stella wütend.

»Warum muss man sich rechtfertigen, wenn man gerne zu Hause ist und sich um die Kinder kümmert? Der Haushalt und die ganzen Hobbys der Kinder müssen ja auch organisiert werden und das kann ich wirklich gut.«

In diesem Moment kam ihr Chef herein und sie legte hastig auf.

»Na, schon fertig mit den Präsentationen?«

Sie lächelte und zeigte ihm das vollendete Werk.

»Sie sind unsere PowerPoint-Fee«, sagte er. »Die Zeit ohne Sie war wirklich hart! Nicht einmal Herr Braun, der ja sogar in Wirtschaft promoviert hat, macht das so gut wie Sie. Sie sind ein Naturtalent.«

Stella freute sich über das Kompliment und darüber, dass sie diesen Job hatte, in dem sie kreativ sein konnte und viel Freiheit hatte. Ihr wurde bewusst, dass sie an sich wirklich zufrieden war mit ihrer Arbeit. Ihre berufliche Situation war ganz sicher nicht die Ursache für die

Panikattacken gewesen. Es war ihr Privatleben, das sie überforderte und in dem etwas Entscheidendes fehlte. Immer noch, auch wenn sie keine weiteren Panikattacken mehr gehabt hatte.

Als sie die Treppe hinunterging, um heimzufahren, erhielt Stella eine Nachricht von Heidi. Es war ein Foto – ein Ultraschallbild von Heidis Baby. Stellas Gemütsverfassung änderte sich von heiter bis wolkig hin zu instabil. So wäre sie zumindest von einem Gemütsbarometer eingeordnet worden. Von außen wirkte sie bei ihren Feiertagseinkäufen ruhig, aber innerlich deutete der Zeiger auf Gewitterwolken. Und zu allem Übel kam sie im Drogeriemarkt auch noch an den Regalen mit Babyartikeln vorbei. Überall zierten wunderhübsche Babys die Verpackungen von Windeln, Shampoos, Lotions und Feuchttüchern. Sie hätte so gerne eine Packung gekauft, einfach nur um sich dazugehörig zu fühlen, die Erfahrung einer Mutter zu machen. Während sie die Babyfotos betrachtete, stand plötzlich Klaus neben ihr. Er war wohl gerade dabei, eine Monatsration an Windeln zu kaufen.

Im ersten Moment schien es ihm peinlich zu sein, ihr an diesen Regalen zu begegnen, doch er fing sich schnell und sagte: »Hey, schöne Frau, wie geht es dir?«

»Gut«, log sie. »Und dir?«

»Ach, okay.«

Sie wusste nicht recht, was sie sagen sollte. Ehe sie sichs versah, ergingen sie sich in typischen Floskeln, unter anderem über das Wetter, bis Klaus plötzlich sagte: »Ich hätte dir so gerne diesen Wunsch erfüllt.« Abwechselnd sah er auf die Babyartikel in seinem Einkaufswagen und dann zu Stella.

»Den Wunsch hast du einer anderen erfüllt.«

»Ich hätte ihn lieber dir erfüllt, ehrlich.«

Klaus wirkte so aufrichtig, dass Stella ihm glaubte. Provokativ sagte sie: »Wenn, dann bräuchte ich nur deinen Samen.«

»Jederzeit«, kam sofort die Antwort. »Das habe ich doch gesagt und ich meine es ernst.«

Ein alter Herr, der gerade vorbeiging, drehte sich um und sah sie völlig pikiert an. Sie warf ihm einen trotzigen Blick zu.

Stella lächelte Klaus an und schob hinterher: »Das war nur ein Spaß.«

Klaus runzelte nachdenklich die Stirn und sagte: »Wir könnten uns einfach mal auf einen Kaffee treffen und dann erzählst du mir, wie es dir gerade geht. Ich bin dir noch etwas schuldig.«

Stella nickte unverbindlich und verabschiedete sich. Als sie mit ihren Einkäufen zum Auto ging, kam Klaus gerade hinter dem Einkaufswagen-Häuschen hervor. Er lief auf sie zu und keuchte außer Atem: »Ich meinte das ernst, lass uns noch mal in Ruhe über das Thema sprechen.«

»Ach, Klaus, ich werde bestimmt nicht noch einmal eine Beziehung mit dir eingehen«, versuchte Stella, ihn abzuwimmeln.

»Das musst du auch nicht. Nenn mich einfach Spermabank.« Er lachte, auch wenn es wahrscheinlich ironisch gemeint war.

»Hör auf mit dem Quatsch.«

»Entschuldige. Dann lass uns einfach zusammen einen Kaffee trinken gehen.«

Stella willigte ein und sie verabredeten sich für Freitag. Als sie ins Auto stieg und einen gut gelaunten Klaus auf dem Parkplatz stehen ließ, bekam sie ein schlechtes Gewissen. Was war sie im Begriff zu tun? Sie versuchte, sich einzureden, dass nichts dabei war, schließlich würde sie nur mit Klaus plaudern.

Zu Hause platzte sie mitten in einen Streit hinein. Clara fiel ihr um den Hals. Tim dagegen war schlecht gelaunt und rief aus: »Clara ist zickig und gemein.«

»Oh, was ist denn passiert?«, fragte Stella.

Ohne nachzudenken, wechselte sie sofort in ihre neue Rolle als Mutter. Sie hörte zu und überlegte sich mit beiden eine Lösung. Simon war wohl im Arbeitszimmer und bekam von alledem nichts mit. Stella liebte diese Momente und spürte in ihrem Herzen, dass ein weiteres Kind diese Familie erst vollständig machen würde. Tim und Clara würden nicht mehr ständig miteinander streiten, weil sie noch einen jüngeren Bruder oder eine Schwester hätten, um sie auf andere Ideen zu bringen. Und Simon und Stella hätten ein gemeinsames Kind, um ihre Liebe zu besiegeln.

Beim Abendessen erzählten die Kinder von ihrem Tag. Besonders aus Clara sprudelte es nur so heraus, doch auch Tim beteiligte sich an den Tischgesprächen. Seit seinem Geburtstag hatte er neue Freunde gefunden. Besonders mit einem Jungen verstand er sich gut und er traf sich ab und zu mit ihm. Simon schaute Stella lächelnd an. Als die Kinder im Bett waren und sie beide auf der Couch saßen und jeder ein Buch las, streichelte Simon mit seinen Füßen ihre. Stella sah ihn an.

»Du machst mich sehr glücklich«, sagte er.

Sie sah hoch und lächelte.

»Mache ich dich auch ein bisschen glücklich?«, fragte Simon.

»Ein bisschen«, antwortete sie verführerisch.

»Nur ein bisschen?«, witzelte er. Dann wurde er ernst.

»Du, das mit dem Kinderthema … Ich glaube, ich bin dafür noch nicht bereit. Das ist kein endgültiges Nein. Aber können wir es nicht einfach erst mal ein Jahr oder so zur Seite legen und unsere Beziehung festigen? Ich könnte wieder mehr im Job machen, du könntest dich in deine Rolle als Mutter einfinden. Die Kinder sind so glücklich mit dir. Was sagst du?«

Simon sah sie so zärtlich an, dass es für Stella sehr schwierig war, etwas anderes als ihre Zustimmung zu geben. Außerdem klangen seine Argumente logisch und vernünftig. Stella zuckte mit den Schultern und bemühte sich, ein süßes Lächeln aufzusetzen. Bald würde sie genug über die ganze Prozedur wissen, um seine Bedenken endgültig zu zerstreuen.

»Klar.«

Simon war erleichtert und schien nicht zu bemerken, dass sie alles andere als einverstanden mit seinem Vorschlag war. Sie tat, als würde sie weiterlesen, doch stattdessen wiederholte sie seine Worte noch einmal in Gedanken. Natürlich hatte er recht. Warum alles überstürzen? Sie war noch jung, sie konnte doch warten, bis er bereit war, das Leben genießen, seine zwei Kinder. Ja, theoretisch könnte sie das, nur sah ihre Realität nicht so aus. Sie wollte schon so lange ein Kind und jetzt schien es möglich, dieses Ziel zu erreichen. Schlimmer noch: Jeder Tag, den sie mit Tim und Clara verbrachte, zeigte ihr, dass sie ein echtes Talent als Mutter hatte. Außerdem würde das Baby dann mit Geschwistern aufwachsen. Wenn sie noch ein paar Jahre wartete, wäre Clara viel zu alt, um mit ihm zu spielen. Sie konnte und wollte nicht mehr warten.

Es war wie früher, als sie in die Grundschule gegangen war. Wenn ihre Mutter einen Kuchen backte, wollte sie ihn immer am liebsten gleich essen, selbst wenn er noch im Ofen war. Sie wollte den Kuchen immer vor der Zeit herausholen und probieren, manchmal tat sie es auch, beim Käsekuchen vor allem. Dann sagte ihre Mutter immer: »Du bist zu ungeduldig, er braucht eben seine Zeit.« Und meist hatte sie damit auch recht. Nur dieses eine Mal, als sie zum ersten Mal ein Soufflé ausprobierte, war es anders gewesen. Ihre Mutter hatte die Eieruhr auf die vorgeschriebene Zeit eingestellt und war in den Keller gegangen. Stella hatte der Duft des Soufflés in die Küche gelockt und sie sah durch die Glastür des Ofens, wie es sich goldgelb und verführerisch aus seiner Schüssel aufgebläht hatte. Sie war damals schon mehrmals ermahnt worden, den Sonntagskuchen im Backofen nicht anzurühren. Aber bei diesem Anblick konnte sie einfach nicht widerstehen und wurde mit einem der luftigsten und leckersten Kuchen ihres Lebens belohnt. Hätte sie auf ihre Mutter gehört und brav auf den *richtigen Zeitpunkt* gewartet, wäre das Soufflé ruiniert und ungenießbar gewesen. Und gerade eben fühlte Stella sich wieder wie damals in diesem Soufflé-Moment.

Warum brachte Simon denn nicht wenigstens ein bisschen Verständnis für ihren Standpunkt auf? War es wieder wie bei Klaus? Letztendlich hatte sie bei ihm auch erst gesehen, dass er nicht zu ihr stand, als die Probleme angefangen hatten. Und jetzt? Sollte sie einfach noch ein Jahr warten? Stella war es gewohnt, viel Geduld aufzubringen. Doch sie wusste auch, dass es sie viel Kraft gekostet hätte, sich wieder zusammenzureißen und noch einmal ein Jahr zu warten. Sie hatte schon so lange gewartet. Ihr Leben schien aus einer ewigen Warteschleife zu bestehen. Sie fühlte, dass sie die Kraft nicht aufbringen konnte. Vielleicht sollte sie mit jemandem darüber sprechen? Doch wem konnte sie sich anvertrauen? Heidi? Der Gruppe? Keiner kam infrage. Außer Klaus.

Stella erzählte Simon nichts von ihren Gesprächen mit Klaus. Sie wusste, dass das eigentlich nicht richtig war, und hatte deswegen ein schlechtes Gewissen. Sie formulierte sogar eine SMS an Klaus, in der sie den Termin absagte. Doch sie drückte nicht auf »senden«. So trafen sie sich wieder in demselben Café.

»Warum haben wir damals eigentlich keine Eizellspende in Erwägung gezogen?«, stieg Klaus nach einer kurzen Begrüßung gleich mit dem heißen Thema ein.

»Ehrlich gesagt war mir nicht bewusst, dass es so etwas wirklich gibt. In Deutschland ist es ja auch verboten. Und du hast dich auch recht schnell anderweitig umgeschaut«, fügte Stella bissig hinzu und sah ihm dabei direkt in die Augen.

Klaus erwiderte ihren Blick.

»Ich weiß, dass ich der Buhmann in der ganzen Geschichte bin, aber ganz richtig ist es nicht. Schließlich hatten wir schon vier Jahre Kinderwunsch mit Heilpraktiker, Kinderwunschpraxen und all dem hinter uns. Du warst gar nicht mehr du selbst, du hast ständig über deinen Kinderwunsch gesprochen, das war für mich nicht einfach.«

Er sagte das alles ohne jeglichen Vorwurf in der Stimme und Stella musste zugeben, dass er recht hatte. Noch schwerer wog die Erkenntnis, dass sie vielleicht gerade mit Simon das wiederholte, was die Beziehung zu Klaus ruiniert hatte. Doch mit Simon war es anders als mit Klaus, es musste einfach anders sein.

»Seien wir ehrlich, Klaus. Das war nur der Auslöser, unsere Beziehung kriselte vorher schon«, sagte sie.

212

Er zuckte mit den Achseln.

»Vielleicht. Aber wir wollen nach vorne schauen, ich hab schon mal ein paar Kliniken gefunden. Es gibt Optionen in Spanien und in Tschechien«, sagte er.

Sie nickte und hörte ihm zu. Es war das erste Mal, dass Klaus etwas auf eigene Faust recherchiert und herausgefunden hatte. Früher war immer sie diejenige gewesen, die alles initiierte, die ihre gesamte Energie aufwandte, damit er mitging.

»Klaus, du überraschst mich«, musste sie zugeben.

Er lächelte.

»Ja, ich bin voller Geheimnisse. Ich habe in Prag angerufen und einen Termin gemacht. Die haben kaum Wartezeiten, also habe ich den nächsten freien Termin genommen.«

Stella schaute ihn zweifelnd an.

»Nächsten Mittwoch«, sagte er.

»Klaus, ich weiß nicht. Ich habe einen Freund.«

»Aber aus irgendeinem Grund möchte er dich nicht unterstützen.« Klaus sah ihr in die Augen.

»Er ist noch nicht bereit«, verteidigte Stella Simon.

»Es ist doch nur ein Informationstermin. Dazu ein paar kleine Untersuchungen, ob eine Eizellspende überhaupt Sinn hätte. Entscheiden kannst du dich danach, wenn du dir alles angehört hast.«

»Ich muss schauen, ob ich da überhaupt freinehmen kann«, sagte sie zögerlich.

»Ich dachte, das ist das, was du willst?«

Stella nickte beklommen.

»Dann nimm dir frei und fahr mit mir nach Prag.«

Als sie an diesem Abend nach Hause ging, fühlte sie sich schlecht. Sie hatte ein Geheimnis vor Simon und es fühlte sich nicht gut an. Stella wollte es ihm sagen, doch sie hatte Angst. Sie ahnte, dass er nicht darüber glücklich sein würde, also entschied sie, ihm nichts zu erzählen. Sie blendete diesen Bereich ihres Lebens aus und versuchte, so zu tun, als ob nichts wäre. Ihr schlechtes Gewissen beruhigte sie damit, dass sie sich einredete, dass es ja nur um Informationen ging. Sie würde sich einfach anhören, was der Arzt zu sagen hatte. Vielleicht machte er ihr auch keine Hoffnungen? Dann wäre die ganze Aufregung umsonst und sie bräuchte nicht weiter mit Simon darüber zu diskutieren. Doch beruhigen konnte sie sich mit diesem Gedanken nicht.

Stella fühlte sich unwohl und die ganze Aufregung schlug ihr auf den Magen. Aber sie wollte zumindest herausfinden, ob diese Option für sie infrage kam. Danach könnte sie Simon immer noch alles in Ruhe erklären. Und vielleicht würde er endlich erkennen, wie viel es ihr bedeutete – und am Ende sogar seinen Samen zur Verfügung stellen?

Lügen gefiel ihr nicht, sie konnte es nicht einmal gut. Das merkte sie daran, dass Simon ständig fragte, ob alles okay sei.

»Ich fahre am Mittwoch nach Prag und komme am Abend wieder zurück«, berichtete sie ihm. »Könnte spät werden.«

»Nach Prag? Das hast du gar nicht erzählt.«

»Ach so, ja, es ist eine Geschäftsreise«, log sie.

Weiter ging sie darauf nicht ein. Simon meinte: »Ich hoffe, du kannst es ein bisschen genießen.«

»Eher nicht, ich muss zu einem Termin und fahre danach gleich zurück.«

»Schön, dann vermisse ich dich nicht so lange.«

Er gab ihr einen Kuss und sie fühlte sich miserabel. Doch sie sagte sich: *Ich betrüge ihn ja nicht. Ich möchte nur ein Kind.*

Sie hatte sich mit Klaus ganz früh am *Park-and-Ride*-Bahnhof verabredet. Während der fast vierstündigen Fahrt sprachen sie kaum miteinander und Stella hörte ein Krimi-Hörbuch, um sich abzulenken.

Die Praxis befand sich in einem Industriegebiet. Es war ein neues Gebäude, das von außen nicht auf eine Klinik hindeutete. Doch in den Praxisräumen herrschte geschäftiges Treiben, das Wartezimmer war voll. Die Empfangsdame war sehr freundlich und empfing sie in fließendem Deutsch.

»Kommen Sie doch mit.«

Sie führte sie in ein Büro.

»Der Herr Doktor kommt gleich.«

Stella war aufgeregt. Nach wenigen Minuten kam der Arzt herein. Sie hatte einen einschüchternden Halbgott in Weiß erwartet, aber er wirkte eher wie ein gemütlicher Handwerkermeister. Auch er sprach sehr gut Deutsch, begrüßte beide und ließ sie erzählen. Stella brachte kaum einen Ton heraus. Also übernahm Klaus das Sprechen.

»Wir wünschen uns seit Langem ein Kind.«

Er erklärte die ganze Situation und ließ ihre Trennung geflissentlich aus. Stella sah dabei nervös auf ihre Finger und beobachtete zwischendurch immer wieder den Arzt, der sich alles ruhig anhörte und zwischendurch aufmunternd nickte.

Als Klaus fertig war, sagte er: »Ich denke, wir können Ihnen gute Hoffnung machen auf ein Baby. Wir werden eine passende Spenderin suchen. Sie müssen einfach diesen Fragebogen ausfüllen, und wenn wir eine gefunden haben, kann es losgehen. Vielleicht sind Sie in ein paar Monaten schon schwanger.«

Klaus lächelte und legte Stella den Arm auf die Schulter.

»Das klingt wunderbar. Nicht wahr, Schatz?«

Sie sah ihn an und er nahm seine Hand weg.

»Äh ja«, sagte sie. »Aber benötigen Sie nicht noch weitere Untersuchungen?«

»Wir machen gleich noch einen Ultraschall, einen Bluttest und ein aktuelles Spermiogramm von ihrem Partner, aber nach dem zu urteilen, was Sie erzählt haben, spricht nichts dagegen, dass sie sehr gute Chancen bei einer Eizellspende haben. Die Ergebnisse schicken wir Ihnen in den nächsten Tagen per E-Mail. Dann können wir die weitere Vorgehensweise gerne noch einmal telefonisch besprechen.« Er legte eine Pause ein. Dann sagte er mit ruhiger Stimme: »Wenn Sie sich noch nicht sicher sind, dann überlegen Sie es sich ruhig.«

Stella wusste nicht, was sie sagen sollte, und nickte zaghaft. Der Doktor hatte eine freundliche, positive Art, die ansteckend wirkte. Dennoch fühlte sie, dass dies nicht richtig war. Eigentlich hätte sie mit Simon hier sein müssen.

Als sie endlich draußen waren, rief Klaus begeistert: »Das war doch super!«

»Hm«, machte Stella.

»Was ist los mit dir?«

»Ach, ich weiß nicht Klaus. Ich hab meinem Freund erzählt, ich wäre auf Geschäftsreise. Stattdessen versuche ich, künstlich ein Kind mit meinem Ex zu zeugen: Aber ich liebe Simon.« Sie hatte tatsächlich das Verb *lieben* benutzt.

Er sah sie an. »Wie meinst du das, du hast ihm nichts erzählt? Ich dachte, es ist vorbei?«

»Nein, Klaus, es ist nicht vorbei. Meinst du wegen dir?«
Er sah sie an.

»Du hast mich verlassen Klaus, schon vergessen? Du hast mich betrogen, das kann man nicht einfach mit ein paar

Gesprächen und Erdbeertörtchen aus der Welt schaffen. Außerdem haben wir vereinbart, dass du mir nur hilfst, ein Kind zu zeugen. Daran hat sich für mich nichts geändert.«

Klaus öffnete den Mund und klappte ihn wieder zu. Dann sagte er genervt: »Lass uns was essen.«

Stella hatte zwar keinen Appetit, aber sie willigte ein.

Auf der Fahrt nach Hause fühlte Stella sich fürchterlich. Ihr wurde klar, dass es ein großer Fehler gewesen war, mit Klaus nach Prag zu reisen. Wie hatte sie es nur so weit kommen lassen können? Sie hatte tatsächlich ihr Glück mit Simon aufs Spiel gesetzt. Klaus war mittlerweile wieder gut gelaunt. Er hoffte wohl seinerseits, dass diese Reise ein Schritt war, um Stella wieder näherzukommen. Er schaltete das Radio ein und sang fröhlich mit. Immer wieder lächelte er sie an. Doch er kam nicht auf die Idee, wirklich mit ihr darüber zu reden, wie es ihr ging. Es war genau wie früher.

Stella nahm sich fest vor, mit Simon darüber zu sprechen, was sie getan hatte. Bei diesem Gedanken empfand sie Erleichterung. Sie sah zu Klaus hinüber. Er machte sich jetzt Hoffnungen. Auch ihm musste sie ihre Entscheidung mitteilen.

Später, dachte sie und merkte, dass sie sich in einen ziemlichen Schlamassel manövriert hatte. Gerade sie, die doch klare Beziehungen mochte. Im Radio lief *Cryin'* von Aerosmith.

18.

Als sie die Tür öffnete, hörte Stella Stimmen in der Küche. Sie legte ihre Tasche ab und öffnete die Tür.

»Stella!«, rief Clara freudig und umarmte sie.

Tim lächelte und Stella hielt ihm die Hand zu einem High five hin. Tim schlug ein.

Simon stand auch in der Tür. Er lächelte überschwänglich. Das war Stella nicht von ihm gewohnt. Hatte er sie so vermisst?

»Hast du uns etwas mitgebracht?«, rief Clara.

»Hm, ich schau mal nach«, sagte Stella und lächelte geheimnisvoll.

Sie hatte in zwei kleinen Boutiquen am Rande der Prager Altstadt ein T-Shirt mit einem Comic-Aufdruck für Tim und eine Kette für Clara gekauft. Das Mädchen fiel ihr um den Hals, nachdem sie die Geschenke überreicht hatte. Tim streifte das Shirt sofort über.

»Ist es cool?«, fragte Stella.

»Sehr cool«, sagte Tim.

»Und für euren Papa habe ich auch etwas«, sagte Stella.

Sie machte einen Schritt auf Simon zu und gab ihm einen Kuss. Er schaute gespielt enttäuscht und fragte: »Das war's?«

Alle lachten.

»Ich mache das Essen fertig«, sagte er.

»Papa macht Maultaschen«, informierte Tim.

Stella wusste, dass das Tims Lieblingsessen war, abgesehen von Pizza, und eines der Gerichte, die Simon zubereiten konnte. Beim Essen sprachen sie nicht über die Reise, worüber sie sehr froh war.

Später brachten sie gemeinsam die Kinder ins Bett. Stella hatte sich vorgenommen, Simon danach die Wahrheit zu erzählen. Er war in der Küche und räumte auf. Dabei ließ er das normalerweise schleifen und verbrachte den Abend lieber auf der Couch. Stella lächelte und überlegte, ob sie ihm morgen alles erzählen sollte oder einfach später, wenn sie im Bett waren.

»Ich habe dich vermisst«, sagte sie.

Er drehte sich um.

»Deine Kollegin Geli hat dich auch vermisst«, erwiderte er. »Auf dem Handy hat sie dich nicht erreicht und dann hier angerufen. Sie wollte dich an die PowerPoint-Präsentation erinnern.«

Stella spürte einen Schmerz in der Magengegend und traute sich nicht, etwas zu sagen.

»Warum hast du mich angelogen?«, fragte er.

»Ich war in einer Kinderwunschklinik in Prag.«

»Warum hast du dann gesagt, du wärst auf einer Geschäftsreise?«

»Weil ich Angst vor deiner Reaktion hatte.«

»Wieso denn? Und wann wolltest du mich informieren?«

»Heute Abend.«

»Und du bist einfach alleine nach Prag gefahren?«

Stella atmete tief ein, sie blickte zu Boden.

»Ich bin nicht alleine hingefahren«, sagte sie und sah ihm nur sehr kurz in die Augen.

»Okay, mit wem bist du dann gefahren?«

Stella überlegte, ob sie ihm wirklich die Wahrheit sagen sollte, es wäre einfacher, es so zu belassen. Doch Stella wollte sich nicht noch mehr verstricken und entschied sich für die Wahrheit.

»Mit Klaus.«

Simon sah sie ungläubig an.

»Mit wem?«

»Mit meinem Exmann.«

»Du hattest gar nicht vor, mich zu involvieren!«, rief Simon fassungslos aus. »Wahrscheinlich hättest du mir noch sein Kind als meins verkauft!«

»Nein, Simon, so etwas würde ich nie tun. Ich wollte es dir wirklich heute erzählen. Es war ein Fehler! Zwischen Klaus und mir läuft nichts und es wird nie wieder etwas laufen.«

»Ich hatte insgeheim gehofft, dass du eine Überraschung für uns geplant hattest. Stattdessen ist das der Grund, warum du mir nicht die Wahrheit über die Reise gesagt hast?«

Stella biss sich auf die Unterlippe.

»Ich bin einfach so schrecklich verzweifelt«, sagte sie. Ihre Stimme zitterte. »Ich bin so verzweifelt, weil ich mir seit Jahren ein Baby wünsche, und du willst ja nicht.«

»Ich habe gesagt, dass ich Zeit brauche. Wir sind ja noch nicht mal ein Jahr zusammen! Aber du scheinst wohl nicht warten zu können. Hast du mich betrogen?«, fragte Simon mit mühsam unterdrückter Wut.

»Nein, ich habe dich nicht betrogen. Aber ich habe dich belogen und das tut mir leid.«

»Bist du unglücklich mit mir?«, fragte Simon weiter.

»Nein, ich bin glücklich, aber die Sache mit dem Baby ...«

»Das kann ich langsam nicht mehr hören, du hast mich hintergangen und ich hab dir blind vertraut.«

»Ich wusste einfach nicht weiter«, versuchte sie zu erklären.

»Und eine Fahrt mit deinem Ex in eine Kinderwunschklinik ist deine Lösung?«, fragte er und räumte unsanft Teller in die Spülmaschine. »Ich hab dir vertraut!«, sagte er und aus seiner Stimme war deutlich zu hören, wie verletzt er war.

»Du kannst mir vertrauen, ich liebe dich. Deshalb erzähle ich dir doch jetzt alles. Ich werde alles abblasen«, antwortete Stella betrübt.

»Nein, Stella. Liebe sieht anders aus«, erwiderte Simon müde.

Tränen liefen ihre Wangen hinunter und sie wusste nicht, was sie darauf antworten sollte.

»Soll ich gehen?«, fragte sie mit zittriger Stimme.

»Du machst ja eh, was du willst.«

Dieser letzte Satz saß.

»Du hast gut reden, du hast doch selbst gesagt, dass du weißt, wie schlimm es für eine Frau ist, keine Kinder haben zu können!«

»Aber du hast mich belogen, und zwar bewusst.«

»Und es tut mir leid«, schrie sie.

»Ich muss raus«, sagte er und lief an ihr vorbei in den Garten.

Stella stand verloren in der Küche. Sie fühlte sich furchtbar. Sie hatte ihr Fünkchen Glück zerstört. Sie beobachtete Simon durchs Fenster. Er saß wieder auf der Bank unter dem Kirschbaum und starrte ausdruckslos vor sich hin, wie vor einigen Wochen. Verzweifelt ging sie ins Schlafzimmer und packte ein paar Kleidungsstücke in eine Tasche. Als sie im Auto saß, schrieb sie Simon eine Nachricht, dass sie in ihrer Wohnung übernachten würde. Danach konnte sie es nicht mehr aushalten, sie schluchzte laut, zitterte am ganzen Körper und die Tränen begannen zu fließen. Irgendwie lief alles aus dem Ruder und sie war daran schuld.

Sie war nicht in der Lage, Auto zu fahren. Wieder stand sie vor einem Trümmerhaufen. Schuld daran war ihre Ungeduld und dieser nicht auszulöschende Wunsch nach einem Baby. Warum war es so nur schwer, diesen hintenanzustellen? Warum war sie nicht mit dem glücklich, was sie bereits gefunden hatte, einen Mann und zwei Kinder, eine Familie!

19.

Stella konnte nicht schlafen. Immer wieder nahm sie ihr Handy und starrte auf das Display. Doch Simon meldete sich nicht. Sie wusste nicht, was sie tun sollte. Ihn erst einmal in Ruhe lassen oder einfach alles mitnehmen und den Schlüssel am nächsten Tag abgeben? Nein, das konnte sie nicht. Sie wollte mit ihm zusammenbleiben. Sie wollte ihn nicht verlieren. Stella dachte an die Kinder. Sie waren sich gerade nähergekommen und jetzt sollte es vorbei sein?

Am nächsten Morgen meldete sie sich krank. Sie schaffte es erst nach zwei Stunden aus dem Bett. Mit Mühe quälte sie sich zum Supermarkt, der zum Glück nur ein paar hundert Meter von ihrem Haus entfernt war. Sie brauchte dringend einen Kaffee und etwas zu essen. Ihre Lebensmittel hatte sie alle zu Simon mitgenommen.

»Stella!«, rief plötzlich eine bekannte Stimme. Es war Beate.

Sie umarmten sich.

»Wo sind deine Kinder?«, fragte Stella.

»Bei meiner Mutter. Sie ist bei uns zu Besuch und da hab ich ein bisschen frei«, rief ihre Nachbarin überglücklich, als ob sie ein ganzes Wochenende für sich allein hätte.

»Wir könnten sogar ein Käffchen trinken«, sagte sie und deutete in Richtung der Bäckerei im Eingangsbereich des Supermarkts.

»In der Supermarkt-Bäckerei?«, fragte Stella.

»Ich weiß. Es ist nicht das Café *Naturwunder*, aber immerhin stehen dort zwei kleine Tische. Man darf nicht wählerisch sein, wenn man in einem Vorort wohnt und wenig Zeit hat. Bitte.« Sie sah auf die Uhr. »Meine Mutter muss bald wieder los.«

»Klar«, sagte Stella.

»Was machst du eigentlich um diese Uhrzeit hier?«, fragte Beate, nachdem sie sich mit je einem Cappuccino und einem Stück Kuchen niedergelassen hatten.

Beate hätte auch eine beliebige andere Frage stellen können, wahrscheinlich wäre das Ergebnis dasselbe gewesen, Stella brach in Tränen aus.

»Oh Stella, hab ich was Falsches gesagt?«

»Nein, nein«, schluchzte diese und versuchte, ihre zitternde Stimme zu beherrschen.

»Was ist passiert?«, fragte Beate sanft.

»Ich hab Mist gebaut«, antwortete sie.

Ihre Freundin streichelte ihre Schulter.

»Jetzt trinken wir unseren Kaffee und essen den Kuchen und du erzählst, was passiert ist.«

Das war leicht gesagt, aber Stella hatte gar keinen Appetit mehr. Beate dafür umso mehr. Also trank diese ihren Cappuccino und genoss das süße Stückchen, während Stella ihr alles erzählte.

»Oh Mann. Das ist wirklich verzwickt«, meinte Beate, als Stella am Ende der Geschichte angekommen war, und steckte die Gabel mit dem letzten Stück Kuchen in den Mund.

»Das kann man wohl sagen.«

Stella putzte sich die Nase, sammelte sich und stach mit der Gabel in ihren Kuchen.

»Ich kann Simon verstehen. Aber ich finde nicht, dass nur du Schuld an der Sache hast. Du hast eben deine Vergangenheit, genauso wie Simon. Er hat sich alles hübsch zurechtgemacht, doch deine Wünsche müssen auch berücksichtigt werden. Schließlich passt du dich ihm an, schon seit Beginn der Beziehung.«

»Ich hab es gerne gemacht.«

Beate nickte.

»Und jetzt ist es eh zu spät«, fuhr Stella mit einem Schluchzen fort. »Simon glaubt, dass er mir nicht vertrauen kann. Er will nichts mehr mit mir zu tun haben.«

»Warte erst einmal ab. Vielleicht ordnet sich alles noch«, versuchte Beate sie zu trösten. »Außerdem dachte ich, Simon wäre genau der Richtige für dich.«

»Das dachte ich auch, aber ich hab es wohl vermasselt. Ich frage mich manchmal, was ich eigentlich will ... und warum ich nicht mit dem glücklich sein kann, was ich habe«, gab Stella zu. »Ich dachte, es würde mir reichen, Kindern eine Mutter zu sein. Aber dann war das nicht genug, ich wollte unbedingt noch ein eigenes Baby. Und dadurch habe ich alles zerstört. Ich frage mich, wie es gelaufen wäre, wenn ich das mit der Eizellspende schon bei Klaus gewusst hätte.«

»Ach Stella. Ich denke auch manchmal darüber nach, wie mein Leben verlaufen wäre, wenn ich keine Kinder bekommen hätte. Aber diese Überlegungen sind Unsinn. Am Ende musst du das finden, was dich glücklich macht, nicht was die anderen dir sagen, was dich glücklich machen könnte. Und du hast auf jeden Fall ein Talent mit

Kindern. Sonst hättest du nicht so schnell das Vertrauen der beiden gewonnen.«

Beate dachte einen Moment nach.

»Und was machst du mit der Selbsthilfegruppe?«, fragte sie schließlich.

»Da kann ich nicht mehr hin. Ich werde Alex anrufen.«

»Jetzt mach aber mal langsam, Stella. Ich würde auf jeden Fall heute Abend wieder zu Simon gehen und dort übernachten. Es ist immer noch dein Zuhause, also fahr hin«, sagte sie. »Außerdem kannst du nicht einfach so aus dem Leben der Kinder verschwinden.«

Stella hatte zwar große Angst vor der Begegnung mit Simon, aber Beate hatte recht. Sie war einfach gegangen. Wegen ihrer Kurzschlussreaktion hatten sie keine Möglichkeit gehabt, sich auszusprechen. Außerdem war es nicht offiziell aus zwischen ihnen, obwohl sie es am Vorabend so empfunden hatte. Nun musste sie Simon die Möglichkeit geben zu sagen, wie es seiner Meinung nach weitergehen sollte. Sie nahm ihren ganzen Mut zusammen und fuhr hin.

Sie öffnete die Tür des Hauses, das ihr mittlerweile so vertraut war. Die Kinder waren noch in der Schule. Simon war im Arbeitszimmer. Sie hörte, dass er telefonierte. Stella wollte ihn nicht stören, deshalb ging sie in die Küche. Dort herrschte das reine Chaos. Sie lächelte. Offensichtlich fehlte sie. Sie räumte auf, das tat ihr gut. Danach kochte sie Simon einen Kaffee.

Als sie hörte, dass er sein Gespräch beendet hatte, klopfte sie kurz an und ging dann hinein. Simon schaute sie überrascht an.

»Möchtest du einen Kaffee?«

Er sah wieder auf seine Tastatur und begann etwas zu tippen.

»Nein, danke. Ich habe schon einen Kaffee getrunken.«

»Störe ich dich?«, fragte sie unsicher.

»Ich muss arbeiten«, war seine Antwort.

Sie schloss die Tür. War es der falsche Moment, um mit ihm zu sprechen? Nach einem Blick auf die Uhr überlegte sie, was sie zu essen machen könnte. Die Kinder würden bald heimkommen. Stella kochte eine leckere Suppe mit Würstchen und fragte sich gleichzeitig, was sie hier tat. Spielte sie glückliches Familienleben, obwohl alles aus war? Machte sie sich etwas vor? Doch die Familie einfach verlassen, die sie so lieb gewonnen hatte, konnte sie auch nicht. Etwas hielt sie zurück.

Simon kam nicht aus seinem Zimmer heraus und Stella traute sich nicht mehr hinein. Sie hoffte, dass er einfach viel zu tun hatte. Oder war das die letzte Mahlzeit, die sie hier kochen würde?

Um halb eins kamen die Kinder aus der Schule.

»Stella, wo warst du heute Morgen?«, fragte Clara.

»Ich musste noch einiges erledigen und war deshalb in meiner Wohnung«, sagte sie.

»Papa war ganz schön schlecht gelaunt. Ich glaube, er hat dich vermisst«, sagte Tim.

»Holst du bitte deinen Vater«, bat Stella. »Wir wollen essen.«

Der Junge stand nicht auf, sondern rief: »Paaapa! Essen ist fertig.«

Kurz darauf kam Simon die Treppe herunter.

»Hallo. Na, wie war's in der Schule?«

Tim zuckte mit den Schultern, wie üblich, Clara rief: »Gut.«

Dann setzten sich alle an den Tisch. Simon würdigte Stella keines Blickes. Sie war den Tränen nahe. Zum

Glück bemerkten die Kinder nichts, sie waren mit sich selbst und dem Essen beschäftigt. Anschließend räumten die Kinder das Geschirr in die Küche und Stella wischte den Tisch ab. Simon verschwand wieder in seinem Zimmer und ließ sich bis zum Abendessen nicht mehr blicken. Anschließend brachte Stella Clara ins Bett, las ihr noch eine Geschichte vor und ging dann zu Simon, der schon wieder in seinem Arbeitszimmer saß.

»Möchtest du nicht mehr mit mir sprechen?«

»Ich habe viel zu tun.«

»Wenn du mich nicht mehr sehen möchtest und ich gehen soll, dann sag es.«

»Du bist doch gestern auch einfach weggegangen und ich musste eine Erklärung für die Kinder finden, warum du nicht da bist. Stella, ich möchte nicht, dass die Kinder noch einmal einen geliebten Menschen verlieren. Was sie jetzt brauchen, sind Eltern, auf die sie sich verlassen können. Aber wie soll ich dir jetzt noch vertrauen? Wie kann ich riskieren, dass Tim und Clara dir vertrauen?«

Stella wusste nicht, was sie darauf erwidern sollte. Sie floh aus dem Zimmer, legte sich aufs Bett und dachte nach. Doch ihr flogen so viele Dinge durch den Kopf, dass sie Kopfschmerzen bekam. Angst vor einer neuen Panikattacke durchfuhr sie. Das war typisch, irgendwo hatte sie gelesen, dass Menschen, die einmal eine Attacke erlebt haben, oft unter der Angst vor weiteren Attacken leiden. Doch es passierte nichts. Ihre Gedanken drehten sich, ihr Kopf brummte, doch schließlich schlief sie ein.

Mitten in der Nacht wachte sie auf. Sie sah auf ihr Smartphone, es war drei Uhr. Das Bett neben ihr war leer. Simons Decke lag noch immer ordentlich gefaltet auf seiner Seite. Schlief er auf der Couch im Arbeitszimmer? Sie versuchte, noch etwas Schlaf zu bekommen, doch sie fand nicht mehr zur Ruhe.

Gegen halb sieben hörte sie die Dusche im Badezimmer. Sie stand auf und ging hinein. Simon kam gerade in ein Handtuch eingewickelt aus der Dusche.

»Da du offensichtlich nichts mehr mit mir zu tun haben möchtest, wäre ich dir dankbar, wenn du es wenigstens aussprechen würdest, anstatt mir aus dem Weg zu gehen«, sagte Stella mit einem Kloß im Hals.

»Ich weiß gerade nicht, was ich will«, erwiderte Simon kühl. »Aber es wäre vielleicht wirklich gut, wenn du für eine gewisse Zeit in deine Wohnung gehen würdest. Den Kindern erzähle ich, dass du einer kranken Freundin helfen musst oder so. Es ist besser, die Reißleine zu ziehen, bevor wir alle noch mehr verletzt werden.«

Er konnte ihr bei seinen Worten kaum in die Augen schauen. Stella lief aus dem Bad und setzte sich aufs Bett. Was hatte er damit gemeint? *Für eine gewisse Zeit* bedeutete doch, dass er erst mal in Ruhe darüber nachdenken musste. Aber *die Reißleine ziehen* klang so endgültig. Gerne hätte sie noch einmal in Ruhe mit Simon darüber gesprochen, sie wollte wissen, was seine Worte bedeuteten. Aber sie traute sich nicht. Es war ihr schon immer schwergefallen, mit Konflikten konstruktiv umzugehen, und Simon wirkte so kühl, dass sie Angst hatte, das Thema noch einmal anzusprechen.

Unten hörte sie die Kinder. Sie überwand sich, ging hinunter in die Küche und machte das Frühstück fertig. Dann wünschte sie den Kindern einen guten Morgen und sagte ihnen, dass sie für ein paar Tage weg müsse.

»Schon wieder?«, rief Clara.

Tim sah sie ernst an. Er schien etwas zu ahnen. Sie ging

ins Schlafzimmer und packte ihre Sachen. Zum Glück waren sie zu bequem gewesen, ihre zwei großen Koffer in den Keller zu tragen. Rasch warf sie alles hinein, was hineinpasste.

Simon war schon im Arbeitszimmer. Stella ging noch einmal kurz hinunter, aß eine Kleinigkeit und verabschiedete sich von den Kindern. Simon brachte die beiden zur Schule. Sie wollte vor ihm aus der Wohnung sein. Ein Teil ihrer Sachen passte nicht in die zwei Koffer, doch das war ihr egal, sie wollte jetzt auf jeden Fall einfach nur weg. Mit großer Mühe trug sie das Gepäck die Treppenstufen hinunter ins Erdgeschoss. Sie fuhr das Auto vor und schaute sich noch einmal in dem Haus um, von dem sie geglaubt hatte, darin ihr Zuhause gefunden zu haben.

»Auf Wiedersehen«, sagte sie leise, entfernte den Schlüssel von ihrem Schlüsselbund und legte ihn behutsam auf die Kommode.

Dann ging sie hinaus. Sie musste sich zusammenreißen, um nicht zu weinen.

Zu Hause angekommen rief Stella als Erstes Alex an.

»Stella, welche Überraschung. Wie geht es dir?«

»Alex, Simon und ich haben uns getrennt und ich werde ab sofort nicht mehr zur Gruppe kommen. Ich wollte es dir persönlich erzählen. Mir hat es wirklich gut getan bei euch, aber ...« Sie begann zu weinen.

»Hey, Stella, hat Simon Mist gebaut?«

»Nein, Alex, eher ich. Ach, es ist kompliziert.«

»So ein Schlamassel.«

»Das kannst du laut sagen.«

»Das meine ich nicht, eigentlich wollte *ich* mit dir sprechen.«

»Du mit mir, weshalb?«

»Vielleicht sollten wir uns treffen«, sagte er.

Das klang irgendwie ernst. Am Telefon wollte er keine weiteren Details preisgeben, daher verabredeten sie, sich in einer Stunde in einem Café in der Stadt zu treffen.

»Alex, du hast mich ziemlich neugierig gemacht«, sagte Stella, nachdem sie sich begrüßt hatten.

»Na ja. Es war auch für mich eine schlechte Nachricht, dass du nicht mehr kommen möchtest, denn eigentlich wollte ich dich um etwas bitten.«

»Okay?«, sagte sie ängstlich.

»Bei mir liegt auch einiges im Argen, Stella. Ich wollte dich fragen, ob du die Leitung der Gruppe übernehmen möchtest.«

»Was? Ich? Wie kommst du denn auf so eine verrückte Idee? Ich bin doch überhaupt nicht für so etwas geeignet. Da wäre Simon die bessere Wahl. Oder Gerda.«

»Nein Stella, vertrau mir, ich habe eine gute Menschenkenntnis. Simon hat mit seinen Kindern genug um die Ohren. Außerdem fehlt ihm die Empathie für die Gruppe, er hat nicht immer ein Gefühl dafür, wie es anderen geht. Gerda hat große Empathie und ist eine wichtige Stütze für die Gruppe. Aber für die Leitung benötigt es jemanden, der den Überblick bewahren kann, Dinge anpacken, organisieren, auf Leute zugehen – eben jemanden, der alles zusammenhält.«

»Na, das habe ich bei Simon aber ziemlich vermasselt«, entfuhr es Stella.

»Mag sein. Aber ich glaube nicht, dass dir das ein zweites Mal passieren wird. Weißt du, was Franz von Assisi gesagt hat?«

Stella musste unwillkürlich schmunzeln. Wieder eins von Alex' Zitaten.

»Beginne mit dem Notwendigen, dann mit dem Möglichen und plötzlich wirst du das Unmögliche tun.«

»Warum machst du die Gruppenleitung nicht weiter?«, fragte Stella.

»Na ja, es ist nicht alles so schön, wie es scheint. Ich muss einigen Mist in meinem Leben bereinigen und für eine Weile weg.«

»Warum denn?«

»Das ist eine wirklich sehr lange Geschichte ... aber du unterschätzt dich, Stella. Du bist eine Frau, die lernfähig ist, emphatisch und stark, also bist du genau die richtige Person für die Leitung der Gruppe.«

»Ich weiß nicht ... vor allem mit Simon. Das kann nicht gut gehen.«

»Nun, das ist wirklich ein Problem, das wusste ich natürlich nicht. Beziehungsdramen in solchen fragilen Gruppenstrukturen sind nie gut.«

»Wo willst du hin?«

»Ich weiß noch nicht. Zunächst einmal muss ich mich mal mit einem alten Psychologieprofessor unterhalten. Und danach? Irgendwohin, wo es warm ist. Vielleicht auch nur ins Kloster.«

»Ins Kloster?«

»Ich meine, auf Zeit.«

Alex sprach wieder über die Gruppe. Er machte sich vor allem um Peter und Gerda Sorgen, die sonst keine sozialen Kontakte hatten.

»Überleg es dir, Stella, ich werde nicht gleich abhauen.«

Sie nickte. Als sie sich verabschiedeten, gab er ihr einen Umschlag.

»Kannst du das bitte Heidi geben?«

Sie sah ihn überrascht an. Dann stimmte ihr Verdacht wohl, dass er der Vater von Heidis Kind war. Warum sonst hätte er ihr einen Brief zukommen lassen? Sie umarmte ihn freundschaftlich und fuhr dann nachdenklich in ihre Wohnung, die ihr so unendlich leer vorkam.

Eine große Traurigkeit ergriff sie. Sie vermisste Simon und die Kinder, doch er wollte sie nicht mehr sehen. Stella legte sich auf die Couch und fragte sich, ob sie etwas tun konnte, um die Sache wieder in Ordnung zu bringen.

Wieder einmal schien Klaus einen sechsten Sinn dafür zu haben, wann sie schwach war, und klingelte an ihrer Tür.

»Klaus, was machst du hier?«

»Ich hab gedacht, ich klingle einfach mal. Hab deinen Wagen draußen gesehen.«

Stella war fest entschlossen, ihm nichts über ihre Trennung von Simon zu erzählen, befürchtete aber, dass er ihr ansehen würde, dass etwas nicht in Ordnung war. Doch zunächst ließ er sich nichts anmerken.

»Schön, wie du die Wohnung umgestaltet hast«, sagte er.

»Findest du? Wie geht es deiner Tochter?«, fragte sie, um abzulenken.

»Wunderbar, sie ist wirklich süß.«

Klaus zückte sein Handy, um ihr Fotos zu zeigen. Stella schaute sie sich an, obwohl sie im ersten Moment gar keine Lust dazu hatte. Das Baby war wirklich süß. Es sah Klaus ähnlich.

»Sie hat deine Frisur«, meinte sie grinsend.

Klaus stieg in das Lachen ein und legte eine Hand auf seinen rasierten Schädel.

»Na ja, bei ihr werden die Haare aber noch kommen. Bei mir gibt es keine Hoffnung mehr.«

»Höchstens mit Toupet«, zog sie ihn auf.

Klaus griff spontan zu einem Putzlappen, der im Regal lag, und legte ihn auf seinen Kopf.

»Etwa so?«

Jetzt musste Stella herzhaft lachen. Es tat gut, für einen Moment abgelenkt zu sein.

»Sollen wir weiter versuchen, deinen Kinderwunsch zu erfüllen?«, fragte er plötzlich, als er den Lappen wieder zur Seite gelegt hatte.

»Deshalb bist du hier?«

Er nickte.

»Sie haben eine Spenderin gefunden«, sagte er.

»Ich hätte nicht gedacht, dass es so schnell geht.«

»Wir können noch einmal nach Prag fahren oder du gehst hier zu deinem Frauenarzt. Du musst medikamentös behandelt werden, um dich für die Schwangerschaft zu stimulieren. Und dann könnte es bald losgehen!«

Jetzt musste sie sich entscheiden! Wollte sie alles auf ihre Liebe zu Simon setzen oder wollte sie ihren Kinderwunsch nach so vielen Jahren des Wartens endlich wahrmachen? Einen Moment lang fühlte sie sich wie gelähmt. Vor ihrem inneren Auge blitzten wieder Bilder von Wassermassen auf, die ihr die Luft aus der Lunge zu pressen drohten. Unwillkürlich holte sie tief Luft. Sie brauchte mehr Zeit.

»Okay«, sagte sie. »Lass uns noch einmal nach Prag fahren. In zwei Wochen.«

Was hatte sie getan? Hatte sie gerade tatsächlich Klaus' Plan zugestimmt?

»Hast du es ihm erzählt?«, fragte Klaus.

»Hm.«

Klaus merkte, dass sie nicht darüber sprechen wollte, und hakte nicht weiter nach.

»Willst du mich immer noch als Vater deines Kindes? Oder soll jetzt dein Lover einspringen?«

Sie mochte diese Frage nicht. Auch nicht, wie er es formulierte. *Dein Lover.*

»Ich ziehe das durch Klaus. Vielleicht brauche ich dein Sperma dazu, vielleicht auch nicht. Aber in jedem Fall passiert das Ganze ohne Verpflichtungen zwischen uns beiden. Die Wahrheit ist, dass ich ein Kind möchte, aber mit Simon.«

»Verstehe, aber möchte er?«

»Das muss ich herausfinden.«

»Ach, Stella, immer noch dieselbe, scheust die Konfrontation und klare Worte. Aber trotzdem bist du süß. Obwohl du uns beide irgendwie ausnutzt.«

»Klaus, das war deine Idee.«

»Entschuldige.« Er sah sie an. »Ich wünsche mir, dass du endlich glücklich wirst.«

Sie hoffte, dass dies auch Simons Wunsch war.

Nachdem Klaus weg war, überlegte sie lange, wie sie Simon zeigen konnte, wie es ihr ging. Eins wurde ihr klar, sie wollte mit Simon zusammen sein und Klaus als Alternativvater für ihr Baby wäre nur ein Plan B. Aber sie wollte eigentlich keinen Plan B. Sie dachte über Klaus' Äußerung nach, dass sie Konfrontationen scheute. Er hatte recht. Es fiel ihr wirklich schwer, mit Konflikten gut umzugehen. Aber Simon war ihr zu wichtig, um ihn einfach so aufzugeben. Deshalb nahm sie Papier und Stift und begann zu schreiben. Mehrmals setzte sie erneut an, doch schließlich drückte der Brief genau das aus, was sie empfand.

Lieber Simon,

ich weiß nicht, wie ich noch mit dir sprechen kann. Dies ist meine Art, dir mitzuteilen, wie es mir geht. Das Leben mit dir ist sehr schön gewesen und ich möchte nicht, dass unsere Beziehung zu Ende geht. Ich liebe dich und ich liebe deine Kinder. Dennoch bin ich nicht vollkommen glücklich, es fehlt einfach ein Puzzleteil dazu. Ich weiß, dass es in unserer Beziehung eigentlich zu früh ist, an ein gemeinsames Baby zu denken, aber warum sollten wir uns an Konventionen halten? Wir sind zwar noch nicht so lange zusammen, aber ich möchte den Rest meines Lebens mit dir verbringen. Genau jetzt brauche ich dich mehr denn je, ich brauche deine Liebe.

Nicht immer kommt es im Leben so, wie wir es uns vorgestellt haben. Ich hätte mir zum Beispiel nie vorstellen können, eine Beziehung mit einem Witwer und seinen zwei Kindern zu haben. Aber jetzt ist es passiert und ich bin sehr glücklich. Du kannst dir im Moment nicht vorstellen, noch ein drittes Kind zu bekommen. Aber jetzt hast du eine Frau kennengelernt, deren größter Wunsch genau das ist. Es ist sehr schwierig, mich von diesem Wunsch zu trennen, deshalb bin ich Wege gegangen, die du mir übelnimmst.

Die Prager Klinik hat eine Spenderin gefunden. Wenn du es möchtest, könnten wir nächstes Jahr schon zu fünft sein.

Ich habe jedoch festgestellt, dass du und die Kinder wichtiger sind als dieser Wunsch. Ich möchte euch nicht aufgeben, auch nicht für ein eigenes Baby. Ich möchte mit euch zusammen sein, denn mit euch bin ich glücklich. Bitte antworte mir, gib mir ein Signal in den nächsten zehn Tagen, ob du mir verzeihen kannst und es einen gemeinsamen Weg für uns gibt.

Egal, wie du dich entscheidest, ich wünsche dir, Clara und Tim nur das Allerbeste.

Ich liebe euch.

Deine
Stella

Das war ihr großer Wurf. Sie setzte ihre ganze Zukunft und ihr Glück auf die Hoffnung, dass Simon ihr wieder vertraute und sich ein Leben ohne sie nicht mehr vorstellen konnte. Der Brief war zu wichtig, um ihn der Post anzuvertrauen. Stella wollte auf keinen Fall, dass er verloren ging. Außerdem sollte Simon ihn schon am nächsten Tag lesen. Daher fuhr sie in der Nacht zu Simons Haus und warf den Brief persönlich ein. Mit klopfenden Herzen kehrte sie in ihre leere Wohnung zurück.

In der Nacht tat sie praktisch kein Auge zu. Obwohl sie wusste, dass Simon den Briefkasten frühestens am nächsten Morgen leeren würde, lag sie wach und lauschte, ob das Telefon klingelte oder sie Simons Wagen in ihrer Straße hören konnte. Doch Simon meldete sich weder am nächsten Morgen noch am Abend. Drei Tage vergingen und Simon gab kein Lebenszeichen von sich.

Am vierten Tag stand Stella gerade unter der Dusche, als es an der Tür klingelte. Ihr Herz begann zu rasen. Das war bestimmt Simon! Sie wickelte sich ein Handtuch um und rannte zur Tür. Zu ihrer Überraschung war es Klaus.

»Was machst du denn hier?«

»Ich habe eine Überraschung für dich«, sagte er.

»Was denn für eine Überraschung?«

Er zeigte auf einen Korb in seiner Hand. »Ich dachte, wir könnten zusammen frühstücken.«

»Klaus, das ist zwar nett gemeint, aber das läuft so nicht.«

Er sah sie enttäuscht an.

»Wir können gern kurz miteinander sprechen, aber ich muss erst mal zurück ins Bad.«

Er lächelte. »Ich sehe schon, du kommst aus der Dusche.«

Stella ließ Klaus im Flur stehen. Sie föhnte ihre Haare ausgiebig und dachte dabei über seinen Besuch nach. Was wollte er hier? Schließlich zog sie sich an und ging in die Küche. Klaus saß am Tisch und wirkte entspannt.

Er sah sie fröhlich an und erklärte: »Ich dachte, wir frühstücken schön zusammen und besprechen den weiteren Ablauf.«

»Klaus, hast du vor, jetzt jeden Tag hier aufzukreuzen? Ich glaube, es war ein großer Fehler, dass ich mich mit dir auf einen Kaffee getroffen habe.«

»Ach, jetzt war es ein Fehler.«

»Tut mir leid, aber ich muss zur Arbeit. Wir reden später.«

Als sie ihn zur Tür beförderte, gab er ihr rasch einen Kuss auf die Wange.

»Lass das bitte!«, forderte Stella ihn genervt auf.

Sie schloss die Tür hinter ihrem Exmann und spürte wieder die Enttäuschung, dass es nicht Simon gewesen war, der an ihrer Tür geklingelt hatte.

Als zehn Tage vergangen waren, erkannte Stella voller Trauer, dass sie ihn und die Kinder verloren hatte. Es gab keine gemeinsame Zukunft mehr für sie. Schweren Herzens wählte sie die Alternative. Sie musste wieder nach Prag, damit die Ärzte sie untersuchen und die geeigneten Medikamente für sie zusammenstellen konnten. Klaus fuhr sie nur zu gern dorthin. Im Auto sprachen sie diesmal überhaupt nicht miteinander und Stella war elend zumute. Sie ließ noch eine Untersuchung über sich ergehen und nahm dann die Medikamente mit. Ohne Simon an ihrer Seite fühlte sich das Ganze komisch an. Obwohl der Doktor ihr erneut versichert hatte, dass ihre Chancen, schwanger zu werden, gut standen, freute sie sich nicht. Sie war nicht einmal aufgeregt. Dabei hatte er gesagt, dass es in etwa sechs Wochen so weit sein könnte.

Stattdessen fuhr sie in den nächsten Tagen immer wieder nach Bergheim, parkte ihren Wagen in einer Seitenstraße und beobachtete das Haus, in dem sie für kurze Zeit gewohnt hatte. Simon fehlte ihr und die Kinder auch. Es war, als ob sie ihre Familie verloren hätte.

Heidi ging es körperlich wieder schlechter und Stella besuchte sie, um nach ihr zu sehen. Sie war sehr besorgt gewesen, als ihre Freundin ihr am Telefon von ihren Beschwerden erzählte, aber Heidi beruhigte sie: »Ach, so schlimm ist es nicht, es ist nur die Schwangerschaft. Ich hätte nie gedacht, dass man sich dabei so elend fühlen kann.«

Stella erzählte ihr alles, was ihr in den letzten Tagen und Wochen widerfahren war.

»Ach, Stella. Glaubst du wirklich, dass Klaus die beste Hilfe ist, um deinen Kinderwunsch zu verwirklichen?«

»Nein, ich will das mit Simon machen. Aber Simon will mich nicht mehr«, protestierte sie.

»Bist du sicher? Ich denke, Simon ist nur verunsichert.«

»Wir sind alle verunsichert. Deshalb sitzen wir doch in der Selbsthilfegruppe: weil es im Leben keine Sicherheiten gibt, außer den Menschen, die einen verstehen und mögen. Aber er vertraut mir nicht mehr. Er kann einfach nicht verstehen, dass ich aus der Not gehandelt habe und dass es mir leidtut. Warum kann er sich nicht auch mal in mich hineinversetzen?«

»Er ist ein Mann. Sich in jemanden hineinversetzen ist nicht gerade eine typische Eigenschaft von Männern. Ist dir Simon wichtig?«

Stella nickte.

»Dann kämpfe um ihn.«

»Aber er will mich doch nicht mehr!«

»Stella, benimm dich nicht wie ein Teenager. Natürlich will er dich, er ist nur in seiner Ehre verletzt. Wahrscheinlich hat er außerdem Angst, wieder verletzt zu werden. Er will kein zweites Trauma erleben wie mit seiner Frau. Das ist doch irgendwo auch verständlich.«

Sie nahm eine Tafel Schokolade und biss hinein. Stella sah sie erstaunt an.

»Nur bei Schokolade wird mir nicht schlecht«, erklärte Heidi achselzuckend.

»Warum ist das Leben so wahnsinnig kompliziert?«, stöhnte Stella. »Wenn ich mit Klaus' Sperma schwanger werde, dann habe ich Simon endgültig verloren. Aber das habe ich doch sowieso! Und dann verliere ich Simon und die Möglichkeit, Mutter zu sein!«

»Ich habe mich lange mit dem Thema Pflegekind auseinandergesetzt. Aber ich habe eine Leitungsfunktion, also keine Zeit, deshalb funktioniert das bei mir nicht«, erklärte Heidi.

»Ein Pflegekind? Aber das kann einem doch wieder weggenommen werden.«

»Es gibt die Vollpflege, da ist es sehr unwahrscheinlich, dass einem das Pflegekind wieder weggenommen wird. Viele Leute wollen lieber adoptieren, deshalb bekommt man leichter ein Pflegekind als ein Adoptivkind – wenn man die Voraussetzungen erfüllt. Und manchmal kommt ein Pflegekind auch schon als Baby in eine Familie, wenn dir das wichtig ist ...«

»Das ist mir sehr wichtig«, gab Stella zu. »Ich möchte gerne erleben, wie ein Kind von Anfang an aufwächst. Aber das ist doch sowieso nur alles eine schöne Fantasie. Simon will mich nicht zurück und als Single werden sie mir wohl kaum ein Baby in die Hand drücken.«

»Da hast du wohl recht«, gab Heidi zu. »Es ist nicht grundsätzlich ausgeschlossen, als Single Pflegemutter zu werden, aber schwieriger. Und wenn man dann noch Ansprüche stellt und nur ein Baby möchte, tja ...«

Stella wechselte das Thema. Als sie gehen wollte, fiel ihr der Brief von Alex wieder ein. Sie gab ihn Heidi und hoffte insgeheim auf eine Erklärung, aber ihre Freundin nahm ihn nur ernst entgegen und schwieg.

Am nächsten Donnerstag kamen Stella und Alex schon etwas früher zu dem Treffen der Selbsthilfegruppe. Stella war seit ihrer Trennung von Simon nicht mehr dort gewesen. Auch Heidi war da, Stella hatte sie gebeten, sie zu begleiten, sozusagen als moralische Unterstützung. Es war drei Minuten vor halb acht. Stellas Herz schlug fast hörbar. Gleich würden alle eintrudeln.

»Aufgeregt?«, fragte Alex.

Sie nickte.

»Es wird gut, du wirst schon sehen«, ermutigte er sie.

Da hatte Stella ihre Zweifel. Gerda und Peter kamen fast zeitgleich und kurz darauf Tamy und Anne. Peter warf Alex einen seltsamen Blick zu und Alex sah zur Seite. Was ging zwischen den beiden vor? Die anderen freuten sich, Heidi einmal wieder zu sehen. Die Frauen bewunderten ihren dicken Bauch und wollten genau wissen, wie es ihr ginge und wann ihr Geburtstermin wäre. Damit vergingen die ersten Minuten. Schließlich kam etwas verspätet noch Simon dazu. Als er Stella sah, zuckte er zusammen.

Er grüßte mit einem kurzen »Hallo« und entschuldigte sich für die Verspätung und er sah dabei jeden an, außer ihr. Stella spürte bei dieser offensichtlichen Ablehnung einen tiefen Schmerz.

»Hallo zusammen«, sagte Alex und räusperte sich. »Also, dieser Abend wird nicht verlaufen wie sonst.«

»Hast du dir etwas Besonderes ausgedacht?«, fragte Gerda.

»Sozusagen. Es gibt ein paar wichtige Dinge, die ich mit euch besprechen wollte.«

»Du machst es aber spannend«, sagte Anne.

»Ich leite diese Gruppe sehr gerne, doch es gibt einige Baustellen in meinem Leben, die ich bereinigen muss und deshalb muss ich für einige Zeit weg.«

»Und wie lange?«, fragte Tamy überrascht.

»Ich weiß nicht, ein halbes Jahr oder ein ganzes, vielleicht auch nur ein paar Monate.«

»Und was ist mit uns?«, fragte Simon.

»Darüber sprechen wir gleich.«

»Warum hörst du denn auf?«, fragte Gerda.

»Ich muss mein Leben in Ordnung bringen. Ich habe festgestellt, dass ...« – zum ersten Mal in der Geschichte der Gruppe schien Alex um die richtigen Worte verlegen zu sein – »mein spirituelles Gleichgewicht außer Balance ist. Und deshalb muss ich für einige Zeit weg, muss sehen, wie es weitergehen soll.«

»Aber, um dein Leben in Ordnung zu bringen ... dafür hast du doch uns«, wandte Gerda verwundert ein.

»So einfach ist es nicht«, antwortete Alex.

Plötzlich mischte sich Peter ein. Herausfordernd sagte er: »Gibt es nicht noch etwas anderes, was du uns erzählen willst?«

Alex schwieg und sah zu Boden.

»Ist es wegen mir?«, fragte Heidi.

Er sah erschrocken auf. Mit dieser direkten Ansprache vor allen hatte er wohl nicht gerechnet. »Nein, das heißt, teilweise.«

»Dann wegen mir?«, fragte Tamy.

»Nein und ja.«

»Ich verstehe nur Bahnhof«, rief Simon.

Gerda, die neben ihm saß, sagte trocken: »Ich glaube, er hatte Affären mit beiden Damen.«

»Alex hatte keine Affäre mit mir!«, stellte Heidi klar.

Jetzt redeten alle durcheinander.

»Lasst mich bitte ausreden«, unterbrach sie Alex. »Ich brauche wie gesagt eine Pause. Ich habe lange überlegt, wer die Leitung übernehmen könnte, und ich weiß, dass Stella das drauf hat. Deshalb habe ich sie gefragt, ob sie das übernehmen würde, und sie hat zugestimmt. Gebt ihr eine Chance. Sie wird das gut machen.«

Wieder sahen sich die anderen an. Stella konnte in ihren Gesichtern Skepsis ablesen. Sie trauten es ihr nicht zu. Entmutigt ließ sie den Kopf sinken.

Simon sagte bedauernd: »Dann muss ich mich wohl aus der Gruppe verabschieden.«

»Habt ihr euch gestritten?«, fragte Gerda.

»Jetzt zerfällt die Gruppe nur wegen dir, Alex!« Peter war aufgebracht. »Die Gruppe ist mein einziger Lichtblick in der Woche!« Es klang wie eine Anklage.

Gerda legte einen Arm um ihn. »Das schaffen wir, Peter. Stella wird das bestimmt gut machen.«

»Sie wird das hinkriegen«, sagte Alex. »Simon, bitte gib Stella eine Chance. Wenn es nicht klappt, dann verstehe ich, dass du dir eine andere Gruppe suchst.«

Stella fasste ihren ganzen Mut zusammen: »Lasst es mich bitte probieren. Wenn ich euch zu doof bin, dann sagt es und wir werden eine Alternative finden. Mir hat die Gruppe sehr geholfen. Ihr wart für mich da und ich möchte für euch da sein.«

Die anderen waren immer noch nicht begeistert, das konnte sie sehen. Der Abend endete in einer Diskussion, bei der alle durcheinander sprachen. Stella merkte, dass sie für die anderen nicht die ideale Wahl war. Alex ging irgendwann während der Diskussion aus dem Zimmer, ohne dass es jemand bemerkt hätte.

»Hat er sich jetzt schon verdrückt?«, fragte Peter aufgebracht. »Einfach so, ohne die Karten auf den Tisch zu legen?«

»Wenn er gehen will, dann lass ihn gehen«, erwiderte Simon.

»Ihr kennt ja gar nicht die ganze Wahrheit«, sagte Peter. Er holte ein zusammengeknülltes Papier aus seiner Hosentasche hervor und faltete es auseinander. Auf dem Foto war eine junge Frau zu sehen.

»Was ist das?«, fragte Stella.

»Das ist doch das Foto von Alex' toter Schwester, das er uns mal gezeigt hat!«, erinnerte sich Gerda.

Peter lachte auf. »Von wegen. Das ist zwar das gleiche Bild, aber ich hab es im Baumarkt entdeckt. Das ist eins dieser Fotos, die als Beispiel in den Bilderrahmen stecken.«

Jetzt redeten alle wild durcheinander. Sie konnten nicht fassen, was Peter gesagt hatte. Er reichte das Bild herum und nun sahen sie auch, dass unten klein »13x18« aufgedruckt war. Peter erzählte, dass er Alex mit dem Bild konfrontiert hatte und dieser deshalb seinen Rücktritt vorgeschlagen hatte. Aber warum hatte Alex sie angelogen? Das war allen ein Rätsel.

Schließlich meinte Gerda ganz trocken: »Vielleicht hat er die Gruppe ja nur gegründet, um Frauen kennenzulernen?«

Zuerst wollte das niemand glauben, aber je länger sie diskutierten, desto mehr Beispiele von Frauen fielen Gerda, Peter und Simon, die am längsten dabei waren, ein. Natascha, Johanna, Carolin … Sie alle waren für ein paar Monate bei den Gruppensitzungen dabei gewesen und dann plötzlich ohne Angabe von Gründen nicht mehr gekommen. Damals hatte Peter gescherzt, dass ihr Gruppenleiter wohl ein Wunderheiler sei und ihn nach seinem Geheimrezept gefragt. Als Stella das hörte, sah sie zu Tamy. Die junge Frau schien bei diesen Geschichten innerlich vor Wut zu kochen.

»Ist Alex der Vater deines Kindes?«, fragte Stella Heidi direkt, als sie den offiziellen Teil beendet hatte.

Die anderen diskutierten noch so angeregt weiter, dass sie ihr Gespräch nicht hören konnten.

Heidi nickte. »Wir haben alle Dreck am Stecken.«

»Aber du hast doch vorhin gesagt, ihr hattet keine Affäre?«

»Stimmt. Das heißt, irgendwann hat er tatsächlich auf meine Flirts reagiert. Aber beim ersten Date hat er es sich doch wieder anders überlegt. Ich denke, er sucht mehr so den hilfsbedürftigen Frauentyp, dem er sich als Retter präsentieren kann. Da bin ich nicht die Richtige.«

»Verrückt«, rief Stella. »Aber wie bist du dann schwanger geworden?«

»Ich habe ihm Geld gegeben, damit er mir bei der Eizellspende aushilft.«

»Was?«

Stella benötigte einen Moment, um zu verstehen, was ihre Freundin gerade gesagt hat.

»Aber er hat mir das Geld zurückgegeben, in dem Umschlag. ... Ist ja auch egal jetzt. Lass uns über was anderes reden. Keine Angst. Du bist die ideale Gruppenleiterin.«

»Nur glauben das die anderen nicht.«

»Ich muss sagen, Alex ist vielleicht ein Arsch, was sein eigenes Leben betrifft. Aber er ist wirklich nicht blöd, er weiß, dass du das von uns allen am besten hinkriegst. Gut, ich wäre vielleicht auch nicht schlecht. Aber ...« Heidi zeigte auf ihren Bauch. »Es wäre nur für kurze Zeit.«

Schließlich machten sich die Ersten auf den Heimweg. Gerda, Peter und Anne unterhielten sich im Hinausgehen weiterhin angeregt, Simon brachte Tamy nach Hause und Stella verspürte einen Stich der Eifersucht. Simon hatte den ganzen Abend über kein Wort mit ihr gesprochen.

Die Woche darauf kamen nur Anne und Gerda zur Gruppe. Stella fühlte sich miserabel. Über die Geschichte mit Alex hatte sie immer wieder nachdenken müssen. Sie konnte es nicht verstehen. Er hatte so viele positive Ansätze, aber er benahm sich trotzdem absolut verantwortungs- und rücksichtslos. Wie sehr man sich doch in Menschen täuschen konnte!

»Die anderen sind einfach eingeschnappt, wir kriegen das schon hin. Vielleicht sollten wir wieder ein paar Zettel auslegen«, schlug Gerda vor. »Und wir dürfen die anderen nicht einfach abschreiben. Ich werde Peter und Simon überreden wiederzukommen. Stella, kannst du dich um Tamy kümmern?«

»Und was mache ich?«, fragte Anne.

»Du könntest mir helfen, die Zettel zu verteilen«, erwiderte Stella.

»Vielleicht könnten wir die auch noch ein bisschen ansprechender gestalten?«, meinte Anne.

Gerda fragte betont kühl: »Ach, gefallen sie dir etwa nicht?«

Als Anne sie erschrocken ansah, meinte sie: »War nur ein Witz, die Jugend macht das bestimmt besser.«

Am Wochenende traf Stella sich mit Anne. Gemeinsam gestalteten sie einen hübschen Flyer und eine Webseite mit dem Titel *Ein Zufluchtsort für Trauernde*. In den nächsten Tagen hängten sie an verschiedenen Orten Zettel aus. Außerdem rief sie bei Tamy an, doch diese entschuldigte sich, sie musste unbedingt für Prüfungen lernen.

Beim nächsten Treffen kamen wieder nur Anne und Gerda.

»Peter sagt, er ist krank«, meinte Gerda bedauernd. »Und Simon sagt, er braucht erst einmal Abstand von dir.«

»Wir ziehen unser Programm trotzdem durch«, erwiderte Stella trotzig.

In der folgenden Woche ging sie zu Tamys Haus und warf einen Flyer mit ein paar persönlichen Worten ein. Tatsächlich kamen die Woche darauf nicht nur Peter und Tamy, sondern auch ein Mann Ende fünfzig, der anhand der Aushänge aufmerksam geworden war. Zunächst wollte Ralf nichts von sich erzählen, aber als Stella über ihren Kinderwunsch berichtete und wie sie fürchtete, dass dieser niemals in Erfüllung gehen würde, brach es plötzlich auch aus ihm heraus. Er war mit einer kleinen Firma pleitegegangen und saß nun auf einem riesigen Berg Schulden, für den zum Teil auch seine Eltern gebürgt hatten. Diese Sorgen waren schon erdrückend genug. Doch was ihm

249

nachts den Schlaf raubte, war der Alptraum, dass er nie die Chance erhalten würde, den Wert seiner Erfindung zu beweisen, für die er sein Geschäft eigentlich gegründet hatte. Während er seine Geschichte erzählte, kam seine ganze Wut über die Ungerechtigkeit der Welt hoch und er steigerte sich in einen Wutanfall hinein. Stella nahm seine Hände und führte ihn mit ruhigen Fragen wieder in das Gruppengespräch zurück. Als die Stunde vorbei war, sah sie, wie Peter ihr beim Rausgehen einen anerkennenden Blick zuwarf.

Die Woche darauf kam noch eine weitere Frau. Mittlerweile hatte die Gruppe eine eigene Dynamik gefunden und Simone wurde von ganz allein in das Gespräch gesogen. Stella tat genau das, was Alex in solchen Momenten getan hatte: Sie ließ die anderen reden und gab nur den groben Ablauf vor.

»Ich hätte es dir nicht zugetraut«, sagte Tamy am Ende des Abends, »aber du machst es gut.«

Stella erkannte, dass sie endlich etwas wirklich Befriedigendes tat. Die Arbeit mit Menschen erfüllte sie mit Glück. Es war das einzige Glück, das sie in diesen Tagen spürte neben all dem tiefen Schmerz, Simon verletzt und verloren zu haben. Es half ihr und sie musste zugeben, was Peter schon immer gesagt hatte: Die Gruppe war auch für sie eine Ersatzfamilie geworden.

Diese Ersatzfamilie und die Rolle, die sie in ihr spielte, veränderten etwas in ihr. Während sie hier aufblühte, entwickelte sich die Vorbereitung auf ihre künstliche Befruchtung immer mehr zur inhaltsleeren Routine. Sie hatte in den letzten Tagen sogar die Anrufe von Klaus einfach ignoriert. Aber so konnte es nicht weitergehen, sie musste eine Entscheidung treffen.

»Und nimmst du weiter fleißig deine Medikamente, Mama?«, fragte Klaus, als er sie am nächsten Abend anrief.

»Klaus, wir müssen reden«, erwiderte sie, »aber nicht am Telefon.«

Sie verabredeten sich auf der Bank an der Neckarwiese, auf der Klaus vor fast zwei Jahren Schluss mit ihr gemacht hatte.

»Klaus, ich werde das nicht machen«, eröffnete Stella ihm.

»Was?«

»Eine Eizellspende mit dir.«

Er sah sie mit großen Augen an. »Warum denn?«

»Klaus, sei bitte ehrlich, warum machst du das alles? Doch bestimmt nicht nur, weil du mich glücklich machen möchtest.«

»Ich möchte genauso wie du eine Familie.«

»Das werden wir nie mehr sein. Es ist vorbei zwischen uns. Ich liebe Simon immer noch.«

»Aber ich dachte, Kinder sind das Wichtigste für dich?«

»Ja, da stimmt auch, aber die Basis muss stimmen. Klaus, wir passen nicht zusammen, und nur der Wunsch nach einer Familie wird uns nicht weiterbringen. Irgendwann sind wir beide unglücklich.«

Er dachte einen Moment nach.

»Aber die Spenderin wird schon stimuliert.«

»Dann ruf an und sag ihnen, dass sie jemand anderen glücklich machen soll. Die nächste Frau auf der Warteliste wird sich freuen.«

Klaus sah sie verdattert an und Stella fuhr rasch fort: »Es tut mir leid, dass mir das alles erst jetzt klar wird. Danke für alles! Bitte leite die Arztrechnungen an mich weiter, ich überweise es dir dann.«

Sie gab ihm einen Kuss auf die Wange und ging. Nachdenklich schlenderte sie über die Wiese und ging schließlich über die Brücke zurück auf die andere Neckarseite. Es tat weh, diese zum Greifen nahe Chance auf ein Kind zu begraben, aber gleichzeitig fühlte sie sich frei.

Am nächsten Donnerstag beim Blitzlicht erzählte Stella: »Ich trauere, weil ich einen lieben Menschen verletzt habe. Es tut mir weh, ihn nicht zu sehen und mit ihm nicht die alltäglichen Kleinigkeiten zu teilen. Das schmerzt so sehr, dass ich nicht weiß, ob es jemals vorbeigehen wird.«

»Du brauchst Vergebung«, sagte Tamy. Von ihr hätte Stella diese Worte am wenigsten erwartet.

»Kannst du das näher erläutern?«, fragte Peter.

»Na ja, ich bin keine Seelenklempnerin, aber ich hab neulich diesen uralten Film gesehen – *Mission* hieß er – und da schleppt so ein Typ viele Steine mit sich herum und das sollte seine Schuld darstellen. Doch was er brauchte war Vergebung, damit er sich frei fühlen konnte. Gut, in dem Film war es Vergebung bei Gott. Aber was du eben gesagt hast, hat mich daran erinnert. Du schleppst auch so ein paar Steinchen.«

Aber wie sollte sie sich mit Simon aussprechen, wenn er nicht einmal auf ihren Brief reagiert hatte? Er wollte sie offensichtlich nie wieder sehen. Dabei hatte sie jetzt sogar ihren Kinderwunsch für ihn aufgegeben. Wenn sie ehrlich war, dann verletzte es sie, dass er sich nie zum Inhalt des

Briefs geäußert hatte. Wieso war es ihm nicht einmal einen Kommentar wert gewesen?

Nachdem sie fertig waren, sagte Peter noch: »Also, ich muss noch etwas klarstellen.«

Alle sahen ihn an. »Klar, Peter, was ist?«

»Der Film, von dem Tamy sprach, ist nicht uralt und der Schauspieler mit den Steinen heißt Robert De Niro, einer der besten Schauspieler überhaupt.«

Tamy tappte ihn auf den Arm. »Der wurde vor meiner Geburt gedreht, aber entschuldige, ich wollte dich nicht verletzen.«

Alle mussten lachen, auch Peter.

In der nächsten Zeit fokussierte Stella sich in ihrer Freizeit auf die Gruppe und die Vorbereitung der Abende. Das war ihre Möglichkeit, der Einsamkeit zu entfliehen. Sie waren mittlerweile acht Personen. Eines Abends sagte Peter während des gemütlichen Abschlusses: »Eins muss man Alex lassen. Er hatte recht, du machst das gut.«

Die Woche darauf kam Tamy mit Simon herein, als sie schon angefangen hatten. Stella verschlug es die Sprache und sie war nicht in der Lage zu reagieren. Die anderen lächelten ihm freundlich zu.

»Ich habe einen alten Hasen mitgebracht«, sagte Tamy und stellte ihn den Neuen vor.

Die anderen begrüßten ihn, teils neugierig, teils freudig.

Stella riss sich zusammen und sagte ebenfalls: »Hallo Simon.«

Er vermied es, sie anzuschauen. Dann setzten sie das Blitzlicht fort.

Schließlich ergriff Simon das Wort: »Meine Woche war okay. Ich bin wieder dabei, mein Leben neu zu ordnen, nachdem mir das Herz zum zweiten Mal gebrochen wurde.«

Marie, eine junge Frau, die neu in der Gruppe war, fragte: »Möchtest du darüber reden?«

»Ich weiß nicht, ob das helfen würde. Was passiert ist, ist passiert.«

»Möchtest du das draußen besprechen, unter vier Augen?«, fragte Stella.

»Nein.«

Er sah sie nicht an.

»Okay, dann nicht.« Wut stieg in ihr auf. »Dann sag doch ehrlich, dass ich die Böse bin, und mach vor den anderen nicht einfach irgendwelche Andeutungen. Aber so einfach ist das nicht. Ja, ich habe Fehler gemacht und die bereue ich. Aber du bist nicht bereit, mir noch eine Chance zu geben.«

»Wie kann ich das tun nach der Entscheidung, die du getroffen hast? Ich habe keine Ahnung mehr, wer du bist. Ich hasse dich sogar manchmal.«

Die Blicke der anderen wanderten wie beim Tennismatch zwischen Stella und Simon hin und her.

»Ich würde vorschlagen, ihr besprecht das wirklich unter vier Augen«, mischte sich Peter ein. »Und Simon, reiß dich zusammen. Eine Sache habe ich gelernt: Zu einer Beziehung gehören immer zwei und somit sind beide schuld, wenn sie scheitert.«

Simon schwieg betroffen. Peter war bei diesen Worten aufgestanden, und als er sich setzte, klopfte ihm Gerda stolz auf die Schultern.

Doch für Simon war das Thema nicht erledigt, er rechtfertigte sich: »Aber hier sind auch Kinder im Spiel. Und die muss ich beschützen, bevor sie ihr Herz öffnen und es dann jemand bricht und sie alleine lässt. Meine Schuld ist, dass ich diese Verantwortung verdrängt habe, bloß weil ich mich allein gefühlt habe. Das wird mir in Zukunft nicht mehr passieren. Nur weil eine Frau nett und offen wirkt, heißt das nicht, dass man ihr vertrauen kann!«

»Was soll ich denn noch machen?«, rief Stella.

Als sie sah, wie alle sie anstarrten, riss sie sich zusammen, doch in ihrem Inneren brodelte es. Warum wollte er sie nicht verstehen? Es kostete sie viel Kraft, aber sie fiel in ihre Rolle als Moderatorin zurück und sagte: »Entschuldigt bitte, wie ihr seht, haben wir hier alle unsere Probleme.«

Simon stand auf und eilte hinaus.

»Sorry«, sagte Tamy zerknirscht. »Ich hab ihn hergeschleppt, weil ich dachte, dass es hilft.«

Sie stand auf und erklärte: »Ich kümmere mich mal um ihn.«

Als die Tür sich hinter ihr schloss, drehte sich Stella wieder zu den anderen um.

»Es tut mir leid, dass ihr das mit anhören musstet.«

»Du bist auch nur ein Mensch«, sagte Gerda.

Stella lachte bitter auf. »Das bin ich.«

Doch dann versteckte sie ihre Gefühle und gab den anderen die Chance, von sich zu erzählen und sich gegenseitig zu ermutigen. Der Abschluss fiel heute kurz aus. Stella war viel zu aufgewühlt, um sich noch lange zu unterhalten. Sie schaffte es auch nicht, einfach nach Hause zu fahren. Stattdessen fuhr sie zu Simon, beobachtete eine Weile das Haus und beschloss schließlich zu klingeln. Wieder einmal raste ihr Herz. Simon öffnete die Tür.

»Ich verstehe, wenn du mit mir nicht zusammen sein kannst. Aber warum hasst du mich gleich? Kannst du mich nicht auch verstehen? Du interessierst dich gar nicht dafür, wie es mir geht, du bist ja nur mit dir beschäftigt. Für mich war die Trennung genauso schlimm wie für dich!«

Er lachte kurz auf und sie erschrak über die Bitterkeit, die in seinem Lachen lag.

»Du hast keine Ahnung, wie schlimm die Trennung für mich war. Du konntest ja die letzte Zeit in Ruhe deine Wunden lecken und alles in der Gruppe ausdiskutieren. Aber ich habe noch nicht einmal dafür Zeit, denn ich bin damit beschäftigt, meine Kinder zu beschützen und zu trösten, weil sie schon wieder verlassen wurden.«

»Ich habe sie nicht verlassen, du wolltest, dass ich gehe.«

»Weil ich dir nicht trauen kann.«

Stella schossen Tränen in die Augen. Sie setzte an, etwas zu erwidern, aber sie fand keine Worte. Wie konnte Simon so etwas sagen? Sie sah ihn noch einmal an, dann drehte sie sich um und stieg in ihr Auto.

Sie wusste nicht, wie sie nach Hause gekommen war, zum Glück war es spät und die Straßen leer. Es brauchte eine große Kanne Kräutertee und viele Tränen, bis sie sich wieder annähernd beruhigt hatte. Doch als sie wieder durchatmen konnte, begann sie, auch die positive Seite zu sehen. Ihre Begegnung war wie ein reinigendes Gewitter gewesen. Jetzt hatte sie endlich die Bestätigung, dass sich Simon gegen ihre Liebe entschieden hatte. Und so sehr diese Gewissheit schmerzte, so konnte sie ihn doch ein wenig verstehen. Als Vater machte er sich Sorgen um Clara und Tim. Sie war nur kurze Zeit ihre Probe-Stiefmutter gewesen und spürte schon die Verantwortung, sie zu beschützen. Wie groß musste erst der Druck sein, der auf ihm lastete?

Irgendwie überstand Stella den nächsten Tag, doch abends fiel sie todmüde ins Bett. Am Samstagmorgen wurde sie sehr früh von der Haustürklingel geweckt. Verschlafen öffnete sie. Vor ihr standen Clara und Tim.

Plötzlich war Stella hellwach. »Was macht ihr denn hier?«, rief sie aus. »Seid ihr ganz alleine hergekommen?«

»Mit der Straßenbahn«, sagte Clara. »Ich habe Tim gebeten, dass er mich herbringt.«

»Aber woher wisst ihr denn, wo ich wohne?«

»Papa hat noch einen Zettel mit deiner Adresse und Telefonnummer an der Pinnwand hängen«, erklärte Tim. »Da war es nicht schwer, Detektiv zu spielen.«

»Wir wollen bei dir sein«, sagte Clara. »Papa ist immer so wütend, seit du weg bist, und zu Hause ist es nicht mehr schön. Wir haben ihn am Donnerstag gehört, er war so böse zu dir.«

Die beiden schlängelten sich an ihr vorbei.

»Heißt das, euer Vater weiß gar nicht, dass ihr hier seid?« Sie schüttelten simultan ihre Köpfe.

»Wir haben ihm einen Brief geschrieben, dass wir weggehen«, sagte Tim.

»Er macht sich wahrscheinlich unglaubliche Sorgen!«, rief Stella aus.

»Bitte komm zu uns zurück, Stella.«

»Ihr seid so süß, aber so einfach läuft das bei den Erwachsenen nicht.«

»Ich will nie erwachsen werden!«, schimpfte Clara.

Stella griff zum Telefon und rief Simon an. Da er nicht abnahm, sprach sie ihm auf den Anrufbeantworter. Dann machte sie erst mal ein Frühstück für die Kinder.

Eine halbe Stunde später klingelte es erneut an ihrer Tür. Es war Simon.

Stella nickte ihm zu und sagte bedrückt: »Komm rein.«

Er hielt den Brief hoch, als er zu den Kindern ins Wohnzimmer trat.

»Was soll das?«

»Wir wollen bei Stella sein, du schimpfst die ganze Zeit.«

»Ich?«

Sie nickten.

»Und du liebst Stella doch«, sagte Tim.

Simon und Stella sahen sich an, ohne etwas zu erwidern.

»Wir gehen mal in den Garten, ihr könnt dann reden«, sagte Tim.

»Ihr dürft euch auch küssen«, kicherte Clara und ihr Bruder zog sie in Richtung Terrassentür.

»Ich weiß nicht, was in sie gefahren ist«, sagte Simon.

»Sie wollen nur, dass ihr Vater wieder glücklich wird.«

»So einfach funktioniert das nicht.«

»Warum?«

In diesem Moment kam Clara zurück. »Kommt Stella zurück?«

»So einfach ist das nicht«, erklärte Simon.

»Doch, wenn ihr euch liebt.«

»Ach, Clara, Stella hat mir sehr wehgetan.«

»Das mache ich doch ständig und du hast mich trotzdem lieb.«

Simon strich ihr durchs Haar.

»Ja, Schatz, aber das ist was anderes.«

»Warum? Du hast ja noch gar nicht probiert, ihr zu verzeihen!«

»Schatz, es ist schön, dass du dir so viel Mühe gibst, aber das geht nur Stella und mich etwas an.«

»Immer geht es nur die Erwachsenen etwas an«, protestierte Clara.

258

Simon sah Stella an, dann sagte er: »Wir gehen jetzt. Oma hat uns eingeladen.«

Er holte Tim aus dem Garten. Die Kinder schauten traurig drein, aber sie sagten nichts mehr. Clara umarmte Stella fest, als sie sich verabschiedete, und sogar Tim ließ sich kurz in den Arm nehmen. Simon nickte ihr dagegen nur zu.

Den Tag über versuchte Stella sich abzulenken, doch nachts lag sie im Bett und weinte. Sie fragte sich, warum das Glück sie immer nur kurz berührte und dann eine riesige Wunde hinterließ. Warum konnte er ihr nicht verzeihen? Vielleicht sollte sie auch ins Kloster gehen oder mit Alex um die Welt ziehen. Er war zwar ein Windhund mit zweifelhafter Moral, aber er wäre damit definitiv auch der erste Mann, der sie nur noch positiv überraschen konnte. Vielleicht sollte sie wirklich einfach alles hinter sich lassen und verschwinden. Doch konnte sie das der Gruppe antun, nachdem Alex es schon getan hatte? Nein, sie würde hierbleiben und kämpfen. Wenigstens etwas konnte sie tun, das ihr Spaß machte und einen Sinn hatte.

Am Sonntag sah Stella eine Reportage über Pflegekinder. Der Gedanke daran ließ sie nicht mehr los. Daher ging sie am Montag kurz entschlossen zum Jugendamt, holte sich Informationsmaterial und vereinbarte einen Termin mit einer Sozialarbeiterin. Danach setzte sie sich auf eine Bank und löschte aus ihrem Smartphone die Nummern von Simon und Klaus.

In der nächsten Zeit widmete sich Stella der Gruppe und ihrer Arbeit und merkte, wie der Schmerz in ihrem Herzen langsam nachließ. Sie dachte weniger an Simon. Und wenn sie an ihn dachte, dann waren es vor allem positive Erinnerungen an ihre gemeinsame Zeit. Statt Schmerz über ihre Trennung spürte sie immer häufiger das Bedauern, dass sie diesem tollen Mann nicht das Glück hatte geben können, das er verdiente.

Manchmal rief Clara heimlich bei ihr an oder Tim sandte ihr Nachrichten über WhatsApp. Stella unterhielt sich gern mit ihnen, nicht, um sich auf Umwegen zurück in Simons Leben zu schleichen, denn wenn er sie nicht mehr sehen wollte, dann musste sie das akzeptieren. Doch sie wollte den Kindern als Ansprechpartnerin zur Verfügung stehen.

Beim Jugendamt bewarb sie sich als Pflegemutter. Ihre Sachbearbeiterin erklärte ihr, dass es kein Ausschlusskriterium sei, dass sie Single war. Wichtig war es, dass Stella der Aufgabe emotional gewachsen war und sich genug Zeit nehmen konnte, um auf die Bedürfnisse des Kindes einzugehen.

»Ich hatte mir eigentlich Sorgen gemacht, dass Sie meine finanzielle Situation nicht ausreichend finden, da ich ja kein Einkommen habe, wenn ich nicht mehr arbeite«, gab Stella zu.

»Ach, wissen Sie, Sie haben eine Wohnung, die groß genug ist. Wenn Sie ein Kind aufnehmen, können Sie ganz normal Elternzeit und Elterngeld beantragen, wie alle anderen Eltern auch. Wenn das Kind im Kindergarten ist, können Sie wieder halbtags arbeiten gehen. Und dann erhalten Sie ja auch noch den Betreuungszuschuss für die Versorgung des Kindes. Letztendlich versuchen wir, Kinder in normalen Bedingungen unterzubringen ... so wie es auch Kindern ergehen würde, die bei ihren leiblichen Eltern wohnen.«

Sie sprachen noch eine Stunde lang darüber, welche Herausforderungen sich Stella vorstellen konnte. Sie spürte, dass sie gut beraten wurde und dass das Kindeswohl bei ihrer Gesprächspartnerin an erster Stelle stand. Auch wenn ihr die Jugendamtsmitarbeiterin keine Versprechungen machte, so verließ Stella das Amt doch mit einem guten Gefühl und einem kleinen Hoffnungsschimmer.

22.

Am Abend saß Stella abends auf ihrer Couch, als Heidi anrief.

»Guck mal bei *Immoscout*«, sagte ihre Freundin nach einer kurzen Begrüßung.

»Heidi, ich brauche keine neue Wohnung.«

»Du nicht, aber ich. Such mal nach Häusern in Heidelberg.«

Stella öffnete ihren Laptop. Widerwillig tat sie, was Heidi von ihr verlangte. Sie musste nicht weit scrollen. Es gab viele Bilder von alten Häusern. Doch ihr Blick fiel auf ein ganz bestimmtes Foto. Ihr Herz schlug schneller. Das war Simons Haus, das hier zum Verkauf stand! Warum verkaufte er sein Haus? Wollte er wegziehen?

»Was hat das zu bedeuten?«, fragte sie.

»Keine Ahnung«, sagte Heidi. »Aber ich dachte, du solltest es wissen.«

Am nächsten Morgen rief Stella Tim an.

»Habt ihr vor wegzuziehen?«

»Ja, Papa hat einen neuen Job, wir sollen in die USA ziehen.«

Stella fiel fast der Hörer aus der Hand.

»Was? In die USA! Und du hast mir nichts geschrieben?«

»Wir wissen es auch noch nicht lange.«

»Freut ihr euch?«

Stella hörte, wie Clara ins Zimmer kam und fragte: »Mit wem sprichst du denn?«

»Mit Stella.«

»Ich will auch mit ihr sprechen.«

»Warte, ich stelle auf laut.«

Stella begrüßte Clara. Dann fragte sie erneut:

»Freut ihr euch, dass ihr nach Amerika zieht?«

»Nein, ich will da nicht hin«, sagte Clara. »Das ist so weit weg.«

»Wann fliegt ihr denn?«, fragte Stella.

»In zehn Tagen.«

Stella erfasste eine große Traurigkeit.

»Vielleicht kannst du uns helfen, dass wir bleiben?«, bat Clara hoffnungsvoll.

»Euer Vater will mich doch nicht sehen.«

»Aber vielleicht liebt er dich noch«, sagte Clara. »Wie Shrek. Er weiß es bloß nicht. Du musst nur irgendwie in Gefahr geraten, damit er dich retten kann.«

Obwohl sie traurig war, musste Stella über ihren Eifer schmunzeln.

Plötzlich sagte Tim: »Papa hat uns gerufen, wir sollen frühstücken kommen. Tschüss, Stella.«

»Macht's gut, ihr beiden.«

Als sie auflegte, hatte Stella Tränen in den Augen.

Lange überlegte sie, ob es etwas gab, was sie tun konnte. Donnerstags beim Gruppentreffen erzählte sie von der neuesten Entwicklung.

»Ich habe das Gefühl, ich müsste etwas unternehmen«, sagte Stella. »Aber ich weiß nicht was.«

»Willst du ihn denn wieder zurückgewinnen?«, fragte Gerda.

Stella schüttelte den Kopf.

»Das zwischen uns ist endgültig vorbei. Aber ich habe das Gefühl, dass er nur vor mir flieht. Und damit macht er die Sache für sich und die Kinder nur schlimmer. Sie verlieren ihre Freunde, ihre Heimat, ihre Großeltern.«

»Wir müssen etwas tun, damit er bleibt!«, rief Gerda.

»Und was?«, wollte Peter wissen.

Nun zuckte Gerda mit den Schultern.

»Irgendetwas Cooles!«, sagte Tamy.

»Und was wäre cool?«

Zögerlich brachten ein paar Leute Ideen vor, aber nichts davon versprach den gewünschten Erfolg.

Am nächsten Morgen klingelte ihr Telefon, als Stella gerade auf dem Weg nach draußen war. Es war Tim.

»Hallo Tim, musst du nicht in die Schule? Was gibt es?«

»Kannst du bitte kommen? Papa geht es nicht gut«, bat der Junge mit zitternder Stimme.

»Was ist passiert?«

»Eigentlich nichts. Aber er liegt schon seit gestern im Bett und steht nicht auf. Er sagt die ganze Zeit, dass er müde ist und schlafen will.«

»Ich komme sofort.«

Stella gingen alle möglichen Krankheiten durch den Kopf, während sie im Auto saß. Ob sie lieber gleich den Notarzt hätte rufen sollen?

Die Kinder standen beide in der Tür, als sie dort ankam. Clara weinte und Tim sah sehr besorgt aus.

»Meinst du, Papa stirbt?«, fragte Clara schluchzend.

»Bestimmt nicht. Ich schaue erst mal, was los ist, und dann rufen wir einen Krankenwagen.«

Beim Hochlaufen bemerkte Stella, dass überall Sachen herumstanden und -lagen. Es war um Einiges unordentlicher als in der Zeit, bevor sie hier eingezogen war. Oben angekommen öffnete sie vorsichtig die Tür zum Schlafzimmer. Die Rollläden waren herabgelassen. Simon lag im Bett und überall lagen benutzte Taschentücher auf dem Boden.

Leise ging sie zum Bett und hauchte: »Simon, schläfst du?«

Er reagierte nicht.

Sie machte noch einen Schritt auf ihn zu.

»Simon, ich bin es, Stella«, sagte sie etwas lauter.

Er drehte sich jetzt um und sah sie hilflos an. Er wirkte unglaublich erschöpft und traurig. Sie erkannte ihn kaum wieder. Doch sie erkannte sich selbst in ihm wieder.

»Simon, was ist passiert?«

Er sah sie an. »Ich hab meinen Job verloren, nicht nur meinen Job, die Firma ist pleite und ich habe mitinvestiert, das Geld ist auch weg.«

Sie war überrascht.

»Ich kann nicht mehr, ich kann nicht ständig kämpfen. Ich bin so schrecklich müde und habe furchtbare Kopfschmerzen und mein Herz rast immer wieder, aber ich kann nicht aufstehen«, sagte er mit einer stillen Verzweiflung, die ihr Angst machte.

»Ich glaube, ich rufe den Notarzt«, sagte Stella sanft. »Auch wenn ich denke, dass es dir bald besser gehen wird.«

»Die können mir auch nicht helfen. Ich hab für diese Firma alles gegeben.«

Sie wollte etwas Tröstendes sagen, aber sie merkte, dass es besser war, einfach nur zuzuhören.

Dann sah er wieder zu ihr auf. »Wieso bist du hier?«

»Tim hat mich angerufen.«

»Wirklich?«

»Ja, die Kinder machen sich Sorgen um dich.«

»Ich weiß, dass es zwischen uns …«, begann Simon, doch Stella unterbrach ihn.

»Ich glaube, du brauchst ein bisschen Erholung und musst zur Ruhe kommen.«

»Stella, ich bin arbeitslos.«

»Und der Job in den USA?«

»Alles eine Attrappe, die haben mich wunderbar reingelegt und wir kannten uns seit Jahren«, rief er verbittert. »Am liebsten würde ich alles kurz und klein schlagen, aber stattdessen fühle ich mich völlig überfordert und müde und liege hier im Bett und kann nicht mal aufstehen!«

Er zog sich jetzt langsam hoch und versuchte sich zu erheben, doch er taumelte.

Stella stützte ihn ab.

»Was hast du?«

»Mir ist schwindlig«, sagte er.

Sie half ihm, sich wieder hinzulegen. Ob es einfach daran lag, dass er zu lange im Bett verbracht hatte? Oder hatte sein Schwindelgefühl doch ernste Hintergründe?

»Rast dein Herz immer noch?«, fragte sie.

»Jetzt wieder etwas mehr.«

»Ruh dich aus, Simon. Es ist okay«, sagte sie, um ihn zu beruhigen. »Ich kümmere mich um alles.«

Simons Zustand, sein Herzrasen machte ihr Angst. Sie ging kurz hinaus und wählte den Notruf. Anschließend ging sie wieder zu Simon.

Simon flüsterte: »Es tut mir leid wegen der Kinder, aber

ich hab einfach keine Kraft, ich bin so müde und dabei ist so viel zu tun.«

Stella fühlte mit ihm, sie nickte und hörte ihm einfach nur zu.

»In ein paar Tagen wären wir geflogen, der Umzugswagen steht vor der Tür und ich komme nicht aus dem Bett.«

»Simon, du lässt dich jetzt erst einmal untersuchen und dann schauen wir weiter. Für alles findet sich eine Lösung«, sagte Stella bestimmt.

Simon schloss die Augen. Zehn Minuten später war der Krankenwagen da.

Als der Notarzt aus dem Schlafzimmer trat, sagte er: »Wir können nichts feststellen. Er scheint physisch gesund zu sein. Ich vermute, er braucht etwas Ruhe und dann wird das wieder. Dennoch würde ich ihn ins Krankenhaus mitnehmen, um alles auszuschließen. Hat Ihr Mann viel Stress? Das ist meistens der Grund für so einen Zusammenbruch. Oder ein traumatisches Erlebnis?«

Zunächst registrierte Stella nicht einmal, dass der Notarzt sie für Simons Ehefrau hielt. Aber als ihr Gehirn die Information verarbeitet hatte, widersprach sie nicht. Es war so viel einfacher, als dem Mediziner die wahren Umstände zu erklären, so würde er sie wenigstens als angebliche Familienangehörige informieren. Außerdem brauchte Simon in dieser Notlage wirklich eine Frau an seiner Seite, und wenn sie damit einige der schlechten Momente, die sie ihm bereitet hatte, wiedergutmachen konnte, übernahm sie diese Rolle gerne, solange es nötig war.

Nachdem alle Formalitäten erledigt waren, fuhr der Krankenwagen mit Simon davon. Stella rief in der Schule an, um Bescheid zu geben, dass die Kinder nicht kommen würden. Dann machte sie ihnen eine heiße Schokolade und sie schauten gemeinsam ein paar lustige Katzenvideos bei YouTube.

»Das hilft mir immer, wenn es mir schlecht geht«, erklärte sie.

»Meinst du, Papa wird wieder gesund?«, fragte Clara plötzlich.

»Bestimmt«, sagte Stella. »Er ist etwas überfordert. Wisst ihr, er hat seine Arbeit verloren.«

»Wegen uns?«, fragte Tim.

»Wegen euch bestimmt nicht. Der Tod eurer Mutter, der Umzug, die Arbeit ... das ist einfach viel.«

Und alleine schafft er es nicht, dachte sie. Wie viel anders hatte doch die Wohnung ausgesehen, als sie hier gewesen war, um ihm den Rücken freizuhalten. Vielleicht war ja das ihr großes Talent? Menschen in turbulenten Zeiten ein Zuhause aufzubauen, an dem sie einen sicheren Rückzugsort hatten? Wenn sie es so betrachtete, dann klang ihr Wunsch, Hausfrau und Mutter zu sein, gar nicht mehr so angestaubt. Irgendjemand musste sich doch auch darum kümmern, dass es solche sicheren Häfen gab.

Nach dem Mittagessen rief Stella im Krankenhaus an, um sich nach Simons Zustand zu erkundigen. Das Personal hielt sich am Telefon bedeckt, aber sie durfte ihn besuchen. Stella entschied, dass es besser war, alleine hinzugehen. Sie rief Beate an und fragte, ob sie Tim und Clara eine Weile betreuen könnte. Ihre Nachbarin willigte gern ein und Clara freute sich, mit der kleinen Emma spielen zu dürfen. Tim maulte zwar, er sei zu groß für einen Babysitter, aber in dieser besonderen Situation wollte Stella ihn nicht alleinlassen.

Nachdem Stella die Kinder bei Beate abgeliefert hatte, fuhr sie zu Simon. Sie fühlte so sehr mit ihm! Vor einem Jahr hatte sie sich ja selbst in einer ähnlichen Situation be-

268

funden, als ihr alles über den Kopf gewachsen war. Als sie das Einzelzimmer betrat, war Simon wach und saß halb aufgerichtet im Bett.

»Hi«, sagte sie.

Er sah sie an.

»Wo sind die Kinder?«, fragte er.

»Bei Beate, ich wusste nicht, ob es gut ist, sie mitzubringen«, beruhigte sie ihn. »Wie geht es dir?«

»Besser, sie haben mir Beruhigungsmittel gegeben«, erklärte er.

»Haben die Untersuchungen etwas ergeben?«

»Ich bin wohl etwas überfordert mit der jetzigen Situation, eher ein Fall für den Therapeuten.«

Stella war erleichtert.

»Dann bist du bestimmt bald wieder wohlauf.«

»Aber was soll ich tun? Ich muss einen neuen Job suchen und in der Zwischenzeit kann ich wahrscheinlich nicht einmal die Raten fürs Haus abbezahlen.«

Simon sagte das seltsam teilnahmslos. Er konnte sich nicht einmal richtig aufregen, weil die Beruhigungsmittel ihn lahmgelegt hatten.

»Wann darfst du das Krankenhaus verlassen?«

»Sie wollen mich noch bis morgen Mittag dabehalten.«

Er sah sie lange an. In ihm arbeitete es. Schließlich sagte er: »Danke.«

Sie lächelte. »Alles wird gut. Ruh dich aus, ich kümmere mich um den Rest.«

»Wie geht es Papa?«, fragte Clara, während Tim ängstlich hinter ihr stand.

»Besser, er muss sich ausruhen.«

»Wird er gesund?«

»Klar«, sagte Stella.

»Ist es unsere Schuld, dass es ihm so schlecht geht?«, fragte Tim leise.

»Nein, auf keinen Fall, ihr macht ihn sehr glücklich.«

»Können wir ihn besuchen?«

»Morgen, okay? Sollen wir heute Pizza bestellen?«

Die Kinder waren begeistert und ihre Sorgen erst einmal vergessen. Nach dem Abendessen beschloss Stella, die Großeltern der Kinder einzuweihen. Das fiel ihr schwer, denn sie hatte sie nur einmal gesehen und damals war der Empfang sehr unterkühlt gewesen. Dennoch überwand sie sich und erfragte von Tim die Nummer. Mit klopfendem Herzen wählte sie.

»Schneider.«

»Hallo, hier ist Stella, eine Freundin von Simon.«

Ein überraschtes »Guten Abend« folgte.

»Ich weiß, wir kennen uns nicht so gut, aber ich wollte mit Ihnen über Simon sprechen.«

Ein langgezogenes »Jaaa?« ertönte.

Nun erzählte Stella, was vorgefallen war und dass sie sich gerne um die Kinder kümmerte.

»Also, die Kinder können auch bei uns bleiben«, sagte die Großmutter.

»Ich glaube, es ist ganz gut, wenn sie in ihrer Umgebung bleiben. Sie müssen ja auch in die Schule. Aber es ist eine gute Idee, wenn Sie vielleicht noch mehr einspringen könnten.«

Das Gespräch verlief ausgesprochen gut. Stella war überrascht.

»Wir dachten, dass Sie nicht mehr zusammen sind?«

»Na ja, es ist kompliziert, aber ich mag Ihre Enkel und ich möchte auf jeden Fall helfen.«

»Wenn Simon und die Kinder damit einverstanden sind.«

»Das sind sie.«

Stella schlug vor, dass sie am nächsten Tag mit den Kindern zu den Großeltern fahren könnte, um alles Weitere zu besprechen. Das kam bei der alten Dame gut an.

Am nächsten Morgen fuhr Stella mit den Kindern zunächst ins Krankenhaus und brachte Simon Kleidung und ein paar Hygieneartikel. Die Kinder waren froh, ihren Vater zu sehen, aber sie machten sich auch Sorgen, weil er sehr blass und müde aussah.

Die Fahrt zu den Großeltern brachte sie auf andere Gedanken. Ihre Oma bereitete Pfannkuchen zu, auf die sich die Kinder mit Heißhunger stürzten. Danach spielten sie mit dem Hund, einem niedlichen kleinen Mischling.

Stella fühlte sich etwas unwohl. Überall im Haus hingen Fotos von Karin und ihren Kindern, Bilder aus glücklichen Tagen. Manchmal war auch Simon dabei.

»Ich weiß, dass es unangenehm für Sie ist, sich mit mir zu unterhalten, na ja, ich fühle mich jedenfalls komisch dabei. Aber wir wollen, glaube ich, alle das Beste für Ihre Enkel«, begann Stella.

»Das Leben muss weitergehen«, sagte Heinz. »Ja, also wir helfen, so gut wir können.«

Margarete wischte sich eine Träne aus dem Augenwinkel.

»Ich kann nächste Woche Urlaub nehmen, aber übernächste Woche braucht Simon auf jeden Fall noch Hilfe«, sagte Stella.

»Fliegt er jetzt nicht mehr in die USA?«

»Nein, seine Firma ist insolvent, die zwei Geschäftsführer haben sich abgesetzt.«

»Zumindest geht es ihm körperlich gut. Aber er hat so viel gearbeitet und das ist der Dank. Schön, dass Sie ihm da so beistehen, obwohl Sie nicht zusammen sind«, meinte sie und wurde rot.

Stella zuckte mit den Schultern.

»Die Kinder sollen nicht noch mehr leiden.«

»Ja natürlich«, gab Margarete ihr recht.

Sie verabredeten, dass Margarete für eine Woche nach Heidelberg kommen würde, um sich in den Pfingstferien um Simon und die Kinder zu kümmern.

Als sie an diesem Abend die Kinder ins Bett gebracht hatte, klingelte Stellas Handy. Es war Alex.

»Du hast ja Nerven, hier anzurufen«, sagte Stella.

»Hat Peter alles erzählt?«

»Ja. Aber ehrlich gesagt kann ich immer noch nicht begreifen, was du da abgezogen hast.«

»Ich weiß, dass das scheiße war.«

»Allerdings.«

»Nachdem ich mit meinem Prof lange darüber geredet habe, hat er mir als ersten Schritt empfohlen, mit der Gruppe darüber zu sprechen. Als Therapie sozusagen. Darf ich mit dir anfangen?«

»Okay.« Stella wusste nicht genau, ob sie ihm trauen konnte. Zunächst war es ganz still in der Leitung. Für Alex war es offensichtlich etwas ungewohnt, über sein eigenes Innenleben zu sprechen. Dann begann er: »Manchmal im Leben hat man die verrücktesten Ideen. Ich hab da mal einen bescheuerten Dokumentarfilm über Typen gesehen, die mit alleinerziehenden Frauen ausgehen ...«

»Du meinst, die sie *ausnutzen*.«

»Als Ausnutzen würde ich es nicht bezeichnen. Es ist ein Weg, um nicht einsam zu sein.« Nach einer kurzen Denkpause fügte er hinzu: »Für beide Seiten.«

»Dann wäre ich doch lieber einsam.«

»Nicht jeder ist so stark und standhaft. Schleppen wir nicht alle irgendwelche Altlasten mit uns herum? Bei dem einen ist es nur eine kleine Tüte, bei anderen ein ganzer Container. Und ich versuche, meinen Container zu leeren. Das ist mir schon länger klar, nur habe ich nicht die Kraft, es alleine anzugehen.«

»Über was möchtest du mit dir sprechen?«, wollte Stella wissen.

»Ich wollte dir nur sagen, dass mich die Schicksale der Gruppenmitglieder viel mehr bewegt haben, als ich am Anfang dachte. Deshalb wollte ich fragen, wie es der Gruppe geht und wie du dich als Leitung schlägst.«

Stella überlegte kurz, ob sie mit ihm überhaupt darüber sprechen sollte. Doch seine Anteilnahme schien aufrichtig zu sein.

»Der Gruppe geht es gut. Peter, Gerda und Tamy blühen regelrecht auf. Sie hat es auch überwunden, dass du abgehauen bist. Anne geht es auch deutlich besser. Und es sind ein paar neue Leute dazugekommen.«

»Das freut mich! Und du und Simon?«

»Tja, das ist eine lange Geschichte.«

Sie erzählte ihm von ihrer Trennung, von Simons Jobverlust und seinem jetzigen Zustand. Sie merkte, dass sie ganz frei reden konnte, vielleicht gerade weil Alex weit weg war. Sie kam sich vor, wie bei der Telefonseelsorge.

»Das tut mir wirklich leid, Stella«, sagte Alex.

»Ich verstehe einfach nicht, warum Simon so stur ist und sich selbst so schadet.«

»Er sieht den Wald vor lauter Bäumen nicht«, meinte Alex, doch Stella verstand nicht, was er damit sagen wollte.

Alex deutete ihr ratloses Schweigen richtig und fuhr fort: »Simon war nach dem Tod seiner Frau in einem tiefen Loch. Total orientierungslos und völlig überfordert mit seiner Rolle als alleinerziehender Vater. Dann kamst du und hast ihm geholfen, sein Leben in den Griff zu bekommen.

Jetzt kam der nächste Schicksalsschlag mit dem Job und ohne dich schafft er es nicht, die Kurve zu kriegen. Die Batterien sind leer. Aber er kapiert nicht, dass er dich braucht.«

»Na ja, ich habe auch Mist gebaut und er vertraut mir deshalb nicht mehr«, erwiderte Stella bekümmert.

»Tja, dann kann ich nur hoffen, dass Simon noch erkennt, was er an dir hat. Aber wie geht es eigentlich dir, Stella? Sind die Panikattacken zurückgekommen?«

»Nein. Aber ich habe häufig Momente, in denen ich Angst davor habe, dass sie zurückkommen.«

»Nur die Angst, der wir uns nicht stellen, hat Kraft über uns«, sagte Alex.

»Und von wem ist das? Konfuzius, Franziskus, Gandhi?«

»Nein, das ist ausnahmsweise von mir.«

Sie lachte. »Ehrlich?«

»Für irgendwas muss mein abgebrochenes Psychologiestudium ja gut sein.«

Alex erkundigte sich nach Heidis Zustand und freute sich, dass es ihr gut ging. Dann erzählte er, dass er momentan in einem Kloster untergetaucht sei, aber bald nach Heidelberg zurückkehren wolle. Schließlich verabschiedete er sich und meinte: »Als Nächstes werde ich wohl mit Gerda reden. Ich glaube, sie wird mir gründlich den Kopf waschen und mir trotzdem verzeihen.«

Stella konnte sich das gut vorstellen.

»Ihr fehlt mir«, sagte er am Ende des Telefonates.

Stella wusste nicht, was sie ihm darauf antworten sollte, deshalb sagte sie: »Persönlich fand ich, dass du einen guten Job gemacht hast.«

Alex bedankte sich und dann beendeten sie ihr Gespräch. Nachdem sie aufgelegt hatte, dachte sie noch lange über das nach, was er über Simon und über ihre Angst gesagt hatte.

Stella rief Peter, Gerda, Tamy und Heidi an und lud sie am nächsten Abend zu einer Sondergruppensitzung in Simons Wohnzimmer ein. Heidis Bauch war inzwischen kugelrund und sie war sehr kurzatmig. Stella berichtete ihnen, was Simon passiert war.

»Oh, der Arme«, war Gerdas Reaktion.

»Er hat aber auch Pech«, meinte Tamy.

»Sein Arzt meint, es wäre eine Art Burnout durch den Verlust des Jobs und die hohe psychische Belastung, unter der Simon schon vorher stand. Er versucht, einen Reha-Platz für ihn auszuhandeln, aber so schnell wird das wohl nichts«, erklärte Stella.

»So ein Mist. Er braucht in dieser Situation doch erst einmal Ruhe. Wenn er gleich in den Alltagstrott zurückkommt, wird er bestimmt nicht so einfach gesund«, meinte Tamy.

»Hm, vielleicht hab ich eine Idee«, sagte Peter.

Alle sahen ihn überrascht an.

»Er braucht doch viel Ruhe. Ich hab einen Campingwagen am Ehrlichsee. Das sind ungefähr dreißig Kilometer von hier, dort könnte er ein bisschen zur Ruhe kommen. Es ist traumhaft schön dort und es ist alles da, was er braucht.«

»Aber was soll er denn ganz allein in einem Campingwagen, ganz ohne Betreuung? Und was ist mit den Kindern?«, fragte Gerda.

»Na, so wie das eben klang, geht es doch hauptsächlich darum, dass er mal abschalten kann. Weg von diesem ganzen Computerkram und Internetquatsch«, sagte Peter.

»Stimmt, das klingt super.« Tamy war begeistert. »Außerdem lastet er sich auch immer so viel auf wegen der Kinder. Als ich ihn neulich besucht habe, sah es hier richtig wild aus. Simon ist bestimmt mit all dem total überfordert.«

Stella sah Tamy überrascht an. Sie hatte Simon besucht? Bevor sie weiter darüber nachdenken konnte, ergriff Gerda das Wort: »Sicher würde es ihm guttun, wenn er sich erst einmal nicht um den Haushalt kümmern muss und lernt die Verantwortung abzugeben – und das geht eben am besten, wenn er nicht zu Hause ist. Können die Großeltern vielleicht bei der Betreuung der Kinder helfen?«

»Bestimmt ein bisschen«, sagte Stella. »Und, na ja, ich könnte sicher auch nach den Kindern sehen.«

»Und ich könnte dir auch ein bisschen mit den Kindern und dem Haushalt helfen«, sagte Gerda.

»Erst einmal müssen wir mit seinem Arzt sprechen«, sagte Stella. »Und dann natürlich mit Simon. Nun ja, ihr könntet ihn auch besuchen, sozusagen als *portable* Gruppe.«

»Bestimmt freut er sich über Besuch«, stimmte Tamy zu.

»Aber ohne dich, Stella? Nee, das geht nicht. Ansonsten ist es eine gute Idee«, meinte Peter. »Einer für alle, alle für einen.«

Sie klatschten sich ab wie Jugendliche und Stella musste ungewollt grinsen.

Am nächsten Tag besuchte Stella Simon wieder mit den Kindern im Krankenhaus. Nachdem die beiden ihren Papa begrüßt und sich mit ihm unterhalten hatten, schickte Stella sie in die Kantine, um sich ein Eis zu holen, damit sie ungestört mit Simon sprechen konnte. Er sah immer noch sehr müde aus.

»Ich bin froh, wenn ich heute hier rauskomme«, sagte er. »Die können mir eh nicht helfen. Sie meinen, dass ich das schon schaffe, ich brauche nur eine gute Jobvermittlerin.«

»Wie bitte!«, rief Stella aus.

»Dafür war heute eine Psychologin da, wir haben einen Plan erarbeitet.«

»Das ist gut, wir haben auch einen Plan erarbeitet«, erklärte Stella leise.

»Ihr?«

»Gerda, Peter, Tamy, Heidi und ich.«

Er sah sie überrascht an.

»Und deine Schwiegereltern und deine Kinder. Wir helfen dir mit den Kindern und werden uns um dein Haus kümmern – wenn du das möchtest.«

»Stella, warum machst du das alles?«

»Weil ich weiß, dass es für die Kinder das Beste ist. Sie kennen mich, ich habe keine anderen Verpflichtungen. Und dir entstehen dadurch mir gegenüber keine Verpflichtungen, die Vergangenheit bleibt Vergangenheit. Wir können einfach nur Selbsthilfe-Freunde bleiben.«

Simon sah sie nachdenklich an. Sie musste unwillkürlich an früher denken, als sie sich oft einfach nur in den Armen gehalten und tief in die Augen geschaut

277

hatten. Ein flaues Gefühl machte sich in ihrem Magen breit.

»Erzähl doch mal, was die Psychologin mit dir ausgearbeitet hat«, sagte sie mit einem fröhlichen Lächeln, um vom Thema abzulenken.

Simon berichtete ihr in knappen Worten davon. Die Psychologin hatte ihm wohl nur aufgezeigt, dass seine Situation nicht aussichtslos war und er als Programmierer schnell wieder einen Job finden würde. Aber sie hatte ihm geraten, sich erst einmal zu überlegen, was er wirklich wolle. »Außerdem brauche ich einen Anwalt, um eventuell doch mein Geld zurück zu bekommen.«

Stella erzählte ihm von Peters Idee, aber Simon war damit zunächst überfordert.

»Das geht nicht. Was ist mit den Kindern?«

»Deine Schwiegereltern und ich kümmern uns um sie. Die Kinder können dich ja jederzeit besuchen. Du musst jetzt erst einmal zu dir finden.«

»Und das wird am See passieren?«

Sie nickte.

Er sah sie an. Was er wohl dachte?

»Du musst das nicht machen, Stella.«

»Ich mache das aber gerne«, antwortete sie. »Wichtig ist, dass es dir wieder gut geht und dass die Kinder versorgt sind.«

Simon zog in Peters Campingwagen, der sehr luxuriös eingerichtet war. Während der Schulzeit war am See nicht so viel los. Die Aussicht war wunderschön und es fühlte sich an wie im Urlaub. Stella zog wieder in Simons Haus ein. Simon hatte zum Glück noch keinen geeigneten Käufer gefunden.

Am nächsten Donnerstag wollte sich die Selbsthilfegruppe bei Simon auf dem Campingplatz treffen. Die neuen Teilnehmer fanden den Vorschlag zwar zunächst seltsam, doch dann willigten sie ein. Auf dem Campingplatz gab es auch einen kleinen Aufenthaltsraum und Simon hatte angefragt, ob sie diesen für den Abend reservieren konnten. Stella beschloss, nicht hinzugehen, und bat Peter, zu moderieren. Sie wollte, dass Simon sich frei fühlte.

Als Gerda anrief, um ihr mitzuteilen, wie der Abend gelaufen war, sagte sie: »Du machst das viel besser als Peter.«

Die erste Woche alleine mit den Kindern verging wie im Flug. Zum Glück hatte ihr Arbeitgeber ihr ohne Probleme so kurzfristig Urlaub gegeben. Als sie wieder arbeiten musste, blieb Margarete bei den Kindern. Sie schlief im Arbeitszimmer und Stella im Ehebett. Margarete hatte darauf bestanden.

Alle drei Tage besuchten sie Simon im Wohnwagen. Meist hielt sich Stella im Hintergrund und ließ Simon allein mit den Kindern. Sie vermissten ihren Papa sehr und genossen diese Zeit. Stella ging dann spazieren oder setzte sich mit einem Buch auf eine Bank.

Simon war nun etwas entspannter. Seine Schwiegereltern hatten eingewilligt, ihn erst einmal finanziell zu unterstützen, bis er einen neuen Job gefunden hatte. »Für unsere Enkelkinder!«, hatte Heinz bestimmt gesagt und keine Einwände gelten lassen. Auf Anregung von Gerda hatte sich Simon ein paar Obstkisten bringen lassen, die er zu kleinen Hochbeeten umfunktioniert hatte. Nun übte er sich vor dem Wohnwagen im Gärtnern.

Bei einem ihrer Besuche überraschte Simon Stella mit einem großen Strauß Wildblumen, die er gepflückt hatte. Ohne es zu wollen, wurde Stella rot wie ein Schulmädchen.

»Ein kleines Dankeschön für eine Frau mit einem wirklich großen Herzen«, verkündete er theatralisch.

»So poetisch kenne ich dich gar nicht.«

»Tja, ich auch nicht. Aber ich bin dir einfach so dankbar!«

Das berührte Stella sehr, doch bevor sie etwas sagen konnte, das Simon zeigen würde, dass sie ihn nicht nur als Freund schätzte, erzählte er: »Tamy hat mich vorgestern besucht und mich auf die Idee gebracht. Wir waren spazieren und sie war von den Blumen total begeistert.«

Stella spürte einen dicken Kloß in ihrem Hals. Ihr fielen die Momente ein, in denen sie Tamy und Simon zusammen gesehen hatte. Die hübsche Studentin ließ sicher jedes Männerherz höherschlagen, besonders wenn es so verletzt war wie das von Simon.

In der nächsten Woche trafen sie sich wieder in Heidelberg. Da die Woche darauf ein Feiertag war, fiel das offizielle Treffen aus. Gerda fragte Stella, ob sie stattdessen mit den Teilnehmern von früher ein inoffizielles Treffen auf dem Campingplatz machen könnten, und diese willigte mit klopfendem Herzen ein. Stella fuhr mit Peter und Gerda dorthin, Tamy hatte sich mit Anne verabredet.

Als sie auf dem Campingplatz ankamen, kam Anne gerade von einem Spaziergang um den See zurück. Simon und Tamy saßen bereits im Aufenthaltsraum und unterhielten sich angeregt. Wieder verspürte Stella einen Stich. Doch sie versteckte ihre Gefühle und moderierte den Abend, als ob alles in Ordnung wäre.

»Ich hab wahrscheinlich einen Job!«, erzählte Simon beim Blitzlicht. Nach einer kurzen Pause, in der ihn alle gespannt ansahen, fügte er hinzu: »Bei Berlin.«

Ein allgemeines »Ahhh« war zu hören.

Stella war bestürzt. Das war zwar nicht so weit weg wie die USA, aber für sie machte das kaum einen Unterschied. Er würde gehen und sie würde ihn, Clara und Tim endgültig verlieren. Ihr wurde schlecht. Sie brachte nicht die Kraft auf, etwas zu sagen, und war sehr dankbar, dass Peter ihn nach den Details ausfragte.

»Machst du vorher noch eine Kur oder so?«, fragte Gerda schließlich.

»Nee, dafür ist leider keine Zeit. Ich soll übernächste Woche anfangen.«

»So schnell? Da findest du doch nie im Leben eine Wohnung!«, rief Peter.

»Die Firma bezahlt mir ein Hotelzimmer und die Kinder können vielleicht erst mal bei ihren Großeltern bleiben. In Berlin sind ja bald Sommerferien«, erklärte Simon.

»Und freust du dich darauf?«, fragte Anne in ihrer direkten Art.

»Na ja, es ist nicht Silicon Valley, aber sehr solide, gut bezahlt und ich bin so spezialisiert, dass ich nicht wirklich die Wahl habe. Ich kann mich nicht weiter von meinen Schwiegereltern aushalten lassen.«

Niemand wusste etwas darauf zu sagen. Nach dem Treffen kam Simon auf Stella zu.

»Ich wollte es dir schon vorher sagen, aber ich wusste nicht wie. Du hast so viel für uns getan und ich überlege schon die ganze Zeit, wie ich mich bedanken kann.«

Stella brachte nur heraus: »Ich muss los.« Dann rief sie Peter und Gerda und gemeinsam fuhren sie los.

Auf der Rückfahrt kreisten die Gedanken wirr in ihrem Kopf. Obwohl sie eigentlich mit ihrer Beziehung längst abgeschlossen hatte, war doch in den letzten Wochen wieder eine Hoffnung in ihr aufgekeimt. Diese selbstverständliche, lockere Art, mit der sie miteinander umgingen, hatte ihr gezeigt, wie gut sie als Paar funktionierten. Insgeheim hatte sie gehofft, dass sich daraus ganz logisch der nächste Schritt über die reine Freundschaft hinaus entwickeln würde. Nun wusste sie, dass Simon nie an diesen Schritt gedacht hatte. Sie hatte wieder einmal seine Zeichen völlig falsch interpretiert.

Am Wochenende saß Stella mit Clara und Tim am Frühstückstisch. Margarete war nach Hause gefahren, zwei Wochen mit ihren Enkelkindern waren für die alte Dame ziemlich anstrengend gewesen.

»Papa hat mich gestern Abend angerufen. Hat er es dir erzählt?«, fragte Tim.

Sie nickte.

»Wir wollen hier nicht weg.«

Stella schluckte ihre Trauer hinunter und versuchte, ihn aufzumuntern: »Es wird bestimmt schön und es ist immer noch Deutschland.«

Sie hatte kaum Kraft dazu, aber sie wollte die Kinder ermutigen, sich auf den Umzug einzulassen.

»Ich will da nicht hin, ich will hier leben!«, erwiderte Tim bockig.

»Papa ist doof«, sagte Clara.

»Warum ist er denn doof?«

»Er sieht nicht, wie toll du bist.«

»Ach, Clara ich hab ihn verletzt.«

»Na und, dann soll er dir verzeihen und fertig.«

Stella küsste sie auf die Stirn.

»Ach, Kinder, es ist wichtig, dass es eurem Vater wieder besser geht. Wir müssen ihn jetzt alle dabei unterstützten«, sagte sie. »Wenn er wieder glücklich wird, könnt ihr auch als Familie wieder glücklich werden.«

»Und das klappt einfach, weil wir umziehen?«, maulte Tim. »Papa war zwar krank, weil er den Job verloren hat, aber wir waren so glücklich, weil wir hier bleiben durften.«

»Es ist die Chance auf einen Neuanfang«, sagte Stella. Sie hoffte, dass das wirklich stimmte. Dass Simon wieder Freude finden würde und die Kinder glücklich werden würden.

Am Samstag rief Peter Stella an und fragte sie, ob sie gemeinsam eine Abschiedsparty für Simon gestalten könnten. Vielleicht am See, weil es dort so schön war. Stella gefiel die Idee und sie lud die anderen ein, sie am Sonntag zu besuchen, um die Party zu planen. Sie legten den Termin auf Freitagabend. Peter hatte die Idee, das Motto-Party-Konzept weiterzuführen, das bei den Kindern so gut funktioniert hatte. Zunächst wusste niemand so recht, welchen Film Simon besonders mochte. Doch dann fiel Stella ein, dass Simon einmal erwähnt hatte, dass er ein Faible für alte Filme mit Bud Spencer und Terence Hill hatte.

Am Freitagmittag brachte Stella die Kinder zu ihren Großeltern. Etwas später trafen sich alle bei ihr und fuhren mit Peters Minibus an den See. Heidi hatte sich als Nonne verkleidet. Unter dem Habit hatte ihr kugelrunder Bauch genügend Platz. Anne und Gerda trugen ein Safari-Outfit, Peter kam als Polizist, Stella als Burgfräulein. Die anderen sahen sie erstaunt an und fragten, ob sie sich im Genre geirrt hatte. »Hector, der Ritter ohne Furcht und Tadel«, erklärte sie mit einem Grinsen. Tamy trug eine

Bluse, die sie über dem Bauch verknotet hatte und einen äußerst knappen Cowgirl-Rock. Für Simon hatte sie ein kariertes Hemd und einen Hut mitgebracht. Nachdem er sich umgezogen hatte, bildete er mit Tamy das perfekte Paar. Stella wandte sich traurig ab.

Heidi saß mit kugelrundem Bauch da und fächerte sich Luft zu. Bis zu ihrem Geburtstermin waren es nur noch zehn Tage. Aus zwei Lautsprechern dröhnte die Filmmusik aus *Banana Joe*, *Vier Fäuste für ein Halleluja* und *Plattfuß räumt auf.* Peter forderte Anne zum Tanzen auf und Simon Tamy. Stella versuchte, nicht hinzuschauen, während sie sich mit Gerda und Heidi unterhielt.

Es war ein schöner Sommertag, ähnlich wie der, an dem sie Simon zum ersten Mal auf der Neckarwiese gesehen hatte. Ein gutes Jahr war das nun her. Stella wurde wehmütig, wenn sie daran dachte. Bevor sie in ihrer Trauer versinken konnte, zog Peter sie auf die improvisierte Tanzfläche vor dem Campingwagen. Anne ließ sich neben Heidi und Gerda sinken und genoss erst einmal ein kühles Getränk.

Schließlich stellte Peter die Musik aus und rief: »Hat jemand Hunger?«

Die anderen nickten zustimmend.

»Abendessen gibt's auf dem See«, verkündete Gerda und hielt einen Picknickkorb hoch.

Die anderen sahen sie erstaunt an.

»Hab ein Boot gemietet«, erklärte Peter. »Kommt mit!«

»Das ist ein winziges Ruderboot, Peter!«, rief Simon, als sie am Anlegesteg standen. »Wie sollen wir da alle reinpassen?«

»Wir fahren nicht auf die Nordsee, für den See hier reicht das schon. Außerdem könnt ihr bestimmt alle schwimmen«, sagte Peter mit einem breiten Grinsen im Gesicht.

Die anderen lächelten entspannt.

»Das kriegen wir schon hin«, sagte Gerda entschlossen. »Ich stell noch den Picknickkorb rein und ein paar Piccolos.«

»Auch noch?«, rief Stella.

»Ich hoffe, wir rudern nicht zu weit raus«, sagte Simon.

»Da Stella und Simon am meisten meckern, dürfen sie zuerst einsteigen«, frotzelte Peter.

Plötzlich hörten sie vom Campingwagen Heidis Stimme: »Äh Leute? Ich glaube, ich brauche eure Hilfe.«

Stella lief zu ihr, die anderen folgten ihr. Unter Heidis Stuhl war ein großer nasser Fleck.

»Meine Fruchtblase!«, sagte Heidi erstaunlich ruhig.

»Du musst sofort ins Krankenhaus!«, rief Stella. Gerda nickte.

Gemeinsam wuchteten sie ihre hochschwangere Freundin in Peters Bully. Heidi legte sich stöhnend auf die Rückbank. Nun war nicht mehr Platz für alle in dem Wagen.

Für einen Moment schauten sie sich ratlos an, doch Simon sagte rasch: »Fahrt nur. Ich muss hier sowieso noch aufräumen. Peter kann mich ja nachher mit dem Bully holen, damit ich dem neuen Gruppenmitglied noch Hallo sagen kann.«

Stella spürte einen Stich. Sollte das das Ende von ihrem letzten Abend mit Simon sein?

Plötzlich flüsterte Heidi neben ihr: »Komm, steig wieder aus. Du bleibst hier. Er kann bestimmt noch Hilfe gebrauchen.«

Sie schaute ungläubig zu ihrer Freundin, die ihre stärker werdenden Wehen mit zusammengebissenen Zähnen ertrug. Trotz der Schmerzen lächelte sie.

»Das ist euer letzter gemeinsamer Abend. Sprich dich endlich mit ihm aus.«

Stella wusste darauf keine Antwort.

»Mach schon, raus mit dir!«, sagte Heidi und gestikulierte wild mit ihrer Hand.

Unschlüssig stieg Stella aus.

»Viel Glück!«, rief sie Heidi zu, doch ihre Worte gingen in einem lauten Keuchen unter.

Mit quietschenden Reifen und unter den lauten Anweisungen der resoluten Gerda fuhr der Bus los. Ein surrealer Anblick: Ein Cowgirl, ein Polizist und zwei Safari-Ladies brachten eine schwangere Nonne ins Krankenhaus. In einer anderen Verfassung hätte sich Stella über den Anblick sicherlich kaputtgelacht.

Stella ging zu Simon, der geistesabwesend auf den See schaute. Als sie ihm sanft auf die Schulter tippte, zuckte er erschrocken zusammen.

»Ich dachte, du bist mit den anderen zum Krankenhaus gefahren.«

»Heidi hat gemeint, dass du an deinem letzten Abend hier im Süden nicht allein bleiben solltest.«

Sie zuckte lächelnd mit den Schultern, um zu signalisieren, dass das Ganze nicht ihre Idee gewesen war.

Er lächelte dankbar zurück und meinte: »Dann lass uns mal aufräumen.«

Schweigend sammelten sie die Flaschen und die Becher ein und brachten die Stühle zurück. Dafür benötigten sie gerade einmal fünfzehn Minuten. Peter würde noch lange nicht zurückkommen. Er wollte sicher im Krankenhaus warten – oder er musste erst alle anderen heimfahren, je nachdem.

»Und jetzt?«, fragte Stella.

Simon schien diese Frage genauso in Verlegenheit zu stürzen wie sie selbst. Schließlich sagte er: »Wir können ja den kleinen Ausflug auf den See machen. Wär doch schade, wenn der Picknickkorb und der Sekt einfach liegen bleiben.«

Stella sah zum See. Sie nickte und gemeinsam gingen sie hinunter. Sie fühlte, wie sich bei der Vorstellung, nachts auf dem See unterwegs zu sein, ein dicker Kloß in ihrem Hals bildete. Aber das konnte sie vor Simon unmöglich zugeben. Unsicher stieg sie in das schwankende Boot. Die ersten Meter warf sie noch einen kritischen Blick auf das Wasser neben sich, aber dann entspannte sie sich. Die Nacht war ruhig und sie saß in einem stabil gebauten Boot. Wenn sie jetzt keine Dummheiten machte, konnte ihr nichts passieren. Mit kraftvollen Stößen ruderte Simon auf den See hinaus, wo er die Ruder schließlich einholte. Ihr Gefährt lag still auf dem Wasser und badete in dem strahlenden Licht des Vollmonds. In der Ferne war der Ruf einer Eule zu hören. Der Rest der Welt mit ihren Sorgen und Zwängen war ganz weit weg.

»Was machen wir denn jetzt?«, fragte Stella.

»Wir lassen uns einfach ans Ufer zurücktreiben. Mal sehen, was die Kombüse so alles hergibt. Immerhin haben sie uns was zu essen mitgegeben.«

Stellas Blick fiel auf den Korb. Es war ein richtiger Picknickkorb aus geflochtenem Stroh, wie aus alten Zeiten. Darin befanden sich kleine Tupperdosen, Kuchen, sogar Kerzen und ein altes iPod, das auf einer kleinen Lautsprecherbox steckte. Außerdem gab es mehrere Piccolo-Flaschen mit Sekt. Nachdem sie ein paar Minuten still auf Gerdas köstlichen Sandwiches herumgekaut und mit dem Sekt angestoßen hatten, sah Stella sich um.

Eigentlich war es ein wunderbarer lauer Juniabend, die Sonne war gerade erst untergegangen. Doch wenn sie aufs Wasser sah, spürte sie, wie die Angst in ihr aufstieg. Was, wenn sie ins Wasser fielen und ertranken? Sie wusste, dass das keine logischen Gedanken waren. Aber die Angst war stärker als die Logik.

In diesem Moment streckte Simon seine Hand ins Wasser.

»Schon ziemlich warm. Was hältst du von einer Schwimmstunde?«

Stella warf ihm einen bösen Blick zu und entgegnete nichts. Sie brauchte jetzt dringend etwas, das sie beruhigte. Auf keinen Fall durfte die Angst überhandnehmen und in Panik münden. Mit einem Zug trank sie ihre Piccoloflasche aus. Dann sah sie zu Simon, der schon eine ganze Weile nichts mehr gesagt hatte, und bemerkte zu ihrer Überraschung, dass er sehr ernst auf den See schaute.

»Was hast du?«

»Es ist nichts. Ich ... ich denke nur über die Fehler nach, die ich gemacht habe. Und warum es mir so schwerfällt, mein Leben auf die Reihe zu kriegen.«

Darauf wusste sie nichts zu sagen. Schließlich fragte sie: »Und ich? War ich auch einer deiner Fehler?« Sie flüsterte dabei fast.

»Ich weiß nicht, was du warst. Zuerst warst du das Beste, was mir seit dem Tod von Karin passiert ist. Aber dann kam diese Lüge und dann dein Brief. Ich habe drei Tage darüber nachgedacht, doch dann habe ich einfach beschlossen, es noch einmal zu versuchen. Ich bin zu dir gefahren. Und dann? Klaus machte die Tür auf! Wir hatten uns gerade erst getrennt!«

Stella zuckte zusammen und fragte ungläubig: »Klaus?«

»Ja! Er erzählte mir, dass ihr euch auf die Behandlung vorbereitet und wieder zusammen seid. Das hat mir den Boden unter den Füßen weggezogen. Ich war so wütend und enttäuscht. Dein Brief klang so liebevoll – und dann das!«

»Aber das stimmt nicht! Ich war nicht mehr mit Klaus zusammen.«

»Stella, er war in deiner Wohnung.«

Stella überlegte fieberhaft, was Simon meinte. Plötzlich erinnerte sie sich an den Tag, an dem er mit einem Picknickkorb vor der Tür gestanden hatte.

»Er hat dich angelogen. Ich war unter der Dusche. Als es klingelte, dachte ich, du wärst es. Ich bin zur Tür gegangen. Aber es war Klaus, er wollte mit mir frühstücken. Ich habe ihn gebeten, zu warten, bis ich fertig bin, weil ich kurz mit ihm reden wollte. Dann habe ich mir die Haare geföhnt. Vielleicht habe ich deshalb dein Klingeln nicht gehört? Hat Klaus wirklich so einen Quatsch erzählt?«

Simon sah sie an und nickte. Stella konnte nicht sagen, ob er ihr glaubte.

»Ich hatte nichts mit Klaus, ich wollte ihn nur als Samenspender. Aber am Ende habe ich die Behandlung nicht gemacht. Ich wollte es nicht mehr, ohne dich.« Die letzten Worte waren nur ein Flüstern.

Simon sah sie zärtlich an und sagte: »Weißt du, ich habe die ganze Nacht darüber nachgedacht, ob ich nicht zu egoistisch an das Thema rangegangen bin. Ich habe immer nur daran gedacht, wie schwer mir das Vatersein in den letzten Monaten gefallen ist. Und ich war zu sehr mit mir selbst beschäftigt, um zu sehen, wie viel Kraft du in unsere kleine Patchworkfamilie gebracht hast. Es tut mir auch leid.«

»Ich glaube, wir sollten lernen, offen über Probleme zu sprechen.«

Er lachte. »Ja, am besten besuchen wir ein Seminar.«

»Heißt das, wir versuchen es wieder?«, fragte Stella hoffnungsvoll.

Simon reichte ihr die Hand. Stella stand auf und wollte zwei Schritte auf ihn zu machen, doch auf einem Boot zu stehen war nicht einfach. Das Boot wackelte, sie machte eine hektische Bewegung auf die andere Seite, was das Boot noch mehr zum Wackeln brachte, und plötzlich stürzte sie zur Seite, ins Wasser. Wie in Zeitlupe sah sie im Fallen die dunkle Wasseroberfläche und spürte, wie ihr schwindelig wurde. Das Zitat von Alex kam ihr in den Sinn. *Nur die Angst, der wir uns nicht stellen, hat Kraft über uns.*

Mit einem großen Platscher tauchte sie unter. Sie strampelte und das Wasser stieg ihr in die Nase und den Mund. In ihrer Angst wusste sie nicht mehr, wo oben und unten war. Panisch versuchte sie, die Luft in ihrer Lunge zu behalten, aber der Sauerstoff wurde knapp. Plötzlich packte sie eine Hand und zog sie an die Wasseroberfläche. Prustend sog Stella die Luft sein. Im Mondlicht sah sie, wie Simon neben ihr im Wasser schwamm und sie erschrocken ansah.

»Stella, alles okay?«, fragte er. Als sie nicht antwortete, rief er lauter: »Stella, bist du in Ordnung?«

Sie nickte und bewegte langsam ihre Arme, um sich über Wasser zu halten. In seiner Nähe war für die Angst kein Platz mehr.

»Bist du verletzt? Keine Angst, ich halte dich.«

Simon hielt sie mit einer Hand fest. Sie merkte, dass er immer noch die Piccolo-Flasche in der anderen Hand hielt, während er Schwimmbewegungen machte. Beide sahen zu der Flasche und begannen zu lachen. Dann ließ Simon die Flasche los. Während sie davon trieb, griff er mit einer Hand nach dem Boot, um sich festzuhalten. Mit der anderen zog er Stella näher an sich heran.

»Ehrlich gesagt habe ich mich schon lange nicht mehr so lebendig gefühlt«, sagte Stella glücklich.

»Ich mich auch nicht«, erwiderte Simon.

Er blickte nach oben.

»Siehst du das? Heute sieht man sogar den Sternenhimmel.«

Er sah sie an und küsste sie. Stella umarmte ihn mitten im Wasser, während er sich am Boot festhielt. In seiner Nähe hatte sie keine Angst mehr.

»Meinst du, Heidi hat das so geplant, damit wir wieder zusammenkommen?«, fragte Stella.

Simon schüttelte den Kopf.

»So gut hat sie dann ihre Gebärmutter doch nicht im Griff«, antwortete er.

Stella musste bei der Vorstellung grinsen und erwiderte: »Bei Heidi kann man das nie so genau wissen.«

Dann begann sie, sein ganzes Gesicht mit kleinen Küssen zu bedecken.

»Ich habe dich schrecklich vermisst«, sagte er.

Stella liefen die Tränen herab und ihre Gefühle überschlugen sich. Sie hörte nur wie durch einen Schleier, dass Peter nach ihnen rief. Stella sah zum Ufer. In der Ferne konnte sie eine Person mit einem Gummiboot sehen. Simon sah sie fragend an, und als sie nickte, tauchten sie gemeinsam unter.

An einem trüben Novembertag spielten sie gerade Clue-
do, als das Telefon klingelte. Simon hob ab. Er sagte nicht
viel, murmelte nur immer wieder »Ja« und hörte zu. Stella
sah ihn verwundert an.

Seit fünf Monaten wohnten sie wieder zusammen in Si-
mons Haus. In *ihrem* Haus. Als Familie. Simon hatte der
Firma in Berlin mitgeteilt, dass er doch nicht bei ihnen
arbeiten konnte. Doch sie wollten ihn unbedingt in ihrem
Team haben und schlugen ihm vor, die meiste Zeit von zu
Hause zu arbeiten. Wie früher absolvierte er regelmäßig
Telefonkonferenzen. Einmal im Monat musste er für zwei
oder drei Tage nach Berlin. Aber das war kein Problem, da
Stella gerne bei den Kindern blieb. Dennoch war sie traurig, wenn er weg war, und schon nach wenigen Stunden
erfüllte sie eine tiefe Sehnsucht. Sie konnte seine Rückkehr immer kaum erwarten.

Während Simon telefonierte, sah Stella ihn mit einem
mulmigen Gefühl in der Magengegend an. Sie hatte immer noch keine Idee, mit wem er da redete. Er wirkte so
ernst. War jemand gestorben? Schließlich legte er auf.

»Setzt euch bitte alle hin«, sagte er.

»Wir sitzen doch alle«, erwiderte Tim.

Stellas Herz klopfte ihr bis zum Hals. »Ist jemandem etwas passiert? Wer ist es?«, fragte sie. Sie sah ihn flehend an.

»Also, ich muss mich erst mal setzen«, sagte Simon.

»Jetzt sag endlich, was los ist?«, riefen alle drei fast gleichzeitig.

»Leute, wir kriegen ein Kind!«

Alle schauten ihn verwundert an.

»Wie meinst du das?«

»Ein kleines sieben Monate altes Mädchen sucht Pflegeeltern und«, er blickte zu den Kindern, »natürlich auch -geschwister. Wir sollen morgen ins Jugendamt kommen!«

Stella sah ihn an. Was hatte er gerade gesagt? Seine Worte ergaben für sie keinen Sinn. Simon erzählte weiter. Doch bei ihr kam eher ein unverständliches Wabern an.

»Was?«, hauchte sie.

Clara und Tim jubelten jetzt.

»Du wirst Mama von einem kleinen Baby!«, rief Simon und umarmte sie. Stella konnte es immer noch nicht fassen.

Am nächsten Morgen, als sie in das graue alte Gebäude gingen, in dem das Jugendamt untergebracht war, klopfte ihr Herz wie verrückt. Die Kinder waren in der Schule. Die Mitarbeiterin vom Jugendamt hatte sie gebeten, sie nicht mitzubringen. Erst einmal sollten sie sich alleine mit ihr und einer ihrer Kolleginnen treffen.

In der Hand hielt Stella eine Zeichnung, die Clara ihr mitgegeben hatte, als Geschenk für das Mädchen. Darauf war eine Familie – Mama, Papa und drei Kinder – die auf einer Blumenwiese stand. Clara hatte ihren gesamten Farbkasten verwendet, es war eine wahre Farbexplosion.

Stella nannte das Bild *Tausend Farben des Glücks.* Clara hatte sie gebeten, es dem kleinen Mädchen zu geben. Stella war enttäuscht, als ihr die Dame vom Jugendamt erklärte, dass sie das Baby heute noch gar nicht treffen würden.

»Die Kleine ist momentan in einer Bereitschaftspflegefamilie. Die Anbahnung würde dann Stück für Stück erfolgen. Natürlich können Sie es sagen, wenn Sie das Gefühl haben, dass das Kind nicht zu Ihnen passt.«

Sie erzählte ihnen von dem kleinen Mädchen und zeigte ihnen ein Foto von einem wunderhübschen zufriedenen Baby mit dunklen Augen und dunklen Haaren. Stella war so aufgeregt, dass ihr etwas schwindlig wurde.

Am Abend hatten Simon und Stella die Mitglieder ihrer früheren Selbsthilfegruppe zum Pizzaessen eingeladen. Sie trafen sich etwa alle sechs Wochen. Donnerstags leitete Stella immer noch die Selbsthilfegruppe, aber von den ursprünglichen Teilnehmern kam nur noch Tamy. Gerda hatte sich einen neuen Hund zugelegt, der ihr Leben wieder fröhlich machte, und Peter war innerlich zur Ruhe gekommen.

Beim gemeinsamen Abendessen unterhielten sie sich darüber, wie es ihnen ging. Es war ein bisschen wie beim Blitzlicht, doch nun waren sie einfach Freunde.

»Mein neuer Chef ist cholerischer als der alte«, sagte Heidi und zeigte auf den kleinen Jungen, der auf einer Krabbeldecke lag. »Was habe ich mir nur bei der ganzen Sache gedacht?«

Die anderen lachten und Gerda meinte grinsend: »Das wird nur noch schlimmer, wenn er älter wird.«

Sie saß neben Peter und Stella wusste aus ihren Erzählungen, dass die beiden viel Zeit miteinander verbrachten. Peter und Gerda waren ein ungleiches Paar, aber irgendwie spürte Stella eine unsichtbare Verbindung. Sie fragte sich, ob sie eine Beziehung pflegten oder einfach nur Freunde waren. Irgendwann würde sie es erfahren.

Tamy meinte: »Dein Kleiner ist total süß. Später wünsche ich mir auch ein Baby. Aber jetzt hab ich erst mal keinen Bock auf Bindung, ich mache mein Studium und dann sehe ich weiter.« Sie wollte auch noch nicht aus dem elterlichen Zuhause ausziehen. »Das wäre zu viel für meine Eltern. Erst der Verlust meines Bruders und dann ich, nein, ich bin noch jung, ich bleibe bei ihnen, bis sie etwas stabiler sind.«

Heidi warf ein, dass Tamy endlich ihr Leben leben sollte, doch diese war fest überzeugt, dass sie das Richtige tat.

»Ich hab noch mein Leben vor mir, außerdem ist Hotel Mama auch nicht das Schlechteste.«

»Du zeigst viel Empathie, denn es benötigt Mut und Stärke, um eigene Wünsche nach hinten zu stellen und das Wohl der Liebsten an erste Stelle zu setzen«, sagte Stella. »Es ist nur wichtig, darauf zu achten, dass du selbst dabei nicht zu kurz kommst.«

Stella machte es unglaublich viel Spaß, ihr neues Psychologiewissen anzuwenden. Seit September machte sie nebenberuflich eine Fortbildung als Beraterin, um für die Leitung der Selbsthilfegruppe besser gewappnet zu sein. Auch das Paarwochenende zur Konfliktbewältigung, das sie mit Simon besucht hatte, half ihr bei dieser Aufgabe. Doch noch wichtiger war, dass sie nun Probleme in ihrer Beziehung viel offener ansprechen konnten. Schließlich gehörten Streit und unterschiedliche Ansichten zu jeder guten Beziehung dazu – wichtig war nur, wie man damit umging.

Nachdem die anderen alle zu Wort gekommen waren, erzählten Simon und Stella von ihren Neuigkeiten. Die anderen waren sehr überrascht und freuten sich mit ihnen.

»Sieben Monate ist das schönste Alter, davor schlafen und schreien sie eh nur«, meinte Gerda.

Heidi jauchzte: »Dann sind unsere Kinder ja fast gleich alt! Das wird wunderbar!«

Beide umarmten erst Stella und dann Simon und beglückwünschten sie.

»Wann lernt ihr die kleine Maus denn kennen?«, fragte Heidi aufgeregt.

»Morgen«, verkündete Simon und nahm Stellas Hand.

Der große Moment war da. Sie gingen in einen kinderfreundlichen Raum, wo die Bereitschaftspflegemutter saß und ein kleines Mädchen mit braunem Flaum und großen braunen Augen im Arm hielt. Das Mädchen sah sie neugierig an und Stella wusste, dass sie sich ein zweites Mal unsterblich verliebt hatte. Sie musste an Claras Bild *Tausend Farben des Glücks* denken. Ja, so sah Glück aus.

DANKSAGUNGEN

Mein Dank gilt meinen großartigen Testleserinnen und -lesern – Sandra, Santiago, Christina, Simona, Anita, Corinna und Franziska von *buechertatzen.de* – sowie meiner Lektorin Christiane.

Besonders danken möchte ich auch euch – den Leserinnen und Lesern. Für euch ist dieser Roman entstanden. Wenn er euch gefallen hat, schaut doch mal auf meiner Facebook-Seite vorbei. Dort findet ihr Informationen über Neuerscheinungen und besondere Aktionen:

https://www.facebook.com/ellawuensche/

Und natürlich freue ich mich auch, eure Meinung zu erfahren, zum Beispiel durch eine Rezension im Internet.

Eure Ella
autorin@ella-wuensche.de